黄棠一家

马原 著

人民文学出版社

图书在版编目(CIP)数据

黄棠一家/马原著.—北京：人民文学出版社,2017
ISBN 978-7-02-012975-1

Ⅰ.①黄… Ⅱ.①马… Ⅲ.①长篇小说—中国—当代 Ⅳ.①I247.5

中国版本图书馆CIP数据核字(2017)第163204号

责任编辑　孔令燕　陈　亮
责任校对　罗翠华
装帧设计　李思安
责任印制　王景林

出版发行　人民文学出版社
社　　址　北京市朝内大街166号
邮政编码　100705
网　　址　http://www.rw-cn.com

印　　刷　三河市鑫金马印装有限公司
经　　销　全国新华书店等

字　　数　235千字
开　　本　880毫米×1230毫米　1/32
印　　张　11.5　插页3
版　　次　2017年10月北京第1版
印　　次　2017年10月第1次印刷

书　　号　978-7-02-012975-1
定　　价　38.00元

如有印装质量问题,请与本社图书销售中心调换。电话:010-65233595

目　录

卷　一

章1　一个家庭的中流砥柱 · 3
  1. 黄棠和她的一家人 · 3
  2. 洪锦江遭遇碰瓷 · 14
  3. 洪开元有话要说 · 28

章2　商业新世代 · 42
  1. 洪静萍的非凡创意 · 42
  2. 和谐公关的生意经 · 54
  3. 职业商人的嗅觉 · 67

章3　人人各得其所 · 82
  1. 洪开元的侦探情结 · 82
  2. 贺秋的慈善之路 · 95
  3. 商家和政府各行其道 · 108

卷　二

章1　环绕在黄棠周围 · 123
  1. 儿子的如意算盘 · 123
  2. 两个女儿 · 136

3. 老公的招商困局 · 148

章2　一家人各怀心事 · 161
　　1. 陆小玫被瞄上了《中国好歌秀》· 161
　　2. 祁嘉宝准备做妈妈 · 174
　　3. 复建圣贤故居的企图 · 187

章3　被电视瞄上的历史 · 200
　　1. 贺秋的最后一程 · 200
　　2. 进入洪静萍镜头的城管执法队 · 213
　　3. 戴安娜同款手袋 · 225

卷　三

章1　器官成为主角 · 241
　　1. 围绕肚子的战争 · 241
　　2. 肾的故事 · 253
　　3. 肾故事继续 · 266

章2　价值与秩序 · 277
　　1. 不速之客 · 277
　　2. 忽然没了秩序 · 289
　　3. 没秩序让人乱了方寸 · 301

章3　一个伟大的瞬间 · 315
　　1. 不可抗力 · 315
　　2. 各种困扰 · 328
　　3. 时过境迁 · 342

尾章　把颠倒的历史颠倒回来 · 358

卷一

章1 一个家庭的中流砥柱

1. 黄棠和她的一家人

"黄棠"这个名字看上去不错,有草有木一派生机盎然。

据她母亲贺秋说,她的名字是借鉴了一位前辈散文家的大名。散文家叫黄裳,是她母亲年轻时非常仰慕的人。她母亲还很小的时候,有一次正赶上黄裳签名售书,排了大约二十分钟队才来到黄裳面前。黄裳非常温和地问她的名字,她告诉他,贺秋,他就在他散文集的扉页上写下"题贺秋小朋友 黄裳"八个字。那一年是一九五六年,贺秋十二岁,黄裳的散文集成了贺秋最重要的一本藏书。九年之后贺秋的女儿出生了,丈夫专门请了风水先生给算过,说这个小姑娘命中缺木,名字里一定要补上木字。丈夫刚好姓黄,贺秋毫不犹豫就给了女儿"黄棠"这名字。

都说名字关乎一个人一辈子的命运,也不知这话可信不可信。

黄棠的母亲贺秋是市里评剧团的台柱子,年轻的时候唱青衣,年龄大了改老旦。"文化大革命"前唱《刘巧儿》《花为媒》,"文化大革命"那些年改唱李铁梅、阿庆嫂、江水英和柯湘,改革开放以后唱佘太君李奶奶刘姥姥。她上了台风情万种,伶牙俐齿而又字正腔圆;到了台下则寡言少语,几乎不与人交谈。她是那种比较阴森的性格,身边的人都不能洞悉她的内心。

她生黄棠的时候二十一。她这辈子攒在肚子里没说的那些话都传给了黄棠,黄棠打从娘肚子里出来的那一刻就声音嘹亮,而且只要醒着,哭声和叫声就不绝于耳,鲜有安安静静的时候。母亲在台上的伶牙俐齿,黄棠在日常生活中得到了全面的继承。她十一个月大就可以张开口叫爸爸妈妈爷爷奶奶外公外婆,叫得每个人心花怒放。

贺秋的演出任务相当繁重,因而在女儿身边的时间最少。经常是出门时黄棠还在美梦当中,进家门时女儿已经又走进了梦乡。所以黄棠叫妈妈叫得最少。她叫得最多的是爸爸,然后是奶奶爷爷(当时奶奶爷爷和他们一家三口同住),然后是外公外婆(他们住在三百米外的自己的单位)。被女儿叫得少也许正是贺秋的福分,因为从后来的结果看,黄棠叫得最多的人也是最早离世的人。

黄棠的爸爸在她四岁的时候出车祸死了,奶奶在她九岁的时候煤气中毒死了,爷爷在她十岁的时候出工伤死了。更巧的是爷爷奶奶的死亡日期相隔一年,是同一天。

黄棠的外公在她十七岁那年死于胃癌,外婆在她二十一岁生日那天死于脑溢血。

贺秋于是有一点迷信,她的这个女儿是一个扫帚星,是女儿的毒舌咒死了自己的爸爸奶奶爷爷外公外婆。她自己之所以能够幸免,完全是由于女儿没有很多的机会叫妈妈的缘故。

这是她的一个极其隐秘的心思,她没对任何人说过,她只是把它写进日记里。她也许在写下这些话的时候,已经预想到日记迟早会被黄棠窥见,她是故意把这些话写下来让女儿知道她的想法,让女儿因此而仇恨她。如果不是这样,她尽管有这样的想法也可以不写在纸头上,写下了也可以有不止一百个机会去把那些话撕下来冲进下水道。不,她没有,她让那些话一直留在她的日记本上。

黄棠打小就跟着爷爷奶奶,妈妈尽管每天晚上也会回来,但是她们母女俩见面的机会不多。也是由于见面的机会太少,黄棠与母亲之间相当生疏,即使见了面她也不大主动叫她妈妈。奶奶过世后黄棠被母亲送进了住读学校,黄棠的叔叔接走了爷爷,所以她在爷爷最后的一年里并没见过他一面。对于黄棠来说,她是与奶奶和爷爷在同一个时间永别的。

黄棠打从小学一年级开始便是班干部,初中高中也都是班干部,到了大学更上一层楼成为学生会干部。不过她所任的都不是正职,甚至连副职也不是,她是文娱委员;在大学学生会里叫文艺部长。她属于能唱能跳活泼可爱的类型,尤其擅长的是模仿,无论她学谁都学得惟妙惟肖。

她小时候获得最多叫好声的是学妈妈,妈妈演谁她学谁。妈妈一直是家里的宝,不但爸爸宠妈妈,爷爷奶奶外公外婆也都宠妈妈。也难怪,妈妈是市里的大明星,是平民社会里名副其实的偶像级人物,所有老百姓都宠她,又何况是她的老公她的婆婆公公她的爸爸妈妈。而黄棠学妈妈又学得像,家里人不叫好才怪。

黄棠记得很清楚,她在学妈妈的阿庆嫂时,把在电影里看到的京剧《沙家浜》中洪雪飞的表演融入其中,特别是眼珠子左右左右转来转去的绝活,让大人们笑得岔了气;可是妈妈的脸却铁板一块不带丝毫笑意,反倒隐藏着几许怨怒。黄棠自小就懂得察言观色,她没有当着其他人的面问妈妈,在只有两个人的时候她才对妈妈提出她的疑问。那时候妈妈的火气已经消了,只是说评剧是艺术,不能把其他艺术里面的东西胡乱塞进来,"评剧是评剧,京剧是京剧,各是各"。黄棠从心里并不赞成妈妈的说法,但是她不会把心里话说出来。她带着满脸的稚拙相盯着妈妈的眼睛连连点头。

爸爸活着的时候很宠她,爷爷奶奶也宠她。可是当妈妈对她不满意或者不开心的时候,爸爸首先哄妈妈,爷爷奶奶也都责怪她惹妈妈生气。这样的情形让黄棠打小就知道谁是家里的老大,是妈妈不是她。

每一个小孩子都知道有两个世界,一个是家里的,一个是外面的。家里的世界不是黄棠的,这一点不依黄棠的意志为转移;因为在她出生之际,格局已经确定。如果她想拥有属于自己的世界,她就必得自己去全力争取,这是她懂事起就为自己确立的目标。她之所以后来能够一直当干部,其动力盖源于此。

大学里的专业是行政管理,当时那是一个很新的学科。她之所以从原来的教育学专业跳槽过来,就是在朦朦胧胧中预感到那是一个有潜力也有前途的专业,因为那四个字本身就意味着当官。不用谁专门教她,她很小就看明白了,这是一个官本位的社会，官是第一位的，其他职业都要排到官之后，包括老板。由于是新学科，课程的配置也都有临时抱佛脚的意味，所以四年下来她并未从中窥见当官的门道。她有一点失落。

其实她没有太多的理由去抱怨自己的大学时代，因为在一年级的前半段她就因病休学了，而且一休就是六个月。给学校的病情诊断书上写的是"免疫系统综合障碍症"，事实上她用其中的五个月度过了她生平第一个显形的孕期，之后是一个满月的月子。疾病诊断书是那个让她怀孕的男人为她搞的。她再上学的时候已经是初冬，一年级的第二学期已经过去了一半。她恢复得很好，她同寝室的女生没有一个人怀疑到她生了孩子。她的体重比请假时（那会已经有三个半月的身孕）略重六七斤，这在青春期后期的女孩子相当普遍。

此后的三年多时间她从未在同寝室女生面前裸露过身体，更不要说在同一个澡堂里沐浴了。毕竟妊娠纹是每一个产妇都无法避免的，也没有什么有效的办法去消除，它会泄露一个女人最大的秘密；能够最终消除它的只有时间。她的妊娠纹算比较轻的，五年之后已经基本上没什么痕迹了。

黄棠生祁嘉宝的时候只有十九岁。祁嘉宝一直跟在父亲身边，直到十一岁那年她父亲因吸毒而死。

黄棠是少数将自己年少时生过孩子的事实成功隐瞒的女人，她不但瞒过了自己的同学和闺蜜，甚至瞒过了后来的丈夫。她嫁给他的时候，他甚至以为她是处女。所以当她带着祁嘉宝（十一岁）与他面对的时候，他惊诧到眼珠子差一点从眼眶里跌出来。当时她已经怀上了他的第二个孩子——他们的儿子洪开元,而他们的女儿洪静萍也已经五岁了。

黄棠的丈夫叫洪锦江,是市政府办公厅秘书科的科员。后来是副科长、科长;再后来是副市长秘书;副市长升了市长,他就成了市长秘书;等到市长退休,他成了办公厅副秘书长。

他是官员,还很年轻的时候已经进了官场。老婆婚前的私生女虽然令他尴尬,但对他仕途的影响微乎其微。而且祁嘉宝在他家里时间不长,总共不到两年。祁嘉宝的父亲给她留了一笔财产,黄棠用祁嘉宝自己的钱为她办理去香港定居的手续,因为祁嘉宝的一个叔叔在香港。在黄棠领祁嘉宝来家里之初,黄棠就明确告诉洪锦江要把这孩子办到香港去;所以两个人约定对外声称祁嘉宝是黄棠的堂侄女。如果人的一生还算漫长,一年多的时间只是转瞬即逝。堂侄女来家里小住顺理成章,给好面子的公务员洪锦江有一个冠冕堂皇的说辞,保全面子不成问题。

祁嘉宝果然去了香港。她在香港从初中读起,一直在住读学校。作为监护人的叔叔待她不错,但是婶婶一直不容她,叔叔也没什么办法。她初中每临周末还会去叔叔家,到了高中就基本上不去了。她的大学是在法国里昂读的,有一个周末她去摩纳哥旅游,一下子就喜欢上了这个袖珍的国家。她住在一对老夫妇家里,两个老人没有儿女,她于是认了养父养母。养父养母后来帮她入了摩纳哥籍。

祁嘉宝一直与母亲保持联络。这种情形从祁嘉宝记事起就开始了,她父亲一直允许黄棠探望女儿,每月至少一次,有时是两次。所以父亲死的时候她随着母亲去到母亲的家庭,她几乎没有心理障碍,因为母亲从来都是她的妈妈,她和妈妈的相处一直都融洽。即使到了香港,及至后来去了法国,她与妈妈的联系都相当频密。认养父母的事情她没有瞒着妈妈,她对她说了自己的愿望,她希望成为摩纳哥国的公民。黄棠理解她,也支持她,没对她有任何责备。祁嘉宝果然如愿以偿。

去年(2012年)她结婚了,老公是斐济籍华人叫威廉·孔,因为他长时间在国内,所以入乡随俗就成了孔威廉。他在一家跨国医疗器械公司任职,他的具体工作祁嘉宝也不是很清楚,她只是知道他的收入还不错,而收入经常表明一个人的价值和地位。祁嘉宝和孔威廉住在上海,离黄棠他们所在的城市也只有不到三个小时的车程。

洪静萍继承了母亲的文艺细胞,她也一直是学生干部。上大学的时候(2008年)家里双喜临门,一是她考上了北电(北京电影学院的时尚称谓);一是父亲的领导由副转正,父亲于是成了市长秘书。如果加上北京奥运会,国家的大事,可以凑成一个三喜临门。

洪静萍的专业是电影理论,但是她在一年级结束之际成功转到了导演专业。而到了三年级结束的时候她已经内定直研,所以四年级一整年她都不必像其他的同学那样为了论文大伤脑筋。别的同学的毕业实习都在校内各老师的项目当中,而她有机会进了一个国际组合的摄制组,参与了一个国际组织在中国的一部纪录片的拍摄。

那是一个充满乌托邦色彩的民间组织在中国的一次尝试,在中原地带选择了一个有深厚文化底蕴的乡村,由一群志愿者义务教授中国的儒学经典《弟子规》,为期三个月。摄制组全程跟踪拍摄,不单拍摄教授课程的全过程,拍摄乡民在学习之前之后的变化,而且还拍摄了前期招聘志愿者连同培训志愿者的过程。其中三个志愿者成了故事的主角,他们各自的家庭也都进入故事当中,知近的亲人成了角色。

洪静萍在其中学到了太多的东西,除了拍摄本身,还有叙事结构的建构,还有对大叙事的理解,还有如何进入非凡创意的思维方式。她最大的收获是收获到一个老公,他也是这个纪录片项目的联合导演并联合出品人,他叫蒙立远。这是他回到中国以后的第一部作品。他三十一年之前由呼和浩特去巴黎学电影,如今已经有了博士头衔和教授身份,在法国纪录片导演中颇有名气。不要误会,洪静萍没有重蹈母亲的覆辙,她嫁给蒙立远是拿到了毕业证书之后的事,而且她没生孩子。

洪开元是家里最小的一个,用时下流行的称呼是所谓的"95后",今年九月份该升高二。他上初中的时候老爸已经是市政府办公厅副秘书长,所以也可以称洪开元为"官二代"。所有"官二代"的那些特征洪开元无不具备,自信心爆棚,穿的用的无一不是名牌,有房有车有存款,有胆有识敢作敢为,而且不把为他带来这一切的老爸放在眼里。

他有自己的人脉,他的朋友中不乏地位远在自己老爸之上的"官二代",不乏"富二代"。他要做什么事根本不需要找自己老爸,他的朋友什么事情都可以帮他搞定。他在朋友们中间的绰号叫"洪大少"。

"洪大少"并非浪得虚名。更主要的,他不仅仅是"官二代"，他还是名副其实的"富二代"。他妈妈是本市最大的和谐公共关系公司的老板，他还有两个有钱的姐姐，而两个姐姐对自己的小弟都同样出手阔绰，尤其是大姐。大姐是欧洲一个富庶之家的继承人，经济实力相当雄厚。他的兰博基尼"蝙蝠"跑车就是大姐送的，据说这款车全国只有三辆。二姐的礼物也不逊色，全套的莱卡M9，最新款的佳能EOS500电影摄影机。豪宅是妈妈的赠予，四百六十平方米的空中花园连同全套的红木家私，房产证上的拥有人就是洪开元。

洪开元还有一样东西，就是美国国籍。他老爸是公务员，想在公务员这个位置不停地上升一定不可以在方方面面有瑕疵。而违反计划生育国策当然是很大的瑕疵。洪锦江想要儿子，又不想因此断了仕途，唯一的选择便是出国去生，去美国生。更为要紧的，洪锦江仍然一点瑕疵都没有，官照当，官照升。

洪开元这样的情形不在少数，他的女朋友陆小玫应该也是类似路数。不要怀疑"应该"两个字用错了地方，没有用错。因为洪开元自己也没能搞清楚她的美国国籍究竟是怎么来的，她自己不说，别人就永远搞不清她的底细。他问过她，她明确拒绝回答，"不该知道的不知道最好"。她的汉语说得比他要好，几乎没什么口音。口音经常会透露出属于个人的秘密。

她住在市政府的迎宾馆，已经住了至少一年以上。那是一间大套房，有一个很大的会客起居的厅堂，另有一个同样很大的卧室在里面。她的年龄曾经是秘密，因为洪开元发现她所有内衣都是红色，所以断然认定今年是她的本命年。当然不可能是十二岁,更不可能是三十六岁,他猜她二十四。而他十七岁。他经常出入市内那些高级场所,所以他知道五星级酒店的价格,标房或者豪华套房,甚或总统套房。他认为她的房价应该在豪华套房与总统套房的价格之间,她整年住在迎宾馆的大套,一定财力雄厚。一年的房租足可以买一套一百平方米市中心的房子。

陆小玫身高大约一米七三,因为那也是洪开元的身高。他俩曾经在光着脚的时候背靠背比过谁高,居然没有赢家,没有谁明显胜出。陆小玫的模样介于瞿颖和范冰冰之间,皮肤不是很好也不算很差。但这些都不是洪开元所欣赏的部分,他欣赏她不卑不亢的状态。她从来不花他的钱,两个人一起消费的时候假使前一次是洪开元买单,下一次她必定坚持她买单,洪开元无论如何拗不过她,因为她明白无误地告诉他——他不让她买单她就再也不会同他来往。而且她有一个别的女孩都不具备的优点,她从不指责他做的任何事,包括吸大麻这种在法律的边界线上走钢丝的事情。

在洪开元这样的年龄,许多男孩子对性事的热情不是很大,好奇是人人都好奇,但是有了也就有了,通常没有很严重的沉迷。沉迷是年龄再大之后的事。所以洪开元对女朋友的选择与性事的优劣关系不大,尤其那些很轻易就上床的女孩,他根本不会考虑当女朋友。由于有母亲严厉的提点,他在怀孕问题上一直严格自律,无论如何不可以让女孩怀孕。

黄棠对儿子的说法很有代表性,"那些不在乎怀孕的女孩,她们的目的就是想跟你生米做成熟饭。儿子,你够聪明,无论怎样都别让那些愚蠢女孩想当然地阴谋得逞"。洪开元觉得妈妈的话对。而陆小玫对怀孕问题比他还要在意,她绝不能容忍有任何怀孕的可能性出现,实施避孕手段时她比他还要一丝不苟。

　　这就是我们这个故事的主人公黄棠的一家人。不说黄棠自己,她的任一家庭成员单独提出来都有说不完的故事。但是那些故事说的都是过去,过去的已经过去了,不说也罢。就算我们把所有的故事略去不提,接下来每天发生的事情也会令我这个讲故事的人不断有惊喜,让我津津乐道。

　　虽然这是一个关于黄棠的故事,但是她身边的人太多,为了不至于引起混乱,我们还是来把这些人物做一个梳理。

　　　　时间以二〇一三年为轴线
　　　　黄棠,女,四十八岁,和谐公共关系公司总经理
　　　　洪锦江,男,五十二岁,新任开发新区主任,黄棠丈夫
　　　　祁嘉宝,女,二十九岁,黄棠长女,摩纳哥籍,商人
　　　　孔威廉,男,四十岁,祁嘉宝丈夫,斐济籍,医学专家
　　　　洪静萍,女,二十五岁,黄棠次女,EMBA,大型节目策划人
　　　　蒙立远,男,五十岁,洪静萍丈夫,法国归侨,电影导演
　　　　洪开元,男,十七岁,黄棠独子,美国籍,在读高中生
　　　　陆小玫,女,二十四岁,洪开元女友,美国籍,有钱的神秘女孩
　　　　贺秋,女,七十一岁,黄棠母亲,退休评剧演员

2. 洪锦江遭遇碰瓷

这个早上洪锦江还没睁开眼就已经感受到了凶兆,他的右眼皮跳。

他是被跳眼皮给吵醒的,梦里的宁静被突如其来的有如重重的心跳一般的跳眼皮所打破。那种震动是双响的,扑通,扑通,没有声音,但是有强烈的震动,有节奏甚至有韵律。他不知道自己是在梦里还是在深度的睡眠当中,但是他知道宁静被打破了。

他平日里的习惯是醒来先眯上几分钟,可是今天不行,有着强烈震感的右眼皮跳让他很难停留在眯眼的状态。老婆出门晨练去了,孩子们这个时间都还没起床,只有保姆一个人在厨房里忙碌。早点是烤面包片,他所能入口的酱料只有一款无糖沙拉酱。他有糖尿病,所有那些果酱番茄酱之类的他都只有看看的份。保姆知道他的口味,专门为他备了热奶。其他人是现榨的豆浆。按他老婆的说法,他所喜欢的食物都是不健康的,油脂的,油腻的,高胆固醇的,高热量的。的确,他喜欢沙拉酱,喜欢猪肚和肥肠,喜欢所有油炸的面食,喜欢肥牛肥羊五花肉,喜欢奶油浓汤,尤其喜欢各种坚果。一句话,所有香的东西他都喜欢。新鲜清淡不合他的胃口,他对蔬菜水果包括海鲜河鲜这些完全没兴趣。

他的预感一向很准,左眼跳财右眼跳祸。

他开着自己的老桑塔纳从小区里出来右拐,前行大约七百米是一个立交桥。头顶上方便是往开发新区方向的高架路。开发新区在城北,而他所在的小区在北城,所以他上班可以不必穿过整个城区,他只消在这里再右拐(向北)三百米就是高架路入口。而高架路出口处便是开发新区的大门。也就是说,他上班一路二十七公里就不经过一个红绿灯,当然这也是他之所以把房子买在这个小区的决定性因素。下班一路有一个红绿灯,就是在高架桥下,因为他要左拐回来。

刚才说的是主路,机动车路。高架桥是那种柱梁结构,主路两侧各有一条辅路,主要是通过行人和非机动车。由于他的车是右拐,不必看红绿灯,而主路和辅路之间的绿色隔离带又遮挡了视线。所以尽管他已经带了刹车,车速已经很慢,还是被一个推着自行车的中年女人给撞了个正着。洪锦江下意识地踩死了刹车,尖利的刹车声甚至吓了他自己一跳。

他从车上跳下来。那个女人已经倒在了他的车前,自行车也钻到了汽车底下大半。女人的表情相当痛苦,双手抱着右膝盖,看来那就是受到重创的部位。洪锦江没有急着上前询问,而是冷眼旁观了至少一分钟。这时候已经有路人围观过来。

"撞人了撞人了!"

"一个女的给桑塔纳轧了!"

有围观者发现了桑塔纳前风挡玻璃内的铭牌。

"轧人的是新区政府的车!"

洪锦江这会儿反而被围观的人群挡在了外面。他掏出手机。

"刘大队,我是洪锦江。我现在的位置是外环线和新区大道路口,麻烦你无论如何过来一下。我遇上一个碰瓷的家伙。"

刚才喊"轧人的是新区政府的车"的那个人一直盯着洪锦江,洪锦江电话里的话他听得真真切切。"政府的车了不起啊,轧了人还说是被轧的人碰瓷!你凭什么?"

洪锦江说:"我跟朋友说话不可以吗?"

"你无凭无据说人家碰瓷就是不可以!你轧了人,连上前看看伤情也不肯,还睁着眼睛说瞎话说受害者是碰瓷。"

"我不跟你说。我已经报警了,让警察来处理。"

"你别以为你认识什么刘大队就了不起,警察也得依法办事!明明是你轧了人,我亲眼见到的,我可以作证。我就不信警察敢睁着眼说瞎话。"

洪锦江没有继续跟他纠缠。背过身掏出烟点燃。

但是对方却不肯善罢甘休,他重新绕到洪锦江的对面。

"大家来看哪,这个人开新区政府的公务车轧了人,之后对伤者不闻不问,自顾自抽起了软中华烟!政府公务员一个月拿多少薪水,抽得起一百块钱一包的香烟?"

果然有许多好事之徒围过来。

"有意思,开桑塔纳抽软中华,这家伙有点来头。"

"看看戴什么手表,江诗丹顿还是百达翡丽?"

"别看开个破桑塔纳,没准是个高官。"

"警车来了。"

如果不是刘大队长及时赶到,洪锦江怕真是不知道该如何应对如此复杂的局面。刘大队长将车停在近处,围观的人纷纷给他让路。他先是一个立正,给洪锦江郑重敬了一个礼,"洪主任。"

"果然是个当官的,警察大爷都这么恭敬他。"

洪锦江说:"那个女人故意往汽车上撞,我已经是第二次撞上她在这个地方碰瓷了。上一次她碰的不是我,是我前面的一辆车,我亲眼看见她拿了车主一千元现金,两个人约定了私了。"

先前发难的那个人继续发难:"当官的了不起啊,轧了人反诬受害者诈骗。你怎么证明你不是在撒谎?"

警官刘大队长已经看出了形势的微妙:"洪主任,这样,警方在接到你的报案后已经赶到现场,现在警方按照交通事故来审理这起事件。我会安排警员做现场侦查,你的车辆恐怕要留在现场做事故检测,所以请你自己解决交通工具的问题。你看这样可以吗?"

"这样很好,你有我电话,有需要了随时联系我。"

洪锦江径直奔向一台空置的出租车。

刘大队长对围观人群说:"洪主任有公务先走。事故调查连同伤者的伤情鉴定由警方负责,大家不要围观了。请大家相信警方会秉公处理好这起事故,谁该负什么责任警方会依法办事。小鲁——"

警员小鲁在人群外围应声:"到。"

"你负责送伤者到公安医院做伤情鉴定。"

"是。唉,受伤的人呢?"

先前还痛苦不堪的那个女人这会儿正推着那辆两个轱辘都不在一条线上的旧单车飞跑,然后飞身跃上车座,有如阿姆斯特朗驰骋在环法赛道上一样仓皇疾驶,在第一个拐弯处从人们的视线中消失。

但是事情并不算完,因为那个一直盯着洪锦江的人不肯善罢甘休。

他说:"也叫你刘大队可以吗?"

"小刘小刘,叫小刘就可以。"

"刘大队,我想跟着你去你们警察局录口供。我是目击者。"

"先生,我要更正你一个称呼,我们是公安局,不是警察局。"

"也行,就不去警察局了,去公安局,可以吗?"

"当然可以。你看你是坐我们的车还是坐你自己的车?"

"我还是骑我自己的单车吧,麻烦你给我一张名片,我按你名片上的地址骑过去找你。"

刘大队长掏出名片递给他,"我们那边有点远啊,有小三十公里路,你怕是要骑很长时间了。"

"没关系,我是单车一族,两个小时之内一定赶到你们警察局。"

"是公安局。"

"好的,公安局。"

"那么我们就约好两小时后见了。"

"一言为定。"

明明已经知道所谓的受害者是诈骗了,不明白这位执着的公民为什么要坚持找警方录口供,坚持指证开公务车的公务员是车祸肇事者。刘大队自己也是公务员,而且是开政府公务车的公务员洪锦江的下属。公务员之间自然而然会有同理心,他不希望这桩根本算不上交通事故的小事再一次骚扰新区政府的一把手,他想在自己手里将这件小事情小事化了。但是看来旁观的这位骑单车的公民执意不肯,这位宁可往返六十公里不辞辛苦的将他自认为是桩大事的小事情小事化大。刘大队不认为这位的愿望最终能够实现,因为他在其中看出了这位有主观恶意。

刘大队并没有看见前面的一幕,就是这位吆喝其他人来围观洪锦江抽软中华香烟的那一幕。即使没有看见,刘大队也已经洞悉了这位的恶意。他是老警,但凡老警都对人类的恶意有深刻于常人的理解。很明显,这个人与洪主任素昧平生,但是他的执意要发难的行为泄露了他内心的恶意。在刘大队眼里,这种人就是典型的反社会反人类性格。

所以两小时之后他收到新区交警大队值班电话,说有个录口供的人在等他的时候,他一句"让他等着"就把电话挂掉了。他又过了一小时才回到交警大队,那个人居然还有耐性等在接待室。

刘大队长和颜悦色进门招呼他:"不好意思,公务繁忙让你久等了。"

这位倒是不急不躁,低下头看着自己的腕表,"大队长,你我在八点三十六分约好,十点三十六分在这里见面,你迟到了一小时十一分。你老人家公务繁忙,我们老百姓的时间是一文不值啊。"

"不好意思,不好意思,我这里郑重向你道歉了。"

"怎么道歉哪？一句话就得了？你们当警察的嘴巴真大,我一个小时十一分钟,你'郑重向你道歉'六个字就打发了？"

"不敢不敢,我已经迟到了,要打要罚任你处置。你看可以吗？"

"打警察？你借我个胆子我也不敢,现在是经济社会,罚是个不错的方式,我比较能够接受。"

"好啊,就罚。你看你的时间价值几何,我认罚就是。"

"你是政府公务员,又是执法人员,我就恭敬不如从命了。我的职业是金融分析师,我去年的年收入是四百四十万人民币,我一年有三百二十七个工作日,平均每一天的收入一万三千四百六十元,我每天的工作时间六小时,平均每小时价值二千二百四十三元,加上十一分钟是四百一十一元,总计二千六百五十四元。刘大队长,你看是罚全额还是我给你打个折扣？打几折随你。"

刘大队长的脸色变得难看,但他仍然没动气。他掏出皮夹,从中取出一张银行卡,"我手上没那么多现金,我们去银行取现。打折就不必了,影响了你的收入我已经很抱歉了,我希望能全额补偿给你。"

"没问题。但是我们还是先录口供吧。我是过来录口供,不是来找你讨要误工费的。你一定要补偿我,我也只能恭敬不如从命。"

"好啊,就录口供。"

对方无可无不可的态度让刘大队怒也不是不怒也不是。他打开自己的办公桌抽屉,从其中找出录音笔。一旁的值班交警已经自觉架好了摄像机。

交警说:"刘大队,可以开始了。"

刘大队长按下录音笔按键,之后点头示意值班交警同时按下摄录键。

刘大队长说:"请问主动过来录口供的公民姓名?身份证号码?"

"我叫刘福贵,身份证号码是××××××××××××××××。"

"请出示你的身份证。"

刘福贵掏出身份证交给刘大队长,刘大队长自己动手去复印机上做了复印,之后将身份证还给刘福贵。这一过程都被摄录机记录下来。

"请问公民刘福贵到公安局有何公干?"

刘福贵指着刘大队长:"不是你约我过来录口供吗?"

"我没有约你,是你自己说你是目击者,你要来录口供。请问你要录什么口供?"

"就是你在今早八点半处理的交通肇事啊。"

"请讲。你不必停下来,你想说什么就说什么。我在这里明确告诉你,今早八点半没有你所说的交通肇事,有的只是一起未遂的民事诈骗。诈骗人在警方到达之际已经逃之夭夭。"

"那是你的说法,与我亲眼看见的事实不同。今早八点零七分我在经过外环线与新区大道交会路口,看到一辆牌号尾数为"3571"的桑塔纳小车与一个推自行车的女人相撞,当时女人倒在车前,自行车大半已经被汽车碾到车下。我有手机录像为证据。我可以证实桑塔纳车主曾经急刹车,车后的辙印也有照片为证。我可以证实桑塔纳车主下车后并未向前查看伤者,只是在车门附近给一个叫刘大队的人拨电话,这一段也有手机录像为证。肇事车前风挡玻璃内有汽车单位的铭牌,是'开发新区政府'六个字,有照片为证。再后来大约八点二十六分一辆警车赶过来,警车上的一个警官向肇事车主敬礼报到,另一位警官在司机位下车观望,有手机录像为证。接下来的事情你们就都清楚了,我不说也罢,反正有录像证据。"

刘大队长说:"还有吗?"

刘福贵说:"没有了。"

刘大队长说:"摄像结束。"

值班交警就此切断了拍摄。

刘福贵说:"我手机上的录像证据和照片证据是不是该给你们留下?"

值班交警说:"你把手机留下吧。"

"那可不行,手机上有许多个人隐私,怎么能随便交给别人?"

值班交警不由分说,"那你只好等了,我们电脑操作员不在。"

"我来帮你们操作,电脑我最在行了。很简单的,用蓝牙一下就传到电脑上了,你看用哪一台电脑?"

值班交警守在刘福贵身边,监督他将他的那些证据分别做成几个文件传到电脑桌面上。这个过程刘大队长一直站在原地斜睨着他的一举一动,完全不露声色,显得极有耐心。

刘大队长说:"刘福贵公民,我们现在去银行?"

"好啊,哪一家银行呢?"

"别紧张,这回没那么远,出了公安局左手方向向前三百米,再向左转就是了。中国农业银行开发新区分理处。"

"好,那就农业银行见了。"

"一言为定。这回不能让你再等了,不然我还得说对不起。"

"说不说对不起不要紧,我对口头上的便宜没什么兴趣。不过说老实话,我的误工费着实不便宜,是吧?"

"就是就是,被你罚一次已经给罚怕了,我大半个月的薪水没了。"

"不说了,农业银行见吧。"

刘大队长在农业银行的ATM机上一次取出两千元,其余的部分从皮夹子里的现金补足,数清楚,交到刘福贵手上。刘福贵随手接下,塞进右侧裤子口袋,之后拉上口袋拉链。

刘福贵说:"那就再见了。"

刘大队长说:"你好像还忘了点什么。"

刘福贵拍拍脑袋,"不好意思,你说的是发票吧?"

"多谢你自己能够想起来。"

"不对不对,发票是购买凭据,我们这里发生的不是购买而是责罚,责罚有收据就可以了是吧?"

"只要有公章,收据发票随你。我无所谓。"

"开收据发票在我都不是问题,我只关心事实。事实就是你情我愿的罚款,所以我们开什么凭据只能回到事实本身,所以就只能收据了,你看你有什么问题吗?"

"我能有什么问题。"

"我担心收据是不是不能报销入账。"

"你的公司连罚款也能报销是吗？我在政府服务二十年了,我知道政府的报销条例中从来就没有罚款这一项。"

刘福贵这下现出了十二分的惊讶,"不能报销啊？那怎么好意思呢？不行不行,这钱我说什么也不能收。天地良心哪,你一家老小大半个月的生计,我于心何忍哪。"

他一边说一边把刚才塞到裤子口袋中的钱掏出来递还给刘大队长。

刘大队长动怒了:"你成心拿警察开涮啊？刘福贵公民,请你准备好罚款收据,盖上公章,我随时会去贵公司取。"

刘大队长转身走了。

刘福贵抓着钱伸出的手臂重新撤回到裤子口袋,"大队长,我要不要给你留一下公司的地址？"

"放心吧,我找得到你。"

洪锦江处理完公务,眯上眼,伸出手去摸右眼皮。眼皮已经停止跳动了。他想起了早上的事故,伸手拨了刘大队电话。他问他是否在局里,他在。他看看时间,十一点五十七分,他约他到政府小食堂一起吃个便饭。新区公安局就在政府隔壁,徒步过来要不了两分钟。洪锦江要了一个小单间,四把椅子一个小圆桌的那种。他让办公室订了双人份的四菜一汤。

刘大队向他简单汇报了碰瓷者的逃离,有意将刘福贵的事情略去不提。

"洪主任,真有那么巧,这个女人两次碰瓷都被您遇上了?"

"没有啦,我故意那么说。那么多老百姓围着,我怎么好说我只是怀疑她碰瓷呢?你没见旁边有个家伙一直在向我发难吗?"

"那您是怎么断定她碰瓷呢?"

"我的车没撞到她,这一点我心里有把握。所以我下了车故意站一下,我发现她尽管疼得大呼小叫,还是偷偷瞄了我一眼。那情形很像是足球场上假摔的球员。我还眼见着她故意用膝盖把自行车往汽车下面顶,她想让大家看到她的车已经钻到了汽车下面。我一下就意识到她是在碰瓷。"

洪锦江说话的时候,刘大队的手机有提示音。刘大队等他说完才掏出手机查看,"洪主任,不是好消息,有人将您给我打电话时的照片发到微博上,还把您点烟的镜头局部放大,特别强调您抽的烟是软中华。"

他把手机递给洪锦江,洪锦江忙从上衣口袋掏出小巧的老花镜挂到鼻梁上,"应该是那个向我发难的家伙干的。那时候你还没到,那家伙大呼小叫让大家围观我,说我一个公务员凭什么抽那么贵的烟。"

"洪主任,我得向您汇报。这个人叫刘福贵,那个碰瓷的女人跑了以后,刘福贵主动申请到局里来录口供。他分明是在恶意发难,他坚持说那是一场交通肇事,说亲眼见您的车撞人。我明确正告他没有交通肇事,有的只是一起诈骗未遂,但他坚持说是政府的车撞了老百姓。"

洪锦江摇头,"他的话比这还要恶毒,他说的是'轧人了'!"

"这个人对政府包括对警方怀有恶意,我还被他狠狠敲诈了一回。"

"哦?怎么会呢?"

刘大队见洪主任当真有兴趣,便将前前后后的事情细细说了一回。

"刘大队,你们警方还真不可掉以轻心,这样的人一定还会以他们自己的方式来危害社会,你们要有所警惕啊。"

"就是。这种人有明显的反社会反人类倾向,他根本不认识您不认识我,仅仅因为您是政府官员,因为我是警方,所以就千方百计予以发难,而且性质极为恶劣。这个刘福贵临到最后还向警方挑衅,问要不要给我留一下公司的地址?我也没客气,我告诉他放心吧,我找得到你!"

"对这样的坏人就不能客气,要我说你就不该给他什么罚款。这样,你们公安局会同工商税务查他的公司。这种人办公司肯定有歪门邪道,发现问题马上就立案侦查,要一查到底,绝不姑息。"

"明白。"

"他不是答应你要开有公章的收据吗?你先把收据拿到手。这笔钱日后在查案经费中冲抵,不能让你个人蒙受损失。"

"洪主任,您看网络上的照片该如何处置?"

"不要理他。我的烟又不是'九五至尊',没什么好怕的。谁都知道我夫人经商几十年了,我没当领导干部那会儿抽的也是中华,我不怕谁查,身正不怕影子斜。"

"理是这个理,但是现在的网络很讨厌,经常无事生非,您也不能够太不当一回事。"

"好了,尽说这些烦心的事,你这餐饭也没吃好。我还有个会,就不多耽搁了。"

其实洪锦江自己这餐饭更没有吃好,网上的微博让他添堵。在这一两年里,许许多多由网上曝光最终官员下马的案例让每一个在岗的官员胆战心惊。微博真是个可怕的东西,刘大队说得对,它会无事生非,它会让"身正不怕影子斜"这样的民间智慧也相形见绌。

整个一下午他心神不宁。万科地产的分区总经理电话约他吃晚饭,他推脱已经有约在先推辞掉了。万科是开发新区的大客户,平日里大客户都是他亲自洽谈,可是他没心思在这个晚上去做商务应酬。他给黄棠拨了电话,告诉她自己晚上回家吃饭。他平日里难得有空在家里吃晚饭,家里已经习惯了晚饭没有男主人的格局,所以他要电话知会一声。知道他回去,晚餐上一定有一份菜肴是专门为他做的,糖尿病需要开一点小灶。

洪锦江没有预料到他会在家庭晚宴上见到儿子。他不知道,儿子是接到母亲的电话专程赶回来的。儿子平日不住在家里。洪开元中午先就和母亲说了有事跟父亲谈,而且是当着全家人的面。儿子不想单独跟父亲说话。

洪锦江极少过问儿子的事情,洪开元的许多作为他都看不上。但是儿子大了,洪锦江知道自己开口就会责备,责备了就会遭遇顶撞,顶撞的结果便是全家都不开心,于是他尽量不开口。见不到儿子还更好,眼不见心不烦。对于家人的纵容,他相当反感,他尤其不满意祁嘉宝送洪开元那么拉风的豪车,但是祁嘉宝不是他亲生的,他不好当面责备。当听说洪静萍送洪开元的全套电影摄录机超过百万元时,他重重责骂了洪静萍,说她助长洪开元的恶习,说她这是把弟弟往火坑里推。他故意当着祁嘉宝的面骂洪静萍,杀鸡给猴看。

那次之后儿子就不再理他。一晃有一个月了,他就没与儿子照过面,儿子明显在回避他。经常是他进门了,倘若碰上儿子在家,儿子马上会借故出门,而且不跟他打一声招呼。

儿子有一点倒是让他很满意,就是他从来不找老爸办事情。看看那些贪赃枉法落马的官员,很多都是被老婆孩子牵着做了不该做的事。他们家里的格局不同,他在家里无足轻重,而且与家人团聚的时间很少,属于可有可无的角色。家人有什么事情都找黄棠,黄棠是家里的轴心,是家人的主心骨,而他经常被自己的家人忽略不计。没有家人的各种各样的要求,洪锦江倒是乐得自己无事一身轻,他喜欢当清官的感觉。

3. 洪开元有话要说

洪开元吃饭的时候有一点心不在焉。也许他心里很明白,如果他在饭前或者饭中开口说话,也许一家人的晚餐会就此中断。所以他把开口说话放到了饭后。

但是对于洪锦江而言,儿子什么时候开口他的这顿饭都已经没了胃口;因为他随时准备着儿子的突然袭击,他已经不可能把心思放在饭菜上。他当然想不出儿子要说什么,但他看得出儿子有话。他已经习惯了儿子对他的敌意,并且习惯了在与儿子面对时保持足够的心理准备,令自己不至于在受到儿子的突然诘问时手足无措。

第一个撂下筷子的是外婆贺秋。洪锦江是第二个,他不想做第一个,所以一直等着有一个人先撂下筷子。贺秋习惯性地起身,却被外孙叫住了,"外婆,坐一会嘛。"贺秋问干吗,洪开元说等大家吃完了他有话要说。外婆只能给外孙让步重新坐下。洪开元的话让家里其他人也都没了胃口,先后都把自己手里的筷子撂下。保姆闻声过来收拾,被洪开元喝止,"孙嫂,先不收拾,你先回你房里。"孙嫂当然只能从命。

"老爸,我今天收到朋友发来的一条微博,是关于你的。"

洪锦江说:"是关于软中华烟的那一条吗?"

黄棠说:"你抽烟上了微博?儿子,怎么回事?"

"我爸一早上开车撞了人,然后在现场对伤者不闻不问,还在一旁抽他的软中华,被人拍了照片和视频放到了网上。现在全世界都知道公务员洪锦江抽软中华开车撞人的事了。"

洪锦江说:"警方已经介入了,已经明确是一起碰瓷诈骗,警察一到作案的人就逃了。现场有一个坏人想借此大做文章,还故意自告奋勇到公安局录口供,警方已经对此人进入侦查程序。你想问的就是这个?"

"我不想问,我想告诉你,我怕你还蒙在鼓里。"

"我已经知道了,他们已经向我做了汇报。"

"老爸,我知道你不上微博。我给你汇报一下最新情况,这条微博到现在为止被点击了二万零八百七十五次,有七千四百六十三人予以回应,有九十四人提出要人肉搜索公布你的姓名和职务。我恐怕你对事情的严重性估计得不够充分,我怕你糊里糊涂被网络给毁掉。"

黄棠说:"是不是你的政敌在搞鬼?"

"我哪有什么政敌,我到开发区任职还不到一个月。"

"我可是听说你们开发区那个常务副主任一直盯着主任这个位置。这个人能量很大的,听说他没当上主任相当恼火。"

"我不好随便怀疑哪一个同事,这种事情一定要有证据才可以说话。"

"老爸,我也听说了那个郑副主任把你当成眼中钉,随时准备拿你开刀要把你搞下去。我知道这个人自己的屁股一点都不干净,我朋友答应我找纪检的人查他,说一准能把他搞到大牢里去。"

"你小孩子掺和这些事情干什么?大人的事情你不要搅和进来。"

"老爸,你这么说可太不厚道了!我是为谁?你把我也当成对头了?告诉你,听到这个消息以后,我一下午都在忙着找人,商量对策。你心里很清楚,我对你们那些官场上的事情根本不感兴趣。我知道你是个清官老好人,我怕你连东南西北也找不着就糊里糊涂栽了。我是想帮你。"

"我用不着你帮,你管好你自己就可以了。"

黄棠终于开口了:"江哥,你对儿子的态度我不赞成。家里出了事,儿子要尽一份力有什么不对?你在官场几十年,连自己有没有政敌都搞不清楚,这种事情还要老婆孩子提醒你吗?

那个姓郑的在各种场合都千方百计败坏你,说你是秘书帮,跟古代的太监帮没什么两样,说你只会伺候上边,根本就没有基层工作的经验。这些话我耳朵都听出茧了,可你就偏偏充耳不闻。你一天到晚写'难得糊涂'四个字,我看你真是自己也写糊涂了。你说遇上了碰瓷我信,可你想没想过碰瓷的为什么专门找上你?你开的又不是什么好车,我是碰瓷的我一定挑一辆好车去碰。要我说十有八九是姓郑的家伙在背后搞的鬼。而且你看看,你刚出了事就有人在现场拍照,并且马上弄到网上去,不是有预谋才怪。"

"老爸,依着我的脾气,你刚才那句话我才不能忍你到这会。你已经非常危险了你知道不知道?我知道你看不上我,跟你明说,我也一样看不上你。但是咱们一笔写不出两个洪字,你是我老爸,你有难了我不能袖手旁观。"

洪静萍说:"小弟,跟爸说话别那么放肆。"

祁嘉宝说:"小弟当真是为爸着想,我觉得小弟的话有道理。他们当官的不就是怕纪检吗?他们怕什么咱们就给他来什么,不能让这个姓郑的为所欲为。"

贺秋说:"锦江,孩子们说得对啊,老话讲防人之心不可无,这话是一点都不错的。"

洪静萍说:"外婆怎么说起屈原的台词了?'古人说兼听则明偏听则暗,这话是一点都不错的'。"

黄棠说:"死丫头,怎么敢嘲笑外婆?"

贺秋说:"萍丫头跟我贫惯了,当年是我教她读《蔡文姬》剧本,这下反倒让她抓了我的把柄。"

洪开元不耐烦了,"外婆,我们说正经的呢,你们扯什么用不着的!老爸,跟你明说,我刚才不是征求你的意见。我已经让我朋友下手了,他答应我五日之内让姓郑的'双规'!"

洪锦江说:"他把话说得那么死,是不是已经抓到郑副主任要害了?"

黄棠说:"别说他是个坏人,他即使不是坏人,为官这么多年,要查出他违纪枉法的事情,肯定也一查一个准你信不信?你们开发区九成以上的工作是卖地,说哪个卖地的是个清官只有鬼才相信。我敢说查查哪一个跟卖地沾上边的官员,谁的屁股都不可能干干净净。儿子,不用请示你爸爸,我做主。查这个姓郑的,一定不要给他留后路,犯多大的罪都要逐一落实,一定要有证据。花多少钱也在所不惜,钱我出。"

"我说你又何必让孩子卷进政治旋涡呢?我说过多少次了,不要沾政治,一定不要沾。我一个人在里面已经够烦了,哪个孩子再卷进来有什么意思呢?"

"江哥,你想洁身自好出淤泥而不染,想世人皆醉我独醒,可能吗?你在官场,要么一家人跟着你飞黄腾达,要么一家人跟着你担惊受怕。我们家里没人要沾你的光,所以结果只能是担惊受怕。但是再怕也没用,麻烦还是找上你了。所以我很高兴儿子在你有难的时候出手,我们全家人都要出手,我们不能眼见着你被恶人泼脏水。跟你说老实话,中午儿子来电话说有话要跟你说,我还担心他会跟你斗气。可是没想到他要说的是刚才那些话,他在你遇到麻烦的当口挺身而出,儿子当真已经长成一个真正的男子汉了,这让我非常开心。我不怕自己的儿子卷到政治旋涡里,他是为他老爸而战,有什么麻烦也都值得。"

"妈,你过奖了,我没你说的那么高尚。但是谁想跟咱们家里人过不去,那是他自讨没趣,我绝不惯着他。"

洪锦江的口气比先前迟疑了,"我当真没觉得事情有你们说的那么严重,好像我们面对的是一场生死之战,真有那么严重吗?"

孔威廉说:"母亲的话很有道理,如果说早上的碰瓷还是一个小事情,把照片发到网上就是很大的事情了。洪开元已经在网上发现了事情的严重性,有人利用网络要置您于死地,这一点是显而易见的。"

蒙立远说:"中国的事情真是太复杂了,我相信一个欧洲人怎么也想不出如此复杂的事情来。一条微博当真会断送一个人的政治前途吗?"

黄棠说:"类似的事情在这两年里已经太多太多了,许多官员都是先在网络上被诟病,之后由纪检介入,最终落马。最有名的是南京的一个什么局长,因为他的一包'九五至尊'香烟被弄到网上。开始他还嘴硬,最后栽了个一败涂地。所以真不敢把这条微博不当一回事。江哥,你记得不记得这条烟是谁买的?留没留发票?我们得准备好应对策略。"

洪锦江说:"是小萍元旦那天带回来的。"

洪静萍说:"我可没想起要开发票这种事。"

洪开元说:"在哪家店里买的,去补开一张发票就是了。"

黄棠说:"补开不行,一立案侦查马上就有了破绽。小萍,你记得那家烟店吗?"

"记得,就是小区大门口左手那家,这几个月都是我给爸买烟,卖烟的已经认识我了,每次见面都会打招呼。"

黄棠说:"软中华是贵重商品,他们店里一定会每日有记录,我们不要找他们说任何话,不做欲盖弥彰的蠢事,就让纪检的人直接找他们好了。江哥,纪检的人找你的话,你就如实说,不要有任何托词。他们若有疑问,必定会找小萍询问,小萍也如实说,让他们自己去烟店里核实。我说了,谁都不要做欲盖弥彰的蠢事。许多事情都是这样搞坏的,越描越黑,最后连真相也找不到了。"

陆小玫说:"黄阿姨,我能帮什么忙吗?"

"也去那家店给你江叔叔买一条软中华,一定记得开发票。大家都听好了,以后谁给你爸买烟都别忘了开发票。"

蒙立远说:"可是我没明白,开发票不是有日期吗?以前的事情用以后的发票怎么可以呢?"

黄棠笑了,"以前的事情当然不能用以后的发票,可是再以后的事情就用得着以后的发票了,就是所说的亡羊补牢有备无患吧。"

蒙立远点头:"明白了。以防他们以后再来查父亲,是吧?"

洪静萍嗔怪他:"说什么话呢,你还盼着他们来啊。你不懂中国的事情就别跟着添乱了。"

黄棠说:"让立远理解这些事情太困难了,你别怪他。儿子,你的任务就是查那个姓郑的,一定查到底,每天都要向我汇报。江哥,你就当什么也没发生过,而且你什么也不知道,尤其是网络上那些消息。你既不懂上网,又不关心社会上的花边新闻。如果你的秘书给你汇报这些,你一定要批评他,教育他不要传这些小道消息。我担心你在政府的一举一动,都会被汇报到姓郑的那里,你无论如何不能让姓郑的看出你已经知道了他的阴谋,不能给他还手的机会。"

第二天晚上黄棠收到了洪开元的第一次汇报,说已经查实郑某在澳大利亚留学的女儿,受到率先进驻开发新区第一个大开发商鸿源地产的全额赞助,总计十万澳元。鸿源老板澳大利亚籍华人施鸿源与郑某过从甚密,在开发新区是人所共知的秘密。洪开元拿到了银行过户记录。

第三天晚上是第二次汇报,查实郑某收受本市开发商明辉置业赠送的巴宝莉全钻玫瑰金表一枚。郑某的妻子胡某曾持原表连同发票去表店讨教使用方法。洪开元同样拿到了表店记录的复印件和表店内的录像视频,同时拿到了销售此表的发票底单复印件,上面的购买人是明辉置业公司。

第四天中午在政府小食堂里,新区政府常务副主任郑达兴主动过来与新区政府主任洪锦江打招呼,问洪主任饭后是否有空,说有事情要向洪主任汇报。因为是谈公务,洪锦江无法推辞。郑副主任汇报的内容大出洪主任意料,原来是市委组织部长刚跟他谈过,要他去河东区做区长,要他准备好工作交接。他是来向洪主任辞行的。河东区是市中心区,其位置的重要性远在开发新区之上。洪锦江一方面恭喜郑达兴的升迁,一方面暗自揣摩黄棠洪开元这一次找错了假想敌。他对老婆孩子说冤枉郑达兴了,他郑某人既然已经知晓自己的升迁,他在这个当口绝不会对洪锦江落井下石。

可是洪开元想不开,这三天里他已经为郑达兴砸进去十几万元,忽然让他收手,他怎么能善罢甘休?

黄棠想的不是钱的问题,"其实在你出碰瓷的事情之前,我早已经从几个方面听说郑达兴不容你,说你们太监帮都是舔主子的沟子爬上来的,说三个洪锦江也顶不上他一个郑达兴。我那会就想找这个家伙算账,但是又担心给你的工作造成不良后果。这人整个就是一个社会渣滓,这样的货色官却越做越大,简直天理不容!于公于私都是祸害。即使碰瓷和微博不是他干的,这件事上冤枉他了,他也仍然是个坏种。我的意见是有恶必除,除恶务尽。"

洪开元说:"你们还要不要听我做今天的汇报?"

洪锦江说:"你说。"

"我朋友在瑞士银行查到了一笔属于澳大利亚中国籍在读学生郑薇的大额存款,有五十万欧元,是从一家德国的丰根公司转入的。"

"丰根公司是新区最大的开发商海德地产的境外大股东,海德地产的CEO是华人,一个非常精明的地产掮客,叫龚大地。事情很明显,这件事肯定是龚大地操作的。"

"江哥,你看看,我说这个郑达兴是坏人冤枉他了吗?洪开元刚刚查了三天,要是查上三十天三百天,会有怎样的结果你能预想吗?"

洪锦江摇头,"太可怕了!我们党的干部里怎么会有这种败类!"

"儿子,你朋友不是说五日内让他'双规'吗?"

"我朋友吐唾沫成钉,从来不会食言。"

"那我们就两天后等他的好消息。"

"欧嘞。"

洪锦江这边屏息静气,竟再没说出一个不字。

"老爸老妈,我这里又有一条微博,你们二位听好——到美国生孩子,既拿国籍,又吃救济,还可以全家移民。中国人先是在豪华住宅区买下三层高的公寓楼,隔出一百多个套间,每个套间里住一个高价来美的孕妇。某一天美国人民突然发现大街上全是中国孕妇,'月子楼'也生意红火。老妈,我是不是'月子楼'里出生的?"

黄棠说:"你妈有那么惨吗?怎么也不至于租房子生你。我们在宾夕法尼亚的House你又不是没去过。"

"别打岔,还有呢。美国人民愤怒了,纷纷举报给移民局、卫生局、防火局、税务局,经过一通严打整顿,'月子楼'查封。今天,孕妇们即便有了来美签证,在口岸也可能被拒绝入关。'生孩子'这条路被堵上了。"

"堵上谁也堵不上你妈。儿子,别以为只有你是美国国籍。"

"不会吧老妈——你也入了美国籍?"

"什么叫我也入了美国籍?生你的那会儿我就是美国

公民。"

"不对啊,你不是有身份证的吗?没有中国国籍你哪来的身份证?"

"我就不能有双重国籍吗?"

洪锦江说:"这种玩笑你可开不得,儿子要是当真了再说出去,我看你怎么收场。"

"第一儿子不会当真,第二当真了也不会说出去,是吧儿子?我儿子怎么会出卖他亲妈呢?"

"就是。老爸操心的全都是多余的事情,老妈就是杀人放火无恶不作我也不可能出卖她。"

"洪开元,你少跟我套瓷!别以为你这么说老娘也会跟着你这么说。你给我听清楚,无论你做什么坏事你妈都饶不了你,不单犯法的不行,不犯法的也不行。只要是坏事我绝不饶你。"

"老妈,那我还要不要出卖你啊?你做坏事了我要不要帮你保你啊?你这么说话太让我伤心了,我伤心得都快昏过去了。"

洪锦江说:"你们娘俩的这套把戏还是不玩得好!别人可不管你们是真的假的,给别人听到了看到了,我就是浑身是嘴也说不清楚了。"

"老爸,你活得可真够累的。当官真是不容易啊,连在家里也开不得玩笑。又操心又起早贪黑,又不敢越雷池半步,这个官当得有意思吗?"

"你这种什么都不当一回事就有意思啦?"

"老爸,跟你说句实在的,你辛辛苦苦熬了一辈子,当了这么大的官,你一年的收入还不到我的三分之一。我还是个中学生,我才十七岁。你不是总说一个人的收入可以体现一个人的价值吗?你再怎么看不上我,我去年一年也赚了六十万,老妈可以作证。"

"我才不给你作证!你赚钱靠谁?还不是我们大家在帮衬你?再说了,没有你爸的两袖清风,你以为谁会买你的账?你爸是公务员,你懂什么是公务员?公务员就是为公务的人,只为公务,不徇私情。你爸当得起公务员这三个字。因为他当得起,所以他有尊严,所以他的老婆孩子也都有尊严。你妈没你爸的境界,你妈只能做私务员。但是你妈钦佩你爸,你妈也不允许你诋毁你爸。儿子,你听好,没有你爸就没有今天的你妈和你!你赚六十万算什么?你就是赚六百万,在我眼里也抵不上你爸一个小指头。"

"哟哟,老妈,你觉悟真高。"

"洪开元,你太小看你妈了。"

洪开元大摇其头,"没看出来,这么多年我愣没看出来。在我眼里,你老人家就是个见钱眼开唯利是图的资本家,又精明又善于见风使舵,遇到钱的时候比任何人的鼻子都灵。老妈,我这是在骂你还是在恭维你?"

"你这些话我爱听,管你是骂我还是恭维我。谁都有两重性,你妈又怎么能例外呢?"

"开元,我希望你妈的话你听进去了。"洪锦江说。

"百分百听进去了,而且融化在血液里,还要落实到行动上。"

"我没工夫跟你贫。你妈这一辈子比我活得明白,打心里说我更愿意你像你妈别像我。你妈没去走仕途,她走仕途的话肯定也比我走得远。我是死脑筋,认死理,一心想的就是把组织上交给我的事情干好。"

"老爸,我不敢班门弄斧,你肯定知道鲁迅的那段语录。"

"哪段?你说说。"

"说帮闲的那段,说'帮闲,在主子忙的时候就是帮忙,在主子忙于行凶的时候就是帮凶……'记得吧?"

"你小子什么意思?说你老爸是帮凶?"

"老爸,你不是帮凶,是帮卖!你们开发新区是干什么的,整理土地,迁出原有的村民,然后招商开发,不就这么回事吗?说穿了不就是卖地吗?组织上安排你当开发新区主任,你不就成了帮卖吗?"

"什么乱七八糟的,你把政府的规划看成什么了?开发区是党和政府利国利民的伟大战略,到了你嘴里成了卖地,真是狗嘴里吐不出象牙!"

洪开元伸手给自己两个小耳光,"真是狗嘴里吐不出象牙,看你再敢胡说八道!老爸,以后再也不说你是卖地的啦。看我长不长记性。"

"我一辈子不贪赃枉法,不拿一分昧心的钱,我想活得干干净净。一个官员只有干干净净才有真正的尊严。我也看到了那些官做得比我大的人,他们在那些更大的老板面前直不起腰杆,我心里很明白那是什么原因。吃人家嘴软拿人家手短,我最瞧不起那些直不起腰杆的官员。你妈这样多好,面对再大的官员和老板都可以不卑不亢。不卑不亢是一种境界,大家经常会说人在江湖身不由己,说的就是要做到不卑不亢。太难了。"

"江哥,你又没喝酒,怎么这么多感慨啊。我哪有那么不卑不亢,你不是也经常说我左右逢源见风使舵吗?你说我是阿庆嫂,阿庆嫂可没有不卑不亢的境界。"

洪开元鼓掌,"精彩,老爸老妈一起开集体生活会做自我批评,真是精彩。老爸,你让我学老妈;那老妈呢?你也让我学老爸吗?你觉得我是那块料吗?"

黄棠摇头,"你老爸不是谁都能学的。定力是一个男人最大的本钱,你的定力差得太远,你充其量也只能跟在你妈屁股后头往前走。你可以看到老爸在前头,但是你永远望尘莫及。"

洪锦江笑了,"咱们两个今天是肉麻主义当头,当着儿子的面互相吹捧,这是我们官场的招数啊,居然玩到家里来啦。"

黄棠也笑了,"偶尔一次嘛,下不为例啦。"

"下不为例,下不为例。"

洪开元匍匐大叩头,"佩服!二老在上,容小儿一拜。"

章2 商业新世代

1. 洪静萍的非凡创意

由于得了蒙立远的真传,洪静萍正在启动一个大纪录片的构想。

他们这个城市有七百多年有记载的历史,位于古老的苍鹭河畔。苍鹭河流经这一段的走向是自东北向西南,市中心区原来只有两个行政区划,河东区与河西区,分置于苍鹭河两岸。约二十年前由原来的郊区扩充出第三个区,因地处老城之南,又有大面积湿地,所以被命名为南洼区。现下洪锦江服务的是最年轻的开发新区,是本市历史上第四个行政区划,位置在苍鹭河上游的延长段上。

洪静萍正是在苍鹭河上发现了自己的大机会。

从上面的格局可以看得出,整个城市都是依托于苍鹭河而诞生和发展起来的,苍鹭河是真正意义的母亲河。但是非常悲惨,一方面由于天赐不足,每年没有足够的雨水补充;一方面由于上游的苍鹭湖水库截流,他们这一段的古老的苍鹭河早在几年前已经名存实亡,河水早就断流了。原本依托在大河两岸的在千百年里成长起来的城市,今天更像是两个死了母亲的孩子,环绕在已经倒毙的妈妈的身边。整个河道变成了一条七八百米宽、十数公里长的绿色大道,以泥沙为主的河滩最先长出各种各样青翠的草本植物,后来出现了些许乔木,而且许多品种都不一样。再后来连卵石砾石滩上也都渐渐长出了蒿草。苍鹭河不再是先前那种古老的绿色,它在春夏之际变得一派青翠,并且可以随着疾风而起伏摇曳。到了深秋,绿色大道给染成了一派金黄,煞是好看。冬天很短,灰褐色调很快会被新绿覆盖。

没有水的苍鹭河已经有好几年了,这是一种历史的无奈。以城市自己的能力对如此的无奈当然无可奈何。

渐渐地,许多头脑灵活的市民村民打起了河滩的主意。起初有许多小块河滩被市民分割成了菜地;也有村民在河滩上围起一圈篱笆,养起走地鸡和产奶的山羊。个体经济的雏形在河滩上有了最初的展现,估计农贸市场中相当一部分蔬菜都来自于河滩。

接下来嗅觉敏感的资本开始在河滩上攻城略地。打从三年前(2010年),一批以土地出租为盈利模式的家庭农场相继诞生,而且这种农场的规模越来越大,最大的一家居然拥有整段河滩五分之一的土地。

试想一下,河道平均宽度八百米,经由的这一段超过二十公里,河道总面积在一千六百万平方米上下,相当于两万四千亩。两万四千亩而且是居于城市中心的肥沃土地啊!

当然对政府而言,如此巨大又如此丰厚的一笔财富是无法入账的。无论是这块土地上的经济,无论是由这块土地产生的

GDP,无论是在这块土地上解决的就业人口,所有这些都不能够进入政府账户上的收入栏。如此丰饶的财富,在政府眼里只是一大堆无穷无尽的麻烦。将生计置于这块土地上的那些人的所有作为都是非法的,既违反国家的防洪排涝法规,也违反国家为公民制定的所有就业政策;既违反国家伤透了脑筋的土地法规,也违反人道主义原则和诸多正在完善起来的法律条款。

但这是一片生机盎然的土地,维系着许许多多的市民和村民的生计。他们终日在其间劳作,终日为其间的林林总总殚精竭虑,他们的喜怒哀乐都在其间。或者可以说,葱翠的河滩就是他们的天堂。

在政府的眼里,这样的情形只是暂时的,政府不可能容忍这样的情形长此以往存在。且不说这一片丰饶的土地上所有的产出都是逃税的,每年政府在税收上就损失了一大块;单就上面提到的那些违反的事项,不彻底解决也就意味着政府的不作为。苍鹭河滩上为非作歹者的天堂,在政府眼里无异于是城市的一个毒瘤,不剪除不足以平公愤。

但是政府虽然轮番给所有相关的职能部门下指示,让各部门从自己所管辖的范畴入手,面临的诸多问题仍然不能够得到解决。因为此种情形没有先例可循,自然也就没有针对性的法律法令和法规出台;在如今这个法制时代,没有这些东西支撑,所有的一厢情愿都不可能顺利地向前推进。这个不许那个不许,在执行的时候便会遇到激烈的抵抗。而多数政府职能部门并无专门的执法队伍,甚至没有出手执法的职能。面对如此庞大而且将生计系于其中的社会群体,政府官员的一纸禁令显得苍白而又可笑。

但是去年以来,政府忽然找到一个可以彻底解决此问题的方式,就是上一任的开发新区主任、现在的副市长贾振邦的方略。他提出由开发新区政府与园区内的开发商共同投资,恢复苍鹭河水系的宏伟构想。简单地说就是为苍鹭河注水,恢复它母亲河的本来面目。

贾副市长的计划有两个大的方面,一是修两道橡胶坝,一道位于北段开发新区,一道位于城市南端。第二个是向上游的苍鹭湖水库管理局买水,花巨资将水引入。

其中的第一项工程并非是表面上的修两道堤坝那么简单,两道堤坝之上的河段同样需要做大规模的河滩平整工程,让蓄水之后的河段凸显平湖景观。经由水文地质部门的测量后估算,土石方工程量至少在两千万立方以上;仅此一项的工程费用至少要三个亿,这还没有算上两道堤坝的造价。而第二项工程的耗费也许更大,因为水库库区在新区以北三十多公里处,如此之长的通道必将需要数量极其巨大的水源来充填。尽管耗资巨大,但是新区政府还是下决心做这件事。毕竟新区在招商引资过程中已经羽翼渐丰,拿出几个亿的土地款还是有能力的。而且开发商们对这件事的热情比政府还高,因为他们更清楚,一条碧波粼粼的苍鹭河会使他们手上的土地大幅度增值,所有濒河的土地都将成为风水宝地。贾副市长的方略是所有市民的福音,广大市民的支持也是他由开发新区主任升任副市长的民意基础。所有恢复苍鹭河的工程都由贾副市长统领,可以说开发新区属于贾副市长的嫡系部队。

洪静萍的非凡创意就是从这里起步的。父亲调任新区主任,父亲成了恢复苍鹭河战役的前线总司令,她从父亲日常的兴奋表述中找到了灵感。但是她的兴奋点与父亲不同。令她兴奋的不是在这项耗资甚巨的惠民工程本身,而是这个工程给所有那些生计系于苍鹭河滩的人们带来的变化,给他们今天和日后的生活造成的影响。

她上学的时候,一部大规模的国产纪录片《铁西区》给她留下了深刻印象。那是一部史诗巨片,描述的是曾经的亚洲最大的工业区,东北沈阳的铁西区的动迁改造。铁西区曾经以超过十公里的连片厂区,以高耸的大烟囱构筑的水泥森林闻名于世。它为共和国在成立之初的三十年里做出了无可比拟的贡献——一个铁西区的工业品产值曾经占到整个共和国工业品产值的百分之几,那是一个惊人的数字。在那三十年里,终年有上百万的产业工人大军在铁西区工作和生活。是他们连同他们的工厂,一同造就了巨无霸规模的铁西区。但是时过境迁,铁西区老了、过气了,它的那些规模巨大的工厂已经步入了自己的衰老期和死亡期。铁西区的改造成了共和国的大事,甚至成了老工业文明终结的钟声。

洪静萍在恢复苍鹭河工程的美好前景中看到了自己的机会。虽然不能够与《铁西区》的气势和规模相比,但是她的《苍鹭河滩》同样具有史诗的气魄和意味。她已经做过详尽的调研,整个河滩区域,直接和间接与河滩发生联系的市民村民人数接近两万。关乎两万人的生计。而且其中掺杂了社会各个不同阶层的不同利益。许多人的全部生计都系于此。

已经进入她故事的人，有一个家庭农场的投资人，有一户以养山羊卖羊奶为生的农民，有一家租了河滩地做废品收购生意的公司，有一户租种了家庭农场三分河滩地的市民家庭，有一个承包的沙场老板，有一个专门计量的沙场工和他的一家人，有一家靠在河滩上种青玉米秸当饲料的奶牛专业户，有一个乡村的养护林护林员，有一个村主任，有一个城管执法队的小队长。这些仅仅是她在做调研时拟定的一部分内容。她相信随着拍摄的深入，会有更多有意思的人和有意思的故事被发现，成为她的史诗纪录片中的新角色。

从父亲对苍鹭河美好前景的展望中，她看到了未来时间里她故事中的那些人物即将与政府工程可能发生的冲突，他们的生计可能被政府工程造成的冲击，他们为捍卫自己的生存做出的抗争，一定不比在中国大地上发生的那许许多多惊心动魄的故事更逊色。洪静萍作为纪录片导演，已经在手中积存了数量巨大的关于拆迁与反拆迁的影像故事，双方的作战方式和武器有口水仗，有官司，有最后通牒和孤独坚守，有锹有镐有撬棍与挖掘机推土机加上铲车的对抗，甚至有不止一例自焚。

洪静萍不能够预知在《苍鹭河滩》上会发生什么，但她依稀觉出那会有不止一场惨烈的生死相搏。因为政府不会放弃自己的强势，而利益攸关的平民百姓也不会对自己已经拥有的生存手段连同生计场所做出轻而易举的放弃。几乎所有的史诗讲述的都是人们为了生计和土地，与强势的一方发生的命运之战争。

蒙立远在洪静萍做调研和创意的过程中,几次要她看梅尔·吉布森主演的《勇敢的心》,看美国大作家斯坦贝克的名著《愤怒的葡萄》,看挪威大作家汉姆生的《大地的成长》。

依蒙立远的经验,但凡大作品一定要有大的胸怀做支撑,所有历史上那些伟大的史诗都是大胸怀的典范。在蒙立远这个欧洲佬看来,中国正处在一个大时代的边缘,中国一切可见的变化都将进入历史,都是那些历史记录者的绝好素材。

洪静萍笑他:"你的这些话跟我们的国家口号很类似啊,看来中国对你的改变比你自己以为的更大。"

"老婆大人指点一下,你说的是哪些国家口号?"

"我们处在一个伟大的时代啊,我们正在迎来中华民族的伟大复兴啊,我们的GDP很快会超过美国成为世界第一啊,媒体上整天不都是这些吗?"

"哈哈,老婆大人误解了,我们说的不是一回事。我说的是大时代,不是你说的伟大。我们说伟大的时候,通常说的是向好,说的是越来越好,比先前好得多。而你们更关心的是世界第一,关心的是GDP,关心的是钱。我们觉得这不是向好,是向坏,人心坏了,环境坏了,天气坏了,水坏了,所有的食物都出了问题,所以我们不会用伟大去说这样的时代。我说的大时代,是大变化的时代。"

洪静萍满脸羞愧但是大笑,"对不起,对不起老公,我把你的话听反了,我还奇怪你怎么说起那么莫名其妙的话来。是啊,我们这个时代变化太大了,所有的艺术都变成了搞笑,所有的竞技都变成了作秀,所有的有钱人都变成了英雄,所有的亲情和人际关系都变成了利益交换。是非黑白在短短二十年里全颠倒了!你说得真好,这果真是一个大变化的时代。"

"大时代才有大机会啊,这是你这种有志于做史诗的小姑娘最难得的机遇,时代给你的机遇。只有扎实记录下那些精微而又深刻的变化,才有可能抓住这个时代的特质,才会成就了不起的作品。"

"老公,我的构思里有没有什么致命伤?"

"你问我了,我就直言不讳了。你不问的话,我也许不会说。《苍鹭河滩》是你自己的作品,一定要从你自己的眼睛里去看这个世界。"

"我的整体构思已经完成了呀,现在你这个老师该提意见了。老师是学生成长过程中最重要的心理支撑,你可不能顶着老师的帽子吃空饷啊。"

"空饷是什么?"

"就是顶着这个名头拿钱不做事啊。"

"真是冤枉死了,我做你项目的投资人和出品人,明明是你拿了钱去做事,怎么我成了吃空饷的人呢?冤枉冤枉。"

"我不管你冤枉不冤枉,反正你有想法必得说出来。你是我老公,就必得听我的调遣。"

"我当然得听你调遣。所以我说了,你让我说我才说。你好像特别关心老百姓跟政府之间的冲突。"

"因为老百姓是弱势群体啊。人文的立场必定是站在弱势一边。"

"这就是我要说的,强势弱势都只是一时的,并没有你以为的那么要紧，我相信你不是要拍一个批判政府立场的作品吧。既然不是，作为导演你就要调整你的心态，把对弱势群体的同情放下，转过来关注那些根本性的变化。比如价值观念，比如是非曲直，比如关于良知和道德感，比如对钱的态度这些。政府的立场不是不可以批判，但一定要找到能够接近形而上的切入点。因为政府的立场是代表着社会管理者的，很像是古代的皇上或者国君，你看中国古代那些智者都有许多对治理国家的个人见解，老子孔子孟子庄子这些人莫不如是。"

"蒙老师果然是真知灼见，小女子这厢有礼了。"

"你做纪录片，我不知道你取的是艺术家的立场还是智者的立场。以我的感觉，你似乎更偏向智者的立场，所以我说看看古代先贤的作为，不要轻易就把自己定位到政府的监督和批判者的位置上去。你热衷于史诗，不妨学一学司马迁，尽量把自己放到一个冷静的观察者和记录者的立场上去。不要急着去判断，更不要轻率地去批判。以你的年龄和阅历，想对如此变幻莫测的历史做出精准的判断是完全不可能的。纪录片的要义是记录，把记录做扎实是第一位的。在占有了充足的第一手资料之后，再去做剪辑和取舍，那时候你才会发现一些你先前没能预想到的东西，而那些东西才是你的真收获，是你这一个回合里的真正意义的进步。"

"老公，我虽然不能一下子把你这些话都消化掉，但是我已经看到了这个创意当中的问题。我原来以为强烈的感情倾向会是一部作品的力量，所以我铆足了劲，把政府行为对普通百姓的生计造成的损害作为主攻方向。我以为我对弱势群体的感情倾向，会是这部纪录片的力量所在。看来我太短视了，充其量只是一个称职的新闻记者罢了。"

"老婆大人，我又不同意你了。你对称职的新闻记者很不屑吗？"

"我没有不屑，但是我的确觉得哪怕是一个卓越的新闻记者，他作品的寿命也只有一天。他的任何有价值的作品都会在二十四小时后变成旧闻。我希望我是艺术家的类型，希望自己的作品能活得久一点。"

"可是你忘了，那些活得久一点的作品，甚至那些成为经典的作品，它们的能量都是在它们寿命的全过程中逐步释放出来的。而新闻作品的意义不同，它的能量会在瞬间形成大爆发。比如'9·11'那个飞机钻进世贸大楼的镜头，那是一个最最典型的新闻作品。那个镜头总共不足一分钟，到世贸大楼消失在巨大的尘埃当中就结束了。那一个瞬间大爆发形成的能量，它对全人类在视觉上形成的冲击，在心灵上形成的震撼，都是无可比拟的。我相信没有任何一件艺术品有过如此之大的能量。"

"老公，这回是你冤枉我了，我根本就没有轻看新闻，没有轻看记者这个职业。我只是觉得我个人更适合偏艺术类的职业，因为我对生命力较长的作品更有兴趣。你最了解我了，我的选择错了吗？"

"所以啊，我给你的建议是学司马迁。既然你做纪录片，就以冷静的观察和精准的记录为己任，其他的野心和梦想先放一旁。老婆大人，我这样的意见你能接受吗？"

"老公,你敢当着我爸我妈的面叫我老婆大人吗?"

"怎么不敢？不是你不许我当着他们的面这么叫吗？你是我的老婆大人啊,我当然在任何场合都可以这么叫你。当着他们的面今天就改口。"

"你敢。看我不把你的嘴封上!"

"我绝不给你这个机会,你想都别想。"

"不给我什么机会？不让我封你的嘴?"

"是不让你动这个心思。你不求我做的事情,你绝不要期望我会主动去做。我是一个中国好男人,听老婆话的。"

"这还差不多。"

"老婆大人,你可是听明白了？我的话也包括了下面的内容——所有的家务,所有对你的关心和照顾,你不求我做的话,你绝不要期望我会主动去做。"

"你敢!"

"前提是先要你敢。只要你敢求我,你什么愿望都可以达到。"

说起来蒙立远的年龄比黄棠还大,所以他和洪静萍两个人在一起的时候,尤其是谈工作的时候,经常更像是师生。用洪静萍的话说,蒙立远是赚了,找了老婆的同时也有了女儿,所谓一举两得。蒙立远很认可她的说法,她于是得寸进尺跟他约定,平时她是他的称职的好老婆,她有了错或者他有了气的时候他不许跟她一般见识,因为那时候她的身份是女儿而不是老婆。如此一来蒙立远可是比较惨了,他连发脾气和责备的权利也被剥夺了。好在洪静萍还算是个温和的女孩,不那么刁钻,所以不会经常去滥用属于自己的特权。

蒙立远虽然嘴上有批评,他其实相当欣赏老婆的创意。他看得很清楚,当下中国所处的大变革时代是中国艺术家的绝好机会。而欧洲与此相类似的机会是在二十世纪的四五十年代之交,是二次世界大战及其结束后的那些日子,而那样的机会与今天已经相隔了六十年以上,相当于一个人整整一生的时间。他全力支持洪静萍去抓住这样的历史机遇。

而且他对洪静萍的家庭结构同样感兴趣,这样一个家庭几乎浓缩了三十年里中国人的所有变化。他自己是牧民的儿子,他在十几年前就已经把年迈的父母亲接到了法国,他们如今在那边已经很适应。他自己的大半生都在欧洲,对他而言今天的中国人已经太过复杂,已经让他很难适应。他作为旁观者的时候,能够揣摩他们的心态,体会他们做出各种反应的心理动因。但是在与他们有直接交道时,他会手足无措,他会觉得自己完全不是他们的对手。在他眼里,他的同胞是地球上进化得最为复杂也最为精明的族群。在其他的族群看来是简单明确的事物,到了他同胞的眼里就变得极为复杂,所以应对的方式也令人难以理解。

不过他老婆不那么复杂,她的性格相比于她家里的人要简单许多,蒙立远自以为还能够应付得了。对他而言,她的父亲母亲连同小弟都是那种他完全应付不了的性格类型,他们的话经常让他晕头转向,所以他很少在大家庭的聚会中插上话。不是他想把自己隔离在他们之外,而是他根本跟不上他们的思路,是他自愧不如。

2. 和谐公关的生意经

　　黄棠这一向往返武夷山许多次了，都是围绕着一个伟大的名字在忙碌，就是朱熹。她去年原本是去武夷山看茶，大红袍、金骏眉是最近几年里中国高端茶市场上炙手可热的明星，她的和谐公共关系公司已经拿到了一品香茗茶厂这两个高端品种的全市总代理。发现朱熹是她的意外收获。

　　武夷山是世界自然遗产和世界文化遗产的双遗产地，这是她早先已经听说了的。茶厂负责人专门安排她在九曲溪乘竹排漂流，一览世界自然遗产之壮美的山水。在黄棠眼里，九曲溪之美当在漓江山水之上，世界自然遗产果然名不虚传，她被深深震撼了。她于是顺嘴问了主人，世界文化遗产在哪里，指的又是什么。是她少见多怪了，这里是史称朱子也就是朱熹的故乡，他一生中大部分时间生活在此地。包括他们刚刚经历过的九曲溪沿途那些高耸的石壁上，在每一曲的起始处都镌刻着朱熹专为九曲溪所作的九首诗篇。这里有朱熹的故居紫阳楼，有朱熹讲经论道的紫阳书院，有留下朱熹生平诸多印记的五夫古镇。黄棠时间不多，但她还是利用有限的一点时间匆匆将如上与朱熹有关的三处胜地走了一遭。

　　自然遗产令她既开心又兴奋，但是文化遗产却让她无比沮丧。不是朱熹本人的责任，儒学在中国有今天的地位，朱子功莫大焉，史称"北有孔子南有朱子"；黄棠从心底里只有景仰的份，绝无二话。问题出在有如圣人一般的朱熹的故居与紫阳书院两处建筑,建筑本身太让她失望了。

故居当然是在故居的原址上,但是那幢房子整体却是混凝土结构,很可怕的历史错误。她想不通,即使原来的房子因为历史原因损毁需要复建,也不至于连经典的砖木结构都不考虑。中国有水泥的历史与有朱熹的历史距离实在是太远了,将伟大的朱子置于水泥盒子之中,一切都显得荒诞不经。黄棠完全找不到该有的那种朝拜圣贤的感觉。

客人不爽,主人也很尴尬,主人于是亡羊补牢一定拉着客人去藏在大山当中九曲溪畔的紫阳书院。他们赶到山口时,天色已晏,当他们弃车徒步攀山路经二十几分钟来到傍在九曲溪畔的书院,书院大门已经上锁。这里身处巨石山的峡谷大拐弯,其环境神奇到不可思议的地步。但是建筑本身仍然令她绝望,因为还是混凝土结构。看得出来这个两进的巨大院落建设花了不少的真金白银,包括巨大的牌楼,包括周边的园林和景观。主人很为如此壮观的紫阳书院自豪,很有信心地问客人的观感。主人甚至提出明天再来,提出要为客人改机票晚走一天。客人说不必了,她已经在故居紫阳楼那边说了关于水泥的话,到了这边她不想再说了。

回到酒店她翻出前一天一起吃饭的一个房地产开发商的名片,当时开发商给她的印象颇佳,她觉得这是一个能够做大事的人。她约他喝茶。

黄棠有意避开了她茶厂的朋友,喝茶没有邀他。开发商姓邹名天,四十来岁,他正在推进的已经进入收尾阶段的项目刚好也用了"紫阳"二字作项目的名称,紫阳广场。前一天的宴请之后,邹天带他们去项目参观。紫阳广场是那种徽派风格的建筑群落,全商业街区的格局,颇有《清明上河图》中所描述的那种气象和味道。邹天请黄棠到他自己的茶室去坐。

邹天的茶室古香古色很是气派,全明式装潢,包括红木明式桌椅。他说他也做茶,而且他的茶园是武夷山最大的,几块加起来有七千多亩。

邹天说:"黄总,上次一面让兄弟非常钦佩。早就知晓'听君一席话,胜读十年书'一说,见过您才领略此言不谬。您能约我,令我非常开心。"

黄棠说:"过奖。你我之间不做生意,不必那么客套。熟人朋友都叫我黄姐,邹天兄弟也不必一口一个黄总,就也叫黄姐吧。"

"恭敬不如从命,黄姐。"

"邹天兄弟,我约你聊天是因为今天去朝拜朱子,忽然从其中发现一个很大的商机。上次你给我的印象非常踏实,觉得如果你有兴趣,这件事你也许可以做起来。"

"请赐教。您把我当作自己人,让我受宠若惊。"

"您还是太客套了。是这样,我知道朱熹是武夷山最大的名片,可是今天我到朱子故居却发现,当地根本没有把自己如此宝贵的资源开发和利用起来。我去过曲阜几次,孔丘的故居孔府已经在历朝历代皇家的扶持下,成为朝拜胜地,与之配套的孔庙和孔林更是规模宏大。曲阜整个城市都是环绕和依傍在'三孔'周围,可以说是'三孔'成就了曲阜这座城市。由此你可以想见得到,圣人故居是多么大的一个地区资源。"

邹天点头,"是啊,我们的朱子故居我去过的,简直太不像样子了。我听说过'三孔',听说孔林就有三千亩之大,两千多年孔姓家族的先人都埋在其中。而且知道孔庙是皇家寺院,其规模堪比灵隐寺、国清寺、法门寺那些千年古刹。"

"邹天兄弟,我三十年前去马鞍山采石矶,专门去名为太白楼的李白纪念馆去拜谒。我那时候还是个十几岁的小姑娘,还什么都不懂,但是我从同行的几位很有见识的长者口中听出了他们对太白楼的不满意;因为太白楼尽管建筑很漂亮,里面却没有许多有价值的文物,有的只是关于李白的一些介绍,和一些与李白有关联的书画。其中两幅书法是纪念馆的镇馆之宝,一幅是刘海粟的,一幅是林散之的。林散之的一幅中堂写的是李白的名诗《夜泊牛渚》,是林散之代表性的作品。长者中名望最高的那位,在出了门之后长叹'走出太白楼,空余林散之'。"

"黄姐,您的意思是说我们的紫阳楼吧?我们甚至连林散之也没有。我知道朱子故居里只挂着几幅拓片,有的门上挂一张简陋的说明书。"

"真是拓片也还罢了,连那拓片都是复印机复制出来的,而且模糊得一塌糊涂。进门的时候我满怀崇敬,出来以后当真沮丧得要命。但是我找你不是跟你倒我的苦水,我觉得正是这种不到位背后潜伏着巨大的商机。邹天兄弟,你是明眼人,你应该知道我说的是什么。"

"您是说,因为没有一个让来瞻仰朝拜的后人所信服的朱子故居,所以就有了一个再造朱子故居的大机会是吗?"

黄棠点头,"是个大到不能再大的机会。你一定听说了,前一段为了争哪里是真的曹操墓,有两个地区争得不亦乐乎。他们为什么争,还不是背后的巨大商机在起作用!我还很小的时候,我记得有两家酒厂拼了死命去争夺谁是正宗的杜康酒,曹操的两句诗'何以解忧,唯有杜康'就被商家看到了很大的商机。朱子故居的价值肯定远在杜康酒之上,远在曹操墓之上,毕竟中国历史上被奉为圣贤的巨人少之又少。"

"黄姐一席话令兄弟茅塞顿开。黄姐有更具体的可操作性的思路吗?"

"这件事最要紧的是得到政府的认可,必得有政府的支持才能动作。如果能认同这个思路,先期要做的肯定是一份有足够说服力的项目计划书,和一个与之配套的比较详尽具体的规划册。项目要请高人领衔,要高瞻远瞩,有气象万千的视角和模样。"

"黄姐,我很有兴趣,我觉得这是一个了不起的构想。我的紫阳广场项目受到政府的特别看重,是去年唯一获鲁班奖的工程。"

"我知道鲁班奖是建筑界的国家大奖。"

"我们跟政府的主要领导也有相熟的,而且跟故居所在地的政府还有别的合作项目,关系一直很融洽。我会尽快跟政府的主管部门接洽,看看是否有可操作性。黄姐,刚才你提到的项目计划书包括概念规划并详规这些,我这边的能力肯定做不到很高的水平。我诚意请您出马,由您来帮我组织这方面的工作。您一定不要拒绝。"

这就是黄棠这一向几次跑武夷山的缘起。她的点拨让以房地产开发为主业的邹天很是兴奋,从他所熟悉的房地产角度出发,围绕朱子故居的重建会有令人兴奋的旅游地产开发的机会,可以借此极大地带动地区的旅游业,把世界文化遗产地的宝贵资源充分开发和利用起来。

黄棠的和谐公关公司成为邹天企业的顾问公司,黄棠负责为这个项目聘请同济大学的姚亮教授做带头人,聘请北京清华的规划设计公司来故居地做现场考察和调研,并且很快拿出一个规划的草案来作为征求意见稿。这个草案充分考虑到开发商的利益,提出从地形地势出发恢复古意,围绕那棵树径巨大的朱子手植古樟树,以大气魄建出有"半亩方塘"原貌的故居前花园,将前面南向的那道自东而西的溪水作为护宅之河重筑块石堤坝,而将溪水之南的大约三四百亩散在的民居和农田统一征调,再造一个宋代集市风格的旅游地产项目。

规划设计师在考察过程中对当地的丹霞地貌发生了极大的兴趣。正是丹霞地貌造就了这里奇异的山水景观,那种黯红色有如古老混凝土废墟一般的巨石在这里随处可见,构成武夷山地区独特的景观风貌。在九曲溪漂流接近终点的一处大拐弯,迎面一块高达数百米的整座巨石,号称"天下第一石"。说这里的石头如古老的混凝土,是因为粗粝的岩石中天然就夹杂着不同的石质成分,那些一块一块的颜色稍浅的石头看上去更为坚硬,它们被颜色更深的相对较软的石质所包裹,有如上天亲手造就的混凝土一般。只不过它的年代比人造的混凝土要久远许多,数百万年甚至数千万年。整个武夷山地区都是这种巨石构造的地质样貌,而这种石料既易于开采又天然就具有时间的味道,质朴但是古老而高贵。

规划设计师希望整个项目以黯红色的石料为主体风格去打造。街区的牌楼,街道的残垣断壁,建筑物齐腰高的墙基,随处可见的石碑,拴马的石槽石栏杆,包括街市的由巨型条石铺就的石板路。所有这些,再加上宋代风格的民居群落,一定可以打造出有着悠远历史味道的古意盎然的集市村落。

设计师还在商业街区的外围规划出同样古香古色的住宅项目,而且为开发商预想了面对市场的销售主语,"与朱子比邻而居"。这七个字深得作为旅游地产开发商邹天的欢心,是啊,做朱熹的邻居。朱子是孔子之后又一位伟大的儒学圣人,对一个于中国文化有热爱的普通人来说,应该有相当的吸引力;而且这里青山碧水,一派美不胜收的田园风光,原本也是度假地产的绝佳处所。

这个大规划的范围还包括了不远处的五夫古镇。规划设计师参照了以茅盾的小说《林家铺子》为背景的古村乌镇的开发模式,将五夫古村那些与朱子有关的进贤书院和若干宋明时期的名人故居等老宅子统一重新规划,形成一条完整的环形旅游路线图。规划草案上附了大量江浙古镇再造的图片资料作为参照,形成很有说服力的辅助性描述。这些图片对复建朱子故居的设想提供了形象依据,对理解和消化这份计划书有直观的帮助。

所有这些都是基于黄棠对复建故居的想法展开的。尽管她对那幢混凝土房子颇多气恼,但是紫阳楼旁侧的那几棵高耸入云的古红豆树让她对复建充满信心。古树原本就是时间的见证,加上虽然没那么高大但是更为古老有五人才能合抱的朱熹手植古樟树领衔,她心目中的那个朱子故居已经有形了。

紫阳楼后面是一片郁郁葱葱的毛竹林,一直绵延到山脚。在她心里那是理想的故居后花园,她想象着,有大块丹霞石修葺的甬道在竹林中逶迤向上,一路有驻足小憩的三个八角亭,有残损的巨型石兽在竹林中若隐若现,还应该有几个古风的碑亭,复制几个体量巨大的红石残碑。

黄棠相信有了古风古意的溪水石桥,有了块石垒砌满布青苔的半亩方塘,有了那些古红豆树和那棵标志性的古樟,有了由所有这一切构成的气象森严的前花园,再加上她心目中那个由丹霞石和粗大毛竹构成的后花园,一个与之相适应的宋式砖木大宅坐落其中,那样的一个朱子故居在硬件上应该有了一个大模样。

她还特别嘱咐邹天,要他不遗余力去搜集有关朱熹的任何有价值的东西,文物实物最好,没有实物有老照片也极具价值。要找所有与朱熹相关的机构和人,要和他们对接,求得他们在名义上的支持。可以委托领衔的同济教授,由他的团队在大学和各大图书馆中搜集有关朱熹的所有文献,完成朱子故居自己的资料库建设,还要建立资料的多媒体展示系统,要让每一个来到故居的观者都能既直观又便捷地领略朱子思想的宏大,以及对朱子有一个清晰的感知和了解。这些软件部分是故居的灵魂所在,万万马虎不得。她叮嘱邹天在软件上要舍得下本钱,因为那才是故居的真正价值所在。而且要把与朱子相关的那些人请过来,朱子的直系后人,朱子宗亲会的头目,国内国外的理学大家；最好召开有关朱熹理学的国际会议，让朱子故居成为有关朱子一切的中心。

洪锦江对夫人的这一个项目极为称道，以他政府官员的立场，他认为当地的政府一定会通力支持，因为这样一个复建项目会吸引媒体极大的关注。每一级地方政府都在尽心竭力地将本地区的独特性向外推展，许多县市甚至花巨资在中央电视台做本地区的形象广告；贾副市长也在布置他尽快落实开发新区形象广告片的拍摄，答应他由市里财政拨款，在中央电视台做多次播出。而朱子故居所在地的政府有这样一个重大的历史文化资源，可以不花一分钱就吸引到众多国内主流媒体来关注他们，这对地方知名度的提升是一件大好事，是地方政府最需要的。

黄棠也有自己的担忧。她能看到的那种显而易见的商机，当地政府的主管官员未必看不到，如果由于邹天的提醒，也许他们会把邹天的企业抛在一边，让把握在他们自己手里的关联企业去做。那样的话她和邹天先前所有的努力都将是竹篮打水。

洪锦江说："你的问题在于把所有的官员都看成是唯利是图者，而我相信绝大多数官员是好的。"

"江哥，你的问题就是习惯以己度人。经你手的事情，你不会考虑把其中的利益部分给自己的家人亲戚和朋友，你以为别人也都是这样。我告诉你，别人都不是这样，这就是今天的现实。人不为己天诛地灭，是今天的江湖信条。你别以为只有郑达兴一个人在职务上占便宜贪黑钱，我告诉你，不贪不占的官员是绝对少数。你知道我与许多职能部门的官员关系都不错，你别以为他们只是在助人为乐，或者他们只是看在你的面子上。我明确告诉你，都不是。没有油水他们才不会心甘情愿地帮我。"

洪锦江很吃惊，"你是说他们都拿了你的好处？"

"我话也只能说到这一步，不该你知道的，你不知道最好。当官那么辛苦，没有额外的好处谁会为那么一点可怜的薪水如此拼命？你呀，你这一辈子都蒙在鼓里。你以为做官的人人都是雷锋啊，只为奉献不图回报？"

"雷锋不敢说，而且也不能说没有回报，毕竟我们有一份过得去的薪水。而且更重要的，无论是上是下都会给我们该有的尊重，我做一个男人活得可以算是有尊严了。"

"你说的也只是你自己，你代表不了其他官员。现在上头抓党风，多少干部因违法乱纪被上级纪检部门查处。"

洪锦江点头，"到底你还是老党员，对时政有足够的敏感。的确，这几年我们有许多干部都在钱和利益面前栽了跟头。他们很多人原本很优秀，可是……唉！不说他们。不瞒你，眼见着那么多上边的和下边的官员落马，我经常胆战心惊，生怕自己什么时候没能把持得住，一失足成千古恨。我经常提醒自己，哪怕这个官不做了，也绝不能坏了一世清名。"

"江哥，你知道我做生意需要人脉，需要打通各式各样的关节。我们是一个官本位的社会，所有的权力都在官员手上；但是我从来不找你帮忙，我就是怕你出面求人欠了人情，之后你为了还人情违背你的原则。我不想给你找麻烦，不想让你为难,也不想你为了我犯再小的错误。我希望你能平平安安度过你的为官年代。现在大家不是都在说当官是高危职业嘛,我可不希望你面临任何危险。"

"棠妹,你当真是个有心人!"

"江哥,你知道你多久没叫我棠妹了?已经不止十年了。"

"别挑我,儿女们大了,你我不能再说那些肉麻的话,不小心让他们听去了,我们岂不要臊死?"

"我不在乎他们!你看无论什么时候,我叫你江哥从没有一丝一毫犹豫。不瞒你说,小萍和儿子私下里不止一次笑过我,问我腻不腻?我腻怎么了?我愿意!他们谁能管得着我?"

"你不一样啊,你是女人。"

"女人就是比你们男人真,你们男人更喜欢装模作样,更喜欢假模假式,有什么心里话也不敢直截了当说出来,总要弯来绕去换一种说法。"

"有什么办法?男人就是这种没劲的东西。所以男人比女人适合当官,你看看那些当官的女人,哪个不是男人婆?"一会儿,黄棠又说,"嗨,我心里还是不踏实,我有不好的预感,我觉得朱子故居的项目也许会夭折,因为那背后的利益太大了。"

"你有什么好愁的,邹天的企业不是已经付了你公司的劳务费吗?"

"邹天做事光明磊落,总是先付款再做事。正因为如此我才把他看成是朋友,而不仅仅是客户。夭折了他会有很大的损失,这一点让我很不安。姚教授的团队那边是一大笔开支,和谐公司这边又是一笔。公司有公司的运作成本和人力成本,我也不可能将我们这边的劳务费退还给邹天。因为是我的创意，虽然邹天非常认可，但是给他带来的损失我觉得自己也负有相应的责任。"

"怪不得我看你这一阵总是皱眉头。"

"你知道，我还为他策划了关联项目，那个项目同样很大，是以朱子故居的名义追循古法，创制高端的'朱子家茶'。邹天的茶产业规模在武夷山首屈一指，他也有自己的品牌，但是他的品牌只能淹没在中国成千上万的个体茶品牌之中。想让一个寂寂无名的品牌为全国所共知，那就需要巨大的资金投入来做品牌推广，而不是一朝一夕就可以完成的。而'朱子家茶'不同，品牌有唯一性，也很容易就被巨大的茶叶市场所铭记。毕竟朱熹就是武夷山人，以他的大名去代言武夷山岩茶是天经地义的举措。如果此举能够成立，对邹天的茶产业这一块会是一个极大的提升。"

"你担心的是朱子故居项目的流产？现在不是还没有流产吗？"

"邹天说一周内给我电话，可是已经快二十天了，他的电话仍然没来，所以我预感项目会夭折。你知道，没有朱子故居的名义，'朱子家茶'的品牌便师出无名，第二个大项目也就失去了启动的理由。"

"有一件事我没搞懂。既然朱子故居是国家级文物保护单位，邹天作为私人企业以什么方式介入呢？"

"我猜当年将故居设定为国家级文物保护单位的时候，会有一笔拨款去修复故居。也许那笔钱数额不大，所以才修复成那般模样。如果政府将这件事重视起来,意图将朱熹作为地区名片,政府应该知道要在故居上投入巨资才能够将其复建到该有的规模。这是一笔大钱,地方政府一下子拿出来怕没那么容易。但是他们可以与企业联手,通过与企业的合作来把这个项目推动起来,最好的方式便是成立董事会,由政府和投资方共同完成复建和日后的管理。政府在开发政策上给投资方以补偿,形成双赢局面。"

"以你们的规划,预计投资规模有多大?"

"如果单纯复建故居连同前花园后花园,预算大约五千五百万。如果加上南区的旅游地产,大约再加上三个亿。如果再加上五夫古镇的整体改造,大约还要加上五到八个亿。"

"邹天的公司有这么大实力吗?"

"复建故居和旅游地产这两块,他公司独立开发没什么问题。但是古镇的整改不是他力所能及的。或者他与别人合作,或者干脆将这一块交由政府来分期逐步开发。毕竟政府是主导力量,涉及动迁等一系列麻烦的事情也只有政府才能有效地面对。整改古镇对政府的意义尤其重大,除了经济方面的巨大改善,其重大的社会影响更是政府所期冀的。"

"你啊,管理一个公司真是委屈你了,你真该去做一个地区的父母官。以你的能力,一定会让你治下的百姓很快富起来。"

"江哥,你又来肉麻主义了是不是?别老夸我,我会骄傲的。"

"我是真心话,不是拍你马屁。你做一个小公司真是大材小用了。"

"那怎么办呢？你又不是个大贪官。如果你是,给我出资做一个跨国公司,我不就人尽其才了吗?"

"做梦吧你！我给你出资？我退休了还等着你做生意来养活我呢。"

3．职业商人的嗅觉

黄棠与祁嘉宝聊起了邹天的项目,也说到自己的一个想法。她怕这个项目继续推进会中途夭折,会因此给生意伙伴邹天造成重大损失,所以她打算与邹天联手做这个项目。她的和谐公司不再作为邹天企业的受聘方,而是变身为合作方,也在其中占有一定比例的股份。

祁嘉宝说:"对方会不会认为你是看到了这个项目的巨大利益,才要求参股入股的？那样的话会给对方的心理造成负面影响。"

"应该不会。毕竟这个项目是我看到并且找到他,鼓励他启动的。我知道项目的资金量很大,邹天自己也很吃力,也有意找一个合作方。我是发起人,当然也是他最恰当的生意伙伴人选。这样前期的投入就会由他和我两个人来分担。"

"妈,整个前期投入有多少?"

"如果以开工为节点,估计在一百四十万上下。"

"那项目总投资呢?"

"项目计划书上是三亿五千五百万。那是指工程全部竣工之后的价值,实际现金投入大概在这个数字的三成,也就是大约一个亿。"

"妈,你应该知道,一个大项目不可能一下子全部资金到位,通常要分几期,至少三期,也可以四期五期。你明白我的意思吗?"

"当然了,中国人做生意都知道这个窍门。所以这也是我考虑要加入的缘起。邹天那边第一期的启动资金是两千万,他初步打算将工程分为四期,分别是二三三二,总投入为一个亿。如果是一个亿,我就不做参股的梦想了。但是从两千万起步的话,我可以去要求占到一半。"

"可是也许三五个月之内,第二期就启动了。那时候你马上又需要投入一千五百万。你的资金压力会非常大。接下来是第三期第四期,你必须有充分的心理准备。"

"所以我找你谈,看你是否鼓励我参这个股。一方面你有投资经验,另一方面我也需要你在资金方面的支持。我不是想问你借那么多钱,我是想你是否也有兴趣在我的股份里占一个或大或小的比例。"

"妈,中国的生意场太复杂,我也看不太清楚。参股就不考虑了,如果你需要钱,我设法给你筹到一千五百万。我的意见,你胃口不要那么大,不一定非得百分之五十不可,三成也就差不多了。最多不超过四成。你都这个年龄了,不要在经济上去担那么大风险,给自己那么大心理压力。说句你不爱听的话,你要赚那么多钱干吗?你看得很明白,我,小萍,包括小弟在内,谁会指望花你的钱?要我说,你和你的江哥自己的钱够花就行,根本不必要去做自己力所不能及的事。"

黄棠思忖:"都是商人的贪心在作祟,做生意总觉得赚得越多越好,就很少去想要那么多钱干吗。是啊,我干吗非要占五成,你说得对,三成已经不错了。而且我公司在前期运作的这一百四十万投入中拿到四十万,刚好占到近三成的比例。如果我入三成的话,我可以名正言顺地把到手的那四十万退还给邹天。"

"不对,那样的话你就把邹天当傻瓜了。你该把四十万退回去,然后再拿出四十二万,那才是你百分之三十股份股东的份额。"

黄棠脸红了,"嘉宝,幸亏你妈是跟你说,要是把原话说给邹天,真叫人家笑掉大牙了。"

"妈,你看你是替邹天着想,仅启动经费这一项你就为他省掉了一大半。足足八十二万。我想邹天一定很欢迎你的加盟。"

"别说得那么冠冕堂皇,他的压力减轻了,但是他在项目完成的时候总的收益要少一个多亿。表面上看是我在为他分担,其实到最后真正收益最大的是和谐公司。"

"你说的不全对,因为这个项目随时有夭折的风险。这不是一个稳赚不赔的项目,你的加入,首先加入的是风险,而且是直接将他的风险减少了一大半。他原来的风险是一百四十万,你加入了,他的风险只剩了五十八万。你想想,他怎么会不欢迎你的加入呢?他的风险大大减少了,而收入是按投资比例分配的,是惯常的生意法则。"

"嘉宝,你这个小家伙真是厉害。让你这么一分析,我的参股无论对我还是对邹天,都是一个双赢的局面是吧?"

"如果成功了,是双赢。如果不成功,那是你大亏,因为你的和谐公司损失了八十二万,你比邹天损失的要多。"

"可是我的八十二万当中,有四十万原本就是邹天的。我真正损失的只是我股份的那四十二万。"

"不对,你把已经落袋的四十万拿出来,你损失的就是八十二万。那是你公司这几个月以来的运营收入,而且其中有很大一部分开销以及人工成本你已经支付出去了,你其实根本没有四十万,有的只是四十万减去开销之后的部分。所以你现在拿出八十二万,然后项目夭折,你损失的是八十二万真金白银。妈,我觉得你尽管够精明,但是算账不太行。"

"不对,嘉宝你的账不对。我先前的账也不对。我说把我赚到的四十万还给邹天企业,这是错的。因为和谐公司已经做完了这笔业务,和谐公司没有理由给邹天企业退账。而你说的我要再给邹天企业四十二万,不对,我不是再给,我只是给他四十二万,而不需要退还和谐公司赚到的四十万。所以我返还给邹天企业的只有我自己的股份部分,也就是四十二万。是四十二万而不是八十二万。你想想是不是这个账?"

"妈说得对!刚才我是循着你的思路去向前想,因为我知道你要付的是四十二万,我就完全把你不该返还四十万的环节给忽略了。不从账目的逻辑上分析,仅仅回到钱数上,其实你算得没错。只不过你不是返还四十万,而是四十二万。因为两个数字很接近,所以才有了上面的混淆。还是你对,你算的是平衡的账,而我考虑的是数字本身及其相互的关联。"

"嘉宝,你也别把责任都说成是你的。回到现在的立场,我仍然不可以对邹天说把四十万还回去,那是没道理的。我该说的是我入股,我在前期启动的经费中分担我的份额,我该交给原始股东邹天四十二万,我于是成了占股份百分之三十的第二个股东。这样才够准确。"

"妈,你给我一个期限,你看我的那一千五百万你什么时候需要?"

"三个月怎么样?"

"应该问题不大。"

"嘉宝,亲母女也该明算账,你看我该付你多大利息?"

"妈,这样吧,如果你赚了,就按年息百分之五给我。"

"百分之五太低了。我知道社会上大概都在百分之十上下。"

"谁让你是我妈啦?咱们一言为定,就百分之五。我的话还没说完,我说的是如果你赚了,还有可能就是你没赚。你没赚,我的利息就免了,算是我无偿支持你。你生我养我,我有所回报也是应该的。"

"你这么说,我很开心,也接受你的说法。一言为定。"

"我还没说完。第三种可能是你赔了,像你说的,项目夭折了;或者项目在继续,但是最终算账还是赔了;因为房地产的事情谁也说不清楚,中国的房地产有太多的泡沫,倘若你们的项目刚好赶上挤泡沫,想不赔也不可能。那样的话,你的损失由我补上;你赔多少,都从我的钱当中扣除。你是我亲妈,我相信你不会明明赚了也说赔了,是吧?"

"嘉宝,你再说我的眼泪就要掉下来了,即使赔我也还赔得起,我怎么也不会拿你的钱堵我自己的窟窿。我们就说到第二种可能,我就当你没说后面的话。没有第三种可能。明天姚亮教授过来,你抽时间也过来一起吃顿饭,不许说不。孔威廉还在你房里等着吧,你们抓紧出去吧。"

姚亮教授这回过来是与夫人女儿同行。黄棠问洪锦江有没有兴趣一起,他说他已经答应了一个会,不去不好。

洪锦江是那种把公和私分得很清楚的人,这是他为官几十年一贯把持的原则。按照兴趣他喜欢与姚教授这样的人结识和交往,但是现在姚教授是黄棠的项目伙伴,是明确的生意关系。但凡沾上生意关系,在洪锦江看来便是私,他心里在这个领域非黑即白非公即私,没有中间地带。他的那个会是真的,但也并非他非到不可,请个假完全可以应付过去。他不想请假,那个会成了他的托词。

于是这餐饭就只有姚教授一家三口和黄棠祁嘉宝孔威廉六个人。姚教授夫妇从上海来,黄棠揣测他们会喜欢杭帮菜,她于是订了"张生记"的包房。她和姚教授认识有几年了,那时候她在北京大学的国学研习班,姚教授是研习班的特聘教授。他的课很受这些大龄学生的拥戴,他们课上是师生,课下都成了很好的朋友。她对姚亮非常仰慕,所以这一次她推荐姚亮来领衔朱子故居项目,并且筹建朱子学院。以姚教授在学界的名望,做朱子学院的首任院长是极恰当的人选。

姚教授的夫人很年轻,小女儿也只有四岁。祁嘉宝孔威廉他们专门为小姑娘准备了礼物,是一只两百克重的中式纯银手镯。"张生记"果然是姚夫人卢冰的最爱；姚夫人是海南女孩，她对上海这个城市一直没能够适应，但是她喜欢上海的本帮菜和杭帮菜。

对于朱子故居项目姚亮很有热情，但是对于朱子学院他却心怀忐忑。他说自己不是儒家，而朱子是大儒，朱子学院也必定秉承朱熹之衣钵，以传授儒学为己任。姚亮擅长的是西学，而西学与儒学之间会有诸多冲撞，他怎么敢在儒学的殿堂中晨昏颠倒呢？他这次过来主要是想和黄总探讨关于朱子学院院长的话题，他感谢黄总的美意，但是对日后可能出现的矛盾在心里左右为难。作为创建朱子学院的首任院长这个位置，对身为学者的姚亮无疑具有非常大的吸引力。他处在纠结当中。

黄棠能够体谅姚教授内心的疑虑，但是她对此事的看法不同。她给姚教授举例，她一个朋友是沈阳的作家，她听他说他们的文联主席是原来冶金局的副局长升上来的。文联是文学艺术家联合会，所有成员都是文学家和艺术家，一个由工厂厂长成长起来的工业管理局的官员去管理文联，听上去就很奇怪。可是这个新任文联主席在他的任期里逐渐取得了所有文学家艺术家的信任，大家都说他是一个称职的主席。他卸任退休的时候，作家协会、书法家协会、摄影家协会、民间文艺家协会、美术家协会等五家大协会联名给市政府上书，希望文联主席能够破格留任。

黄棠说："姚教授，您应该很清楚，今天的中国社会与先前已经大不一样了。官本位的传统已经造就出一整套管理团队，无论是国家，无论是军队，无论是地方政府，无论是企业，只要你是一个机构,这个团队就可以把你高效有秩序地管理起来。您做过系主任,有丰富的管理经验;您又是位声名卓著的人文学者,无论从学识还是社会影响还是人生经验,您坐这个位置都当之无愧。我知道闻名古今的岳麓书院现在隶属于湖南大学,岳麓书院的院长就是湖大的人文学院院长。而我们拟议中的朱子书院的规模远不能和岳麓书院相比,您为什么会觉得自己的资格会与之不相称呢?"

"我是担心某些儒家学者会质疑,不只是质疑我的资格,更可能质疑由我领衔的朱子学院本身。我们的目的是将我们中华民族的圣贤所创立的传统恢复起来,不是为了个人的一己私利和虚名,所以我才有这个顾虑。也许我们该去物色一位当代的大儒,请他来坐院长这个位置。"

"请您原谅我说话唐突,您所说的当代大儒,有这样一个人吗?能够找到一位让所有人百分百信服的人选吗?我不认为有这样一个人。"

"百分百的要求似乎太高了,其实南怀瑾该是个很合适的人选。"

"不会吧姚教授,您连南怀瑾去世的消息都没听说?"

"去世了?什么时候的事?"

祁嘉宝说:"有几个月了吧。"

看来祁嘉宝的礼物很得姚渺的欢心,小姑娘一直反复把玩银手镯,爱不释手。大人的话题她没有一点兴趣。卢冰的心思一半在女儿身上,另一半平均分配给满桌的菜肴和主人一家。

黄棠说:"依我的考虑,朱子学院院长这个位置该终身制。

除了督促在位者的责任心和强化他的荣誉感,也会对学院事业的连续性有坚实的保障,这一点要写进学院的章程。"

姚亮说:"章程由你们董事会定,我不在其中。我不能够参与制定这样的条款,因为这个条款毫无疑问是偏向于院长本人的。"

"院长怎么能不是董事会成员呢?即使不做董事长,院长也仍然是当然的董事,这一点没得商量。"

"可是我在其中,又参与制定这样的条款,我岂不是在硬性规定自己该当终身制吗?这种情形不合乎商业社会的游戏规则。"

黄棠思忖:"或者这样,第一期筹建阶段的董事会成员中没有您,由我们这些人来制定章程。当然我们会在其他方面充分征求您的意见,但是这一条必得坚持。您的院长任命由我们先期的董事会决议做出,之后董事会可以以增补的方式,邀您加入董事会成为其中的一员。这样您刚才提出的尴尬就化解了。您看可以吗?"

姚亮说:"我一时也想不出更好的办法。"

黄棠说:"就这么定了。姚夫人,你喜欢上海菜就多吃一点,我看你一直在忙孩子,就没怎么动筷。"

卢冰说:"黄总别客气,我没少吃。您别叫我姚夫人,听着怪别扭的,还是叫我小卢。"

黄棠说:"就叫你小卢。称呼太正式显得人也远了。"

祁嘉宝说:"姚夫人在哪里高就啊?"

淳朴的卢冰显然没听懂"高就"是什么意思,她把脸转向老公。

姚亮说:"在区卫生局的医疗设备协调办公室。"

一直埋头吃喝的孔威廉这会儿抬起头,"医疗设备?那我们是同行啊。"

卢冰说:"那么巧啊!我们办公室主要是面对各大公立医院的医疗设备购买申请做审核和批复,也包括全区范围内各医院在医疗设备方面做投资的平衡与协调,都是些事务性的工作,跟您这样的专家没法比的。"

"姚夫人,您不要客气。这是我的名片,以后也许有合作的机会。我服务的是澳洲最大的医疗器械公司,在全球排名第五。我们的办事处没设在北京,直接就设在了上海。以上海为核心的长江三角洲是当今世界经济最发达的区域,因此本公司把上海作为驻中国办事处的首选地。您在上海,又在医疗设备的政府主管部门,我们今天没机会认识的话,恐怕日后也会在上海碰面的。"

祁嘉宝说:"我先生他们公司是全球高端医疗设备的主要厂家。"

卢冰说:"上海的大医院如今进的都是世界顶级的设备。"

黄棠说:"我听说医疗设备行业的竞争特别激烈,经销商千方百计要搞定医院的主要负责人才能拿到订单,好处费都是天文数字。"

卢冰说:"他们医院的事情我不清楚。我也听说其中有猫腻,听说有的人在中间拿了很多钱。我们这边是政府部门,在政府这边走的都只是数字,连一分钱现金也看不到。"

姚亮说:"看不到并不意味着中间没有好处,审核批复是非常大的权力,背后的利益既想得到也看得到。你那么老实,你当然以为你们的部门是清水衙门,其实真的未必。"

卢冰说:"我知道那些得到批复的医院特别感谢我们,他们每次都会买很多贵重的水果送到我们办公室来,而且千恩万谢的,客气得要命。"

孔威廉说:"我公司一个销售经理跟上海的一家医院有一单生意,所有谈判的环节都完成了之后,对方提出开一张超额发票,把所有设备的单价都向上提高了百分之五十五。前面的谈判太顺利了,因为这位副院长给我们的价格是我们利润率的上限,通常买家都会把我们的利润率一压再压,一直压到下限才作罢。这个副院长的路数很反常,让我们的销售经理大喜过望。但是他的开超额发票的要求让销售经理很为难,办事处的主任也做不了这个主,最后请示了澳洲的总公司。这笔生意总额有三百多万澳元,总公司再三权衡之后同意了对方的要求。"

卢冰诧异:"这种事情要是被捅出去,那个副院长这辈子就完了。"

孔威廉说:"我感慨的是生意,这几样设备中有若干专利是我们公司独家的,我们那么大的公司那么多员工的辛苦,我们拿到的利润也仅仅有百分之十七,而且我们已经非常满足了。因为我们行业的平均利润率只有不到百分之九!可是那个副院长一个人轻而易举就赚到了我们整个公司利润的六倍!这个账你们谁都会算,三百多万澳元换成人民币大约两千万,两千万的百分之五十五,也就是至少一千万以上,这仅仅是一笔生意啊！中国的钱真是太好赚了。"

祁嘉宝说："刚听过郭德纲的相声,他是怎么说的?"

孔威廉说："好像是被什么索马里海盗抓了人质,索马里海盗索要赎金一百万。"

祁嘉宝说："好像那个人质是一个国企的领导人,他说'我给你五百万,不过要给我开一千万的发票',是吧?"

卢冰说："郭德纲那个相声我也听了,这家伙真挺逗的。"

孔威廉说："这就是不同,你们中国人觉得好玩,可是我们听得惊心动魄。这种事情在澳洲比天方夜谭还要离奇,完全不可想象。"

黄棠说："你们说的都还是在面上的,这样的事情在下面根本就是生意场上的法则。无论那个生产厂家多大多小,没有回扣,没有任何一个采购的人会买你的东西,所有经手人都要扣除自己的利益,没有例外。不单是国企,连私企的职业经理人都是一样的做法。所以许多私企的老板只能自己去做采购,亲力亲为,这样才能让企业的成本回归到合理的水平。"

姚亮说："正是这样的层层拿回扣让中国的物价升得比火箭还要快。因为在生产成本这个环节已经有了诸多蛀虫,生产成本已经超出了正常的成本水平很多,所以出厂的价格就已经很高。再加上物流和流通环节的层层盘剥,所以中国的物价上升绝对是世界最高水平。政府下了那么大的气力要抑制物价,可是这么久了没一点效果。物价就是死也不会降,能让政府接受的只有上升比率的降低而已,而且是小数点之后的比率,那样的统计数字根本就是自欺欺人。"

孔威廉说:"姚夫人,你们局里的官员不为这样的事情头疼吗?"

卢冰摇头:"局长想什么,我们怎么会知道?"

黄棠说:"高层官员是不是利益链中的一员?不一定的。高官最要紧的是政绩,有时候个人的仕途比下属的群体利益在天平上会更重,所以当官的未必会很在意下属分到了多少油水。小卢,如果你们的局长也为高昂的医疗设备伤脑筋的话,你不妨给他们建议,让局里把各医院的设备采购权收到局里来,由局里统一购置。这样可以杜绝中间的高额回扣,让整个卫生局的设备采购金额降下来很大一块。而且这样的结果会是局长很突出的政绩,做局长的应该会采纳这样的动议。"

孔威廉说:"是啊,局长可以直接面对我们厂家的报价。他会发现同样的产品我们的报价比原来的购买价低得太多了。我预计全上海一年在医疗设备上的投资肯定要几亿人民币,甚至更多。把中间环节的那百分之几十份额省下来,一定会是一个极可观的数字。"

卢冰说:"我可以把这个意见汇报给我们主任,我们主任会向局长汇报,我们的组织原则不允许我越过主任直接去找局长。"

姚亮说:"我跟他们局长见过两面,算是熟人了。我可以从我的角度把这个意见传递给他。如果局长不是利益链中的一环,估计他会考虑。虽然他不可能亲自去与供应商洽谈,但是他可以指派自己的亲信出面。卢冰他们的办公室主任听说就是局长的亲信,这个人也比较正,不像是那种搞歪门邪道的小人。"

孔威廉说:"看看,我们一次小小的家宴,一不小心就撞出如此之大的一个商机。如果你们的区卫生局直接与我们公司对接,那才真正是一个中国人常说的双赢局面。"

祁嘉宝说:"看你美的,就像生意已经做成了。中国的事情哪有那么容易?许多事情的背后都有数不清的猫腻,没有任何一个人可以把事情里里外外都捋得清楚。最要紧的还是第一步,请姚教授跟局长碰个面,看看局长是怎么样一个立场,之后的事情之后再说。您说呢姚教授?"

姚亮点头:"我去碰一碰,如果碰成了,也算是对政府的廉政建设做了一份贡献。"

孔威廉说:"那就拜托姚教授了!"

姚亮说:"孔先生别那么客气,黄总咱们都是自己人。"

事后孔威廉问祁嘉宝对姚教授的印象。

祁嘉宝说:"挺圆滑的,他最后说黄总咱们都是自己人,听着怎么也不像他那种身份的人所说的话。"

孔威廉提醒她,姚教授在个人利益上寸步不让,但是所有的话他都不明说,他只是把事关自身名誉和利益的问题踢给黄棠,让黄棠去想办法,而且让黄棠去最终解决。孔威廉特别提到事关朱子学院院长的那一节讨论。

孔威廉说:"中国的知识分子真是滑头,而且一点也不超脱。"

祁嘉宝也能理解姚教授的反应,毕竟这就是中国当下的现实。她对他说,国人并不真的提倡"世人皆醉我独醒","难得糊涂"才是大家所共同信奉的处世之道,"所以你说的超脱是不得人心的。你超脱了,别人怎么办?索性大家心照不宣,人人都可以得过且过。"

"嗨,知识分子尚且如此,还能指望民众怎么样呢?"

章3 人人各得其所

1. 洪开元的侦探情结

陆小玫越是不想让洪开元知道她的身世，洪开元就越发感兴趣。她很少留他在自己的住处过夜，这就让他认定她的住处一定藏着她的什么秘密。洪开元自小就是侦探小说的狂热读者，他最着迷的还是柯南·道尔，爱伦·坡和克里斯蒂也都是他的最爱。他于是利用不多的几次在她住处过夜的机会，躲开她的视线，尽可能地查找能够泄露出她身世之谜的蛛丝马迹。

几次努力之后终于有所斩获。他发现了她藏在自己一扎旧物当中的一枚印制精美的铭牌，那应该是个挂在胸前的职务牌。上面的姓名是"游丝丝"，但是小照片上分明是陆小玫本人。下面一行的服务单位是路威精品。洪开元知道路威精品是一家专营国际顶级男品服饰的机构，因为他自己的一些物品都是来自于那里。莫非陆小玫曾经是路威精品的售货员？

洪开元没有当面问她。他把那张铭牌复制了一件，有意放到自己住处的枕下，他打算让她自己发现它，而且让她知道原件还在她自己手里。

他玩的是猫捉弄老鼠的游戏。事情果然如他预料的一样，她在他住处发现了它,她于是将它偷偷带走。但她回去之后,发现自己的那个还在原来的地方,这一来她的沉着和淡定在瞬间就灰飞烟灭。她终于没能耐得住这个寂寞,她拿着在他枕下发现的铭牌问他,这是怎么回事?他故作平淡说收到了一封匿名信,信里没有一个字,只有这枚铭牌。

她问:"这个游丝丝是谁?"

他答:"你不觉得她跟你很像吗?我还纳闷它哪儿去了,怎么忽然又到了你的手里?"

"我觉得太奇怪了,所以就顺手放到了口袋里。"

"我还以为这是你原来的名字呢,以为你在路威精品上过班。"

"……如果那就是我,我就是在路威上过班,你还会当我是朋友吗?"

"为什么你会这么问?在路威精品上过班有什么问题吗?"

"我怕你会瞧不起一个当过售货员的女孩。我小时候家境并不好。"

"那就是你不想让我知道你身世的缘由吗?告诉你,我爸就是个农民的儿子,上大学以前一直在村里,拾过牛粪下过水田。他是上了大学才进了城市。今天是个英雄不问出处的年代,你何必在乎自己的出身呢?"

"我才不在乎,我是怕你在乎。"

"你会怕我在乎?不会吧。"

"说怕也许不够准确,是考虑到你也许在乎,不想让你尴尬。"

"小玫,我一直觉得纳闷,怎么路威的女孩个个都那么漂亮,你们的薪水很高吗?没有很高的薪水,那些漂亮女孩怎么可能去应聘呢?"

"告诉你实话,跟别的商场售货员薪水也差不多。所不同的是每个被录用的女孩都要去香港总公司做培训,有三个月培训期。别看薪水不高,想被录用真的还非常不容易。跟我同期进来的一个女孩,原来是公务员,在市委组织部做文秘,当官的大好前程都放弃了。"

"这女孩的脑子一定有病。"

"这女孩是最有本事的一个,她在路威的时间最短,但是她的结果比谁都好。她现在是马尔代夫一家度假村的老板娘,她老公的爸爸是中将。"

"马尔代夫那么小一个地方,哪里会有那么多军队?你知道一个中将手下有多少兵马?至少有几个军。"

"才不是马尔代夫的中将,是北京的。"

"你啊,我当然知道是北京,开玩笑你也听不出个数。"

"我傻呗。要不怎么就被你骗上手了?"

"路威的女孩是不是都这个路数,根本没有谁会在乎那一点点薪水?怪不得她们个个都那么优雅,原来还要去香港培训。可是我就想不通,女孩很快就傍上人走了,路威公司岂不是做了赔本生意?岂不是白白为那些拐走女孩的大佬们培训了?"

"你真笨,他们怎么会做赔本生意呢?你知道我们的制服都是在洋装店量身定制的,每套不止五千元,而且每人两套。

公司为什么为我们每个人投那么多钱？你猜猜。"

"如果我是路威的老板，我早就知道我的员工会被人拐走，我一定在录用合同上规定，凡在五年内跳槽者必得支付一大笔违约金。"

"到底是洪大少！路威就是这样的策略。在路威做的女孩很少有超过一年的，能做满五年那个人一定成精了。你别看上海的路威店不大，同时在岗的销售顾问有四十多个人，而且每个月都会有好几个人辞职。路威一年三百六十五天都有招聘，尽管走的人多，进来的人也同样多。每年仅就违约金一项，路威的收入就以千万计。"

洪开元用口算，"一个人十万的话，每年要超过百人才有千万收入。也就是每个月至少要离开十来个人。"

陆小玫笑了，"十万？你说的也太少了点吧。一个那么好的女孩，给十万公司就会放她走吗？公司在她身上的投入也有三五万，那样的话公司还能赚什么钱？"

洪开元点头，"先前小看路威了，看来路威的老板还真是大手笔。想想也是，路威卖的那些东西动辄上万，有的十几万几十万一件。那些东西跟那些漂亮的销售顾问比起来当然差得远，卖人比卖东西是更精明的主意。路威的老板有大聪明啊！"

"你把话说得那么难听！那些销售顾问在你眼里也都成了商品了。"

"我说那家伙聪明，是说到他店里的都是有钱人，是极有钱的人。那些人花大钱连眼睛也不眨一下。而且天下哪里还有比好女孩更好的商品呢？他们买了东西的同时，连卖东西的女孩也一并买回去,可谓一举两得。小玫,你说句实话,你们在香港的培训除了礼仪和修养,还有没有别的?"

"当然有,有全套的心理学课程;有形体课,就是举手投足,手眼配合这些。我知道你想问的还有没有关乎色情的是吧?"

"到底是我的女孩,太知道我了。那些媚功啊,床上的功夫啊,这些肯定也都有吧。教女孩如何把男人拿下,如何让男人离不开自己这些?"

"你别自以为得计,我不告诉你。"

"你信不信,你不说我照样可以知道。"

"想让我说梦话?我知道有一种办法可以让人在睡着了以后被询问。因为人在梦里不会说谎。"

"还用那么复杂吗?去路威公司约会一个女孩,我不信连这种培训课程的事情都问不出来。你敢不敢跟我打赌?"

"你这人太烂了,连这种损招也想得出来。"

"路威的老板做都做得出来,我想出来怎么就损了?今晚我们几个朋友约好了飙车,怎么样,你有没有兴趣?"

"那你要答应我一件事。"

"你说。"

"今天不许喝酒!"

"听你的。我就当你是答应了。"

所有这种有刺激的事情,陆小玫总会毫不犹豫地加入。她是那种处乱不惊的性格,不像别的女孩随时随地会大声尖叫。这也是洪开元在飙车这种极端的冒险中更愿意约上她的缘故。他的那几个耽于飙车的朋友,都会带上自己的女孩。他也不可能例外。

他们这里不是经济高度活跃的地区,到了晚上之后,高速公路上的来往车辆很少。而且当地的绕城高速是新近完成的,还没与国家高速公路网实行连接,当然也还没有设立收费站。深夜之后是属于他们的时间。

他们这些飙车一族的玩法很特别,他们会事先将绕城高速这一圈沿途监控录像的电源设法关闭;之后他们会专门带一辆厢式货车,拉上几十个路障标志,将全环线的七个出入口用路障标志封路;他们还会封上绕城高速与国家高速相连接的三个大的岔路口。

如此一来他们的那些大马力的超跑就有了英雄用武之地,他们可以在绕城高速的七十多公里环线上开足马力纵情驰骋。今晚到场的除了洪开元的"蝙蝠",还有一辆二〇一二年款的布加迪威龙,一辆柯赛尼克,一辆克尔维特,一辆蝰蛇。五个朋友约定,每辆车之间的距离为一公里,发车以首辆车(威龙)车手的信号弹为准,信号弹就是发令枪。

计时监督员为车手各自的女友,她们每个人守在另外一辆车的旁侧路边,一方面监督抢跑,同时手持秒表计时。以平均时速约二百公里预测,全程七十六公里大约需要二十几分钟。

他们事先就商定,比赛结束马上撤离,殿后的厢式货车同时将各路口的路障标志收走。因为这些功率超大的机器怪兽会发出振聋发聩的轰鸣声,会很快引来交警的注意,他们必得在交警执法车到来前消失。尽管他们每个人的老爹都有办法将查扣的豪车从警方弄出来,但是没有一个老爹会鼓励自己的儿子去飙车。极度危险是理由之一,理由之二是丢脸,因为毕竟飙车是严重扰民的事件,任何参与者都会为千夫所指。一句话,飙车就是那些不肖之子在给他们各自的老爹无事生非。洪开元的这些哥们尽管心痒手痒,还是很怕给老爹添乱,所以他们把迅速逃离现场作为此次集体活动的前提,谁都不能够被警方抓到影像证据。

而因为开厢式货车的是他们几个的师傅,是一个已经退役的职业赛车手,他必得保证既不能将路障标志遗漏一个,又不能被警方截获,他要事先设计好最佳路线图,从哪里起始到哪里结束,结束的出入口是否方便逃离。所有这些都需要有事前的踩点和周密的规划,不能出丝毫纰漏。

对于那几个是车主的车手来说,这仅仅是一场属于他们自己的青春游戏。但是对于警方则不然,这样的飙车是一起极为严重的违法事件。严重触犯法律的有两个大的方面,一个是擅自封堵高速公路,造成严重的公共交通阻碍;另一个是集体超高速驾驶,极严重地危害了其他高速公路使用者的生命安全。仅仅超速驾驶限速的百分之五十,就已经构成刑事犯罪,构成刑事犯罪要受到刑事处罚。而他们的超速岂止百分之五十,他们的最高时速甚至要超速百分之二百!如此危害公众的行为居然还是群体作案,所以后果极为严重。

警方抓作案者现行有相当难度。首先是监控录像被切断,其次由于绕城高速离市区的距离较远,警方在闻讯赶到的过程中需要相当的时间。而作案者的座驾又都是追风的超跑,所以警方要拿到切实的现场证据非常之不容易。这也是这些疯狂的少年有恃无恐的缘由,他们自信绝对不会落到警方的手里。

可是这一次他们的运气就没那么好了。机器毕竟是机器,机器总有出意外的时候,是那辆柯赛尼克的控制系统给他们惹来了大麻烦。车手没能控制住他的钢铁狂兽,直接将铝合金护栏撞飞,跌进了路边的湿地。这是他的大运,湿地将汽车牢牢抓住,没有给它翻滚的机会,所以车手居然能在超跑肇事之后安然无恙,当真是白白捡下一条小命。

柯赛尼克在车队中排名第四,刚好他后面就是兰博基尼"蝙蝠",洪开元亲眼看到了柯赛尼克飞出了高速公路。他惊出一身冷汗,下意识地将油门抬起,车速明显慢了许多。但他马上重新加速,用力踩下油门。

最前面的威龙显然已经感受到后面的车出了意外,他将车速降到了六十公里,等候跟上来的几个伙伴。另外三辆车瞬间就赶上来了,他们不约而同地将敞篷打开。最后面的洪开元告诉他们柯赛尼克飞出了高速,他没看到它翻滚起火,估计也许会留下一条命。他让大家马上撤。

"我不多说,大家把嘴封住,谁泄露谁负全责。"

"姑娘们怎么办?"

"各自打电话。大光,让你的女孩把蒋小国的女孩带回去。"

"好嘞。你想着给师傅一个电话,让他提前把路障标志收了。"

蒋小国就是开柯赛尼克的那个男孩。他是洪开元的铁哥们,洪开元这会只能在心里求老天保佑蒋小国了。因为他非常明白,如果被抓住,哪个人都难逃牢狱之灾,所以他们唯有大难当头各自飞了。

好运道的蒋小国眼见着几个铁哥们这会都不铁了,他们没有一个人回来救他。但他心里明白,他们自己也都泥菩萨过河,他们不管他也都可以理解。他没事,至少这条命保下了。蒋小国不知道,他的这个意外其实是坏事变好事。由于其他几辆车提前撤退,待警方赶到时已经完全无法将这一次飙车立案了。因为没有监控录像可以证明有车队飙车,有的只是一辆造型奇特的小车由于失控飞出高速公路落进了泥塘。

蒋小国一口咬定自己只是在夜里出来遛遛车,没想到车子的操控系统出了故障。交警说他一定速度很快,因为他在撞断了铝合金护栏之后还飞出去十几米。蒋小国一口咬定自己的车速一直控制在一百二十公里之内,绝对没有超速。这一次是警方空口无凭,奈何不了他。而且他拒不承认自己是交通肇事,只是车辆的突发故障而已。他的车是在北京订购的,他还要找经销商去索赔,是车子的故障害得他险些丢了性命。经销商不但要承担修车的费用,而且要赔偿他被惊吓带来的精神损失。

蒋家所聘律师在交警支队如此大呼小叫,其目的无非是要设法逃脱警方对这一事件的追究和处罚。

环城高速的警务管理分属南洼区和开发新区两个分局的交警大队,他们开发新区负责北段,而这次柯赛尼克超跑的肇事也是在北区。

刘大队正是当值出警的负责人,他经手处理的飙车事件,这已经是第三次了。而前面两次都是无果而终,让他作为执法方的负责人很没有面子。由于没有实现高速路网的连接,所以原来的新绕城高速并未安装监控系统。不久之前正是因了交警支队与高速公路管理处的强力交涉,绕城高速的建设方才刚刚安装了摄像头。但是管的到底斗不过玩的,监控系统电源的切断便是明证。虽然没能拿到影像证据,但是刘大队不想就此放过有明显飙车嫌疑的蒋小国。破坏监控电源一定是这伙飙车党所为,别人不会做这样的事,而且别人也不可能这么巧在破坏电源之际刚好赶上了有人飙车。刘大队认为,侦破切断监控电源的案件是打掉飙车党的关键。他决定从这个方向入手去跟飙车党斗法,将这个严重扰乱交通安全的城市毒瘤彻底切除。

洪开元他们到底还是些孩子,考虑得再周全也难避免百密一疏。随着警方侦查的深入,飙车党成员中的每一个人都成了警方侦查的对象,开"蝙蝠"豪车的洪开元刚好在刘大队辖区内。

刘大队与洪锦江认识得很早。他三年前就已经是市里的英模,而授奖会上的颁奖人便是市政府副秘书长洪锦江。那以后有几次交警支队的公务委派刘大队到市府交涉,经办人也都是洪副秘书长,两人就此熟识起来。洪锦江对这个当时还是副科级的交警相当赏识。去年他调任新区主任时征求交警支队领导的意见,将小刘调至新区公安分局交警大队任大队长,行政级别也由副科升至正科。虽然两人之间全无官场的那些裙带关系,但可以说洪锦江于刘大队有知遇之恩。

现在洪主任的公子被警方纳入嫌疑人名单,刘大队觉得自己有给洪主任提个醒的必要。这一次是他给领导电话,问领导是否有空喝个茶。

尽管名义上公安分局也是他的下属,但洪锦江还是对刘大队的电话有几分紧张,毕竟刘大队代表的是警方,而被警方约见总是会让人心里不踏实。谁都懂得这个道理,警方不会无缘无故地找你,找你必定有事。果然,他的预感应验了。他早就不满意祁嘉宝送洪开元那么招风的汽车,"蝙蝠"的确是过分夸张了,全中国只有三辆啊!他只是一个正县级干部,他的儿子凭什么要出如此之大的风头?但祁嘉宝不是他亲生的,而且已经在国外许多年,他张不开口责备她。他能做的也只是让儿子少开。他早就预感到那辆车会给他惹出什么是非。

刘大队说:"昨晚市区有几个路口的摄像头都拍到了洪开元那辆车,它已经上了飙车嫌疑人的名单。洪主任,您看是让洪开元主动到交警大队来说明情况,还是我直接找他谈一下比较好?"

洪锦江也想不出更好的主意,"小刘,这方面你比我的经验多,你看怎么处理更恰当?"

"按照惯例主动来说明情况,同样的问题可以从轻处理。但是不知道他自己是不是愿意认这个账。据警方掌握的情况,昨晚参与飙车的这些孩子早就定了攻守同盟,恐怕谁都不会轻易认账。"

"这个事情已经闹得很严重了吗?"

"已经有人把微博发到网上了。说是有路障标志封上了进出口,有要上路的司机用手机拍下了他们飙车的录像,并且发到了网上。不过由于是夜间,又因为速度太快,录像不是很清楚,判别不出是什么车型,更看不出车牌上的内容。洪主任,您知道事情一弄到网上就会比较有压力,所以警方只能全力以赴去应对这个突发事件。"

"也就是说现在并不能判定洪开元的车昨晚在飙车的队伍当中?"

刘大队摇头,"不能。市区内的录像可以认定他的车昨晚曾经上街,如果他否认这一点就会非常被动。"

洪锦江说:"明白了。多谢你小刘。我们喝茶还有谁知道吗?"

"没人知道。"

"那样最好。就不要让第三个人知道。你先走一步,我喝了这杯茶再走。我们不必要一起出去。"

刘大队当然理解领导的心情,当大领导不容易,处处得加十二分小心。小心驶得万年船也的确是洪锦江长久以来的信条。

由于有了一定的心理准备,所以洪开元开口请陆小玫帮他一个忙,让她顶替他去面对接下来的警方讯问。陆小玫毫不犹疑就承担下来,而且做了详尽细致的准备。洪开元没有否认自己的车当晚曾经出门,但开车的人是陆小玫而不是他。在追问下陆小玫详尽描述了她的车行路线。由于她并不知道是哪几个路口的摄像头拍到了车,她于是如实将出家门的一路回忆起来。当然她不会承认自己曾上过绕城高速,但是她的难点在于如何描述她的回程。因为他们的车事实上是上了绕城高速,又从绕城高速上下来,而她根本无从知道复杂的道路监控网络是如何构成的。如果她做了自以为是的描述,警方马上会发现她的破绽。所以她不能够乱说。她怕自己的话引起怀疑,就不能够说自己的车没到过的地方,因为所有的监控录像都有记录,而且有时间显示。当她的回答处于走投无路之际,还是刘大队的出现救了她。

刘大队一直在监控室那边观察几个讯问室中的情形,他看到了陆小玫已经处于穷途末路的状况,于是主动去到她那间讯问室。他的到来打断了交警小朱的讯问,事实上给了陆小玫以喘息之机。他对小朱说该吃午饭了,又转过身对陆小玫说,你男朋友的爸爸让我把你们的车牌给摘了,说他是政府公务员,你们开这样的车会给他的工作造成负面影响。他的巧妙的回旋让小朱也不好再去揪住陆小玫不放,对陆小玫的追究就此打住。

这一天开发新区还发生了另外一件重大事情,就是常务副主任郑达兴被市里的纪检带走,而且当场就宣布了市委的"双规"决定。郑副主任要到河东区履职区长是人所共知的,忽然被"双规"自然引起了很大的震动。

洪锦江在事前没有接到任何通知,他不知道新区的郝书记是否先收到了市委的消息。郝书记的面相相当严峻,洪锦江在心里努力使自己的表情与书记相近,他想不出自己做到了几分。毕竟他先已经知道了是洪开元和他的朋友们在对郑达兴下手,所以他内心深处对郑达兴的下场不由自主地生出几分自责。他在心里暗暗对儿子的能量有了几分钦佩,真不可以小看这个小家伙了。

而洪开元之所以想到了让陆小玫顶替他,是因为他刚刚抓住了她的小尾巴,就是她曾经在路威精品做过销售的经历。他与陆小玫之间表面是情侣,但心里一直在互相较劲,而且一直以来是陆小玫占了上风。铭牌事件之后不同了,陆小玫比先前主动多了。他知道陆小玫的城府很深,对复杂局面有很好的把控能力,她应该能够应对警方的讯问。

他对她的应对基本满意,他们事前没料到警方遍布全市的摄像头的威力,所以在这方面的准备不够充分。责任不在她。虽然他不了解内情,但凭他的直觉他认定刘大队是在暗中帮自己的忙。他知道刘大队与父亲相熟,但是给他的印象他两人之间似乎没私交。他不知道刘大队升职有父亲的功劳在其中。洪开元很高兴在飙车事件前,自己抓住了陆小玫的小尾巴。

2. 贺秋的慈善之路

千年世纪之交的二〇〇〇年,贺秋随戏曲艺术家代表团访问加拿大渥太华。那一次她是住在一个终生单身的老太婆家中,老人家过八十岁了,身体还颇为硬朗,平日出门都还是自己开车。她是爱尔兰裔,早年是一个职业舞者,后来成了爱尔兰民间舞乐的研究专家。她已经在渥太华生活了五十年以上。

那一次访问本身不是我们要津津乐道的,陈年往事不值一提。但是那一次给贺秋的余生留下了印记,因为她从老太婆那里学到了一种生命方式,就是慈善。她第一次体会到,原来慈善可以是生命的主调。

老人家有一笔退休年金,不多,但是应对一个老年人的退休生活还是绰绰有余。她通过一个国际组织在非洲认养了两个学童,一个在赞比亚,一个在尼日利亚。她每个月都有一张支票,分别汇到两个学童的手上。赞比亚的那个三十五加元,因为那个国家很穷,物价水平相对也低。尼日利亚的那个四十二加元,尼日利亚是非洲仅次于南非的经济发达国家。那家国际组织会敦促受助儿童每月给捐助人亲笔写一封关于自己生活学习状况的信,国际组织会附上另外一封信的英语译文寄给捐助人。国际组织还会在每一封信中附上一张当月受助儿童的照片,照片是国际组织免费为他们拍摄的。老人家为自己额外增加了一项任务,就是给两个学童分别写回信。对于一个已经年逾八旬的老太婆来说,去邮局汇款,阅读经过翻译的信函,之后为每封信函写回信,这些看上去不是很繁复的工作其实并不轻松,但是老人家乐此不疲。这件事当真成了她生命的主调。而这样的事情她已经做了二十年之久,现在这两个孩子是她所捐助的第四拨,前面的三拨都已经工作了,有一个还上了大学。

老太婆的生活给了当时还不到六十岁的贺秋以深刻的启示。她知道她自己的晚年会相当寂寞,因为她一直没能融入女儿的生活节奏,她和黄棠之间对生活的理解有根本不同。更要紧的是她不能够与她周围的人融为一体,她打小就是明星,她的一生都与家人和同事有距离。离开舞台之后的老年生活对她来说很难想象,她忽然在渥太华的老太婆那里看到了自己未来的生命样式。还没有离开渥太华之前,她就已经决定了要向老人家那样去度过自己未来漫长的岁月——做慈善。

可是回国以后的这些年里,她不停地听到各种各样的新闻,揭露慈善行业当中的弊端和丑闻。这样的情形让她相当沮丧。令她最受打击的是一次对希望工程的捐助,她听信了广告宣传,将一笔两万元的捐款汇到了媒体上公布的慈善基金会账户上。但是她很快从新闻上知道了那是一场骗局。她所捐赠的原本是为建希望小学的积蓄,成了无耻的贪腐者口中的肥肉。两万元是她半年的退休金,凝聚了现在已经过了七十岁的一个老人的爱心和真诚,她深深感到自己被嘲弄了,她的爱心真诚都被当成了愚昧,当成了缺心眼的明证。

她原来想的是爱国。在她看来,老太婆将钱捐给外国的孩子很傻,既然要捐,为什么不把钱捐给本国的更需要的孩子们呢?贺秋不要做加拿大老太婆的那种傻事,她要捐给中国的孩子。当然她不知道她的钱根本到不了中国孩子的手上,过手的那些人怎么会让钱从自己手里溜走呢?

现在贺秋找到了新的方式,她在媒体上先确认某一个贫困地区,然后自己亲临当地去物色被资助对象。她要复制老太婆的方式,而且是自己去选择对象。她甚至为受捐助的孩子买了一架卡片式照相机,让孩子将自己生活学习的照片拍下来,在网上传到她的邮箱。她现在负担的是一个孩子的费用,每月四百元。她同样要求孩子给她写信,而且她也尽心竭力把回信当作她一个月里的一件大事去面对。那个孩子叫李标,九岁,读小学三年级，家在江西东部的一个山村。孩子学习非常努力，成绩很好，而且孩子对父母也相当孝顺。孩子让贺秋非常满意，她于是决定奖励李标。她为他买了长途汽车票，让孩子有一个出门旅游的机会，她让孩子过来看她；她会为他买全套的新衣服，而且送他全套的书包和学习用具。

李标来了，贺秋按照原来的计划带孩子开开心心玩了两天，把市区郊区的几个景点都跑遍了。她让他自己挑选衣服，内衣外衣，包括鞋和帽子。孩子很懂事，总是挑选价格便宜的。她原本要给他买一双361度牌运动鞋，但李标嫌太贵，结果他挑的鞋子只有361度一半的价钱。

黄棠看母亲终日为小李标忙来忙去，也想为他助一臂之力。她是女人，她很留心李标的衣服鞋帽的尺码。她原本打算送他一整套耐克品牌，但是转而一想，在贫困山区里，世界名牌并不适合。她于是送了李标一整套361度运动装备，衣裤鞋帽袜加上双肩背包。她没想到李标的反应会如此激烈，鼻涕眼泪喷薄而出，号啕大哭至失控。这对一个贫困山区的孩子来说，简直超出了梦想的极限。黄棠忽然意识到母亲的作为是多么了不起。

那一次黄棠从外面带回家一本以图片为主的杂志，她记得母亲在翻看的过程中忽然愤愤地骂了一句"不要脸"。她问她在说谁，母亲翻开一个对开页，那是一张照片，"他算个什么东西！"照片是一个叫陈光标的慈善家，他将自己捐献的一大笔钱码成了一道超过两米长的钱墙，他本人站在钱墙前面平伸双臂留影。

贺秋说："这种人也算是慈善家吗？真是恶心透顶！"

黄棠说："妈，你没见电视台都在做节目讨论陈光标吗？"

"讨论他有多么不要脸吗？"

"讨论的是你是否赞成高调做慈善。陈光标正是高调慈善的典型。"

"如果他这也叫慈善的话，我们这些人就是在自取其辱了！"

"可是他捐了很多钱哪，有几个亿了吧？都是这种高调捐助，让所有的媒体到现场。陈光标显然不打算做无名英雄。"

"哼，既然中央电视台都认为他是在做慈善，那我这一辈子就再也不会说自己做的也是慈善。"

"妈，我看你也成了愤青了。哦，愤青就是愤怒青年。"

"听了就知道不是什么好话。这年月是非黑白都颠倒了。"

"颠倒了怎么办，不是还得活着吗？这些年不是流行与时俱进嘛，你除了适应，除了跟着改变，还有别的选择吗？"

"李标一会儿回江西，我送他去长途客运站。"

"妈，我让司机送你们过去。要不你就打个车，别舍不得钱。"

"不是钱的问题，我不希望小李标看我们过那么奢侈的日子。再说了，我现在腿脚还可以，能走动的时候就多走动，哪天走不动的时候想走也走不了了。不是都说人老先老在腿上吗？腿脚就是要多走动才能延迟衰老。"

贺秋看时间差不多了，便过去把午睡的李标叫醒。她带着他坐公交车去了河东区的长途客运总站。客运总站在苍鹭河大桥旁侧,而李标的家乡在苍鹭河以西两百多公里的江西境内,大巴车要先过了苍鹭河大桥再一路向西。小李标这一次是满载而归,他将自己随身的换洗衣衫都塞到了背包里,身上穿着的是黄棠阿姨为他买的新运动装,贺秋奶奶买的新衣也在背包里。新书包连同文具被他斜挎在身前。

孩子在分别之际眼圈红了,"奶奶……"

"李标,什么都不要说,孝敬你的爸妈,再好好学习,这就是你给奶奶最好的礼物。上车。"

小李标是最后一个上车的。

贺秋不喜欢送人上车的瞬间,车上车下的人相互摆手泪水涟涟,那让她觉得很不自在。所以当上了车的李标透过车窗去寻找车下的奶奶时,他已经看不到人了。

贺秋独自出了客运站,她看到了李标乘坐的那辆开往江西的蓝色大巴车出来,之后右拐上了苍鹭河大桥。她不管车上的李标是否看到她,她只是对着大巴车的背影挥挥手,算是与小李标告别。

令贺秋毕其一生的想象也不能够预料的事情发生了。大约一分钟之后,忽然一阵震耳欲聋有如山崩地裂的巨响让附近的每一个人惊惶万分。接着有许多人大呼小叫,接着有巨大的尘烟从大桥方向腾起并且直上云霄。苍鹭河大桥垮塌了。

许许多多市民都奔向河岸护栏,围览这一百年不遇的奇观。

已经算得上年迈的贺秋也在人群当中。她心里很明白,垮塌的当口李标的大巴车正在桥上,她拿不准大巴车是已经过了垮塌的路段,还是跌下了二十多米深的河滩。她从人缝中看到,巨大的混凝土桥梁有两节已经完全从粗大的支撑柱上坠进河滩之中,可见的有至少七八辆各种汽车七零八落地分布在桥梁废墟近处。而且明显有车辆被压在巨大的桥梁之下。那一幕是如此惊心动魄,相信任何一个亲眼看见者都会终生铭记。贺秋脑子里轰的一下,便摔倒在围观的人群后面,之后的事情她就什么也不知道了。

她再醒来的时候满眼素白色,那是医院的单间病房。她先看到了吊瓶,她知道自己在输液。她之后在床的另一侧看到了外孙女祁嘉宝。

祁嘉宝说:"外婆,你可醒了!我们都担心死了。"

贺秋想说点什么,但是她马上发现自己发不出声音。

"外婆,你别说话,我马上让我妈过来。"

祁嘉宝给母亲电话,说外婆已经苏醒了。黄棠在第一时间赶到了医院住院部,她过来的时候贺秋已经在再三努力之下能开口说话了。黄棠紧抓住母亲的手,贺秋的泪水一下涌了出来。

黄棠惊慌:"妈,你怎么了?你哭什么啊?"

"李标,他没了。"

"妈,你怎么知道?"

"他坐的车,掉下去了,我亲眼见到车掉下去了。"

黄棠惊讶:"桥塌的时候你亲眼见到的?"

"不是,是塌了以后。"

"塌了以后?那你怎么还能亲眼见着?"

"我在桥底下见到了那辆车,是蓝色的大巴。"

"对,是有一辆蓝色的大巴。电视里每天都是大桥垮塌的新闻。"

贺秋的泪水又一次涌出来,"我把孩子给害了。"

"妈,你千万别这么想!你都是为了李标好,可是天有不测风云,意外事故不是你的责任。"

"我就不该让他过来。书包文具有什么用,新衣服有什么用,什么也不比留下那条命要紧。他不过来就好了。"

"妈,你总说你信命,李标的结局不就是他的命吗?他命里注定有这场劫难,躲也躲不过的。你想想,至少他在最后的两天里是开心的。他那么开心,你应该觉得是一份安慰,毕竟他在最后的日子里很开心。"

"是啊,他很开心,他这两天真的很开心。"

苍鹭河大桥垮塌事件马上成了全国性的大新闻,全国的主流媒体几乎无一缺席都派了记者到现场。交警成了全市最忙碌的人群,连远在北郊的刘大队他们也都被临时抽调进中心市区来协助维持交通秩序。大桥是连接东西两大片城区的主要通路,现在则需要改道,整体通过下游的位于南洼区的苍鹭河二桥,而二桥距离一桥有十公里以上,所以整个交通指挥的压力一下子增大了几倍!

位于城区北面的三桥正在修建中,竣工日期是二〇一三年底。三桥距一桥十二公里多。之所以三座桥都相距很远,这也是市政府对城市远景的预估所致,是考虑到开发新区与老城区的连接。城区越来越大,而且扩充的速度越来越快,在政府的规划中至少可以让三座大桥基本能满足整个城市的需要。而一桥是八年前才建成的,八岁对一座桥梁来说应该还在婴儿期,谁也不可能料到一座城市的主桥会在婴儿期就夭折。

援调主城区交通指挥这件事令飙车案的侦查有所延宕,已经焦头烂额的那几个飙车的公子哥总算有所喘息了。五个人重又聚在一道,对他们各自的处境进行细密的分析,然后针对每个人的不同状况设计出下一步的个人应对策略。这几天洪开元有点惨,因为他也要轮值去护理外婆。虽然每次都有陆小玫陪他,但他自己不可以缺席,这是他们这个家庭的规矩,孝道为上孝字第一。

全家直系亲属中唯一没有陪护的只有洪锦江,因为那家医院是开发新区唯一的三甲医院,作为新区政府的一把手,他不能够让医院上下都知道住院的人是他的丈母娘。

经过一周的全力抢救,所有在大桥垮塌事件中遇难的人数为四十七人,其中三十三人都在同一辆长途大巴车上。就是李标所乘坐的那辆。

大桥垮塌令他们这座寂寂无名的小城在一夜之间为全中国人所知晓。接下来会是长达数月的事故原因调查,连同追查责任人并予以处理的例行公事。肯定又有若干直接责任人被追查最终伏法,而且不排除会有高官落马,甚至有被正法者。媒体上又会连篇累牍地责骂豆腐渣工程,竞相做各种各样的反思。每临有此类恶性事件,媒体总是会冲在最前面,既像先知又如终审法官。这是当然的媒体时代,媒体当然拥有无尽的话语权。

除了那些死者的亲属，也许最为这个事件伤心的就是贺秋了。

在公布确认了大巴车上所有乘客均已死亡的官方消息之后，贺秋忽然想到了李标已经遗弃的一双旧袜子。她估计三天前的垃圾应该还在公共垃圾箱里，他们小区的公共垃圾通常是一周清除一次。她有一个想法，而这个想法她不能对其他人说，所以接下来她要做的事情也不能请人帮忙。她自己戴了口罩，带上家里花园常用的园丁耙，把公共垃圾箱翻了个底朝上，终于在一只垃圾袋里找到了李标那双已经露了脚跟的旧袜子。

贺秋如释重负，她留心将旧袜子收好，以免被家人发现重新给扔掉。她自己去了位于远郊的公共墓地，在询价之后定了一块大约三四个平方米的冢位，时限为二十年。那是她为自己预想的最长年限，二十年后她已经过九十岁了。她又在做碑的石作坊定制了一块刻字碑，五个大字是"李标衣冠冢"。她把孩子的袜子葬在其中。李标就此有了一个属于他自己的墓。与他人不同的，别人葬的是骨灰，他不是。

贺秋特别在出来前仔细用纸笔记下了李标的位置。墓地实在太大了，数以万计的石碑覆盖了绵延起伏的几个山头。而且贺秋已经是老年人了，记忆力已经大不如前，她怕没有纸面记录的提醒，她再来会找不到它。

为李标做衣冠冢的事情她没有对任何人讲，包括黄棠。她猜他们也许会笑她迂。过去做衣冠冢的都是名人和贵胄，普通人做衣冠冢几乎都不会砌墓立碑。而李标只是一个受她捐助的乡下孩子，与她无亲无故，她为他做衣冠冢的确不合常理。

但是没人知道她的心情,在她选定李标做被资助人的这一年半时间里,与李标的交往成了她生命中最要紧的事,她已经完全进入了渥太华老太婆的那种境界,她在其中感受到深在的快乐。而将李标邀约过来这件事带给她的歉疚,也是别人完全无法理解的。自己的女儿就没能理解,又何况那些与自己不相干的人呢?

很明显,衣冠冢是她只为自己一个人造的,她不打算将它告知给李标的家人,当然也不打算告诉自己的家人。她会在自己想去的时候去到他身边站上一站,说几句什么或者什么也不说。

她还有最重要的一件事,就是去李标的家乡,她要亲自去他家里报丧。李标的父母知道他来她这里,但是他们不会想到孩子唯一的一次长途旅行竟然走上了不归路。她在动身前专门收集了所有关于大桥垮塌的报纸,报上都有整组的照片,那辆他所乘坐的蓝色大巴车赫然在目。

她上次去他家乡已经过去了一年半,不知道她和李标的父母是否还能够彼此相认。应该说当时他们对彼此的印象不是很深,贺秋的关注显然都在孩子身上。她记得李标还有一个小妹妹,大概四五岁的样子,两个小手紧紧地牵住自己的爸爸妈妈。贺秋记住了她那双怯生生的大眼睛。

李标的父亲母亲当然记得她,因为她是他们的大恩人啊。他们原本都在企盼着儿子的归来,怎么也没想到盼来的竟是孩子的贺奶奶。噩耗让这个家庭陷入极度的悲恸之中,孩子的妈妈双手抓着报纸的同时抽搐了,那是撕心裂肺的哭声,贺秋的心有如被粗粝有锈的针给刺痛了。她没法劝她,她知道她说什么也无法舒缓做母亲的心痛,哪怕是一丝一毫。

当贺秋注意到那个父亲的时候,她给他铁青的面色吓住了。他没有落泪,但是两眼直勾勾的,腮上的咬肌异常凸起。他女人的恸哭他听而不闻,他的魂魄似乎已经飘到了另外一个世界。

贺秋现在能做的也只有紧紧拉着李标的小妹妹。这个女孩看看爸爸又看看妈妈,再看看爸爸再看看妈妈,她意识到家里遭遇了天大的灾难,但那是什么她又浑然不知。她甚至根本不知道自己被贺奶奶紧紧抓在手上。

这里的悲声大作把许多邻居都吸引了过来。女人们都围在李标妈妈的身边,有的搓她的手心有的掐她的人中。几个男人凑到贺秋跟前,低声询问出了什么事。贺秋把事情告诉他们了。

"怪不得李三都直勾了,放在谁身上也受不了啊。绝户气了!"

贺秋惊诧:"绝户气了?为什么这么说?"

"李三生第二个的时候被罚了款,管计划生育的逼他无论如何去结扎,他拗不过当官的,又已经有了儿,就糊里糊涂地被结扎了。这回惨了,儿没了,想再生也没辙了。"

另一个村民说:"不孝有三无后为大,李三日后没法跟祖宗交代。"

贺秋说:"你们这些家伙,别在这儿说这些火上浇油的话!"

"老人家别站着说话不知道腰疼,什么叫火上浇油?什么事情比绝户气更严重？李三这辈子也抬不起头来了！你们城里人怎么懂这个？"

贺秋知道跟他们理论不清，便缄口了。她同样为李标的父母伤心，活蹦乱跳的孩子意外殒命，会是每个家庭最大的灾难。但是她的确没想到他们说到的这些，事关姓氏门庭，事关子孙万代，她的确不能够理解这些民间的传统。她以为它们都是些陈规陋习，这些乡下人都是在抱残守缺，被这些愚昧的东西所困扰。她不知道她所不屑的这些东西，正是汉民族根深蒂固的历史的一部分。如果有真理，真理一定在他们一方而不在她。

李标的父亲母亲都还不到四十岁，在她的眼里都很年轻。的确，如果没有被结扎，如果他们一定要恪守传宗接代的传统，他们可以再生，充其量也就是罚一笔钱而已。但是现在不行了，人为地拿掉一个人的生育权利已经毫无挽回地切断了这对夫妻的伦理传统。绝户气了，这是贺秋所不熟悉的说法，但是她听得懂，她尤其听得懂这四个字背后的意味，那是一种罪孽，一种不能够被饶恕的罪孽。绝户气了。

贺秋没有当天就踏上回程的路，她在镇上的小旅馆里住了一夜。她是想在李标父母亲稍稍平静些的时候，跟他们讨论李标妹妹的教育，她想把在李标身上寄予的愿望在他的小妹妹身上继续。她要资助这个有着忧郁大眼睛的小姑娘，直到她上大学或者她大学毕业。

时间是平复心灵创伤的良药，哪怕只有一夜。第二天他们果然平静了许多。他们听得明白贺奶奶的心思，他们知道自己的儿子女儿遇上了贺奶奶是天大的福分。

贺秋下一个要资助的女孩子叫李香,下个月就满五岁了。

3．商家和政府各行其道

正如黄棠所言,邹天对她主动提出加盟非常热情,因为他当真需要一个合作伙伴。他在商场打拼那么多年,对形形色色的商人都有相当的了解,他自己就经常自我调侃,说商人无利不起早,说无商不奸。用他自己的话说,他已经够奸够精明,但是他还是有掉进比他更奸诈的商人陷阱的时候。以他的经验,他判定黄棠不是一个奸诈的商人,至少不够奸诈;她做他的合作伙伴的话,他不必像防贼一样提防她。

对邹天而言,这个项目算是一个摸着石头过河的情状,他不是能完全看得清楚项目的前景。比如在那样一个几乎完全是乡下的地方凭空做出一片商业街区,会不会有商家感兴趣进入就是个疑问。再比如仅仅靠一个朱熹故居的名头,当真能吸引诸多住宅的买家过来吗?五夫里的那一块尽管有山有水景致宜人,但也毕竟是穷乡僻壤,那些习惯了在城里生活的人们当真会仅仅因为住在朱熹的近旁就掏出大把的真金白银买房子吗?他的紫阳广场项目可不是在哪一个村子里造的,那是政府专门规划的旅游度假区的核心地段,他根本不担心买家。

而黄总所担心的怕政府不支持,或者政府会把这项目当成一块肥肉留给官员的自己人,他对这个并不担心。他相信自己的人脉能量,也相信没有谁会对这样的项目有如此之大的兴趣。本地区的几个开发商他都熟悉,他对他们的实力包括眼力都非常了解,他相信只要下决心将项目向前推动,自己在本地不会有对手。

黄总的加盟让他有一个更明确的参照。黄总的老公是开发区的老大,黄总要介入房地产开发项目必定会征得她老公的同意,而一个开发区的掌门人同意自己家人去介入的开发项目必定是行得通也有利可图的。这就是作为开发商的邹天的心理逻辑,黄总的老公不会让自己的老婆进入一个前景不明朗的项目,这是一定的。既然要合作,他和黄总之间有太多的细节需要碰撞,所以把黄总邀过来详细磋商也就至关重要。

对于项目的投资,邹天并不是很担心,因为项目的启动资金在他看是很小的一笔。做任何项目都要有这种投石问路的开销,做三个项目策划若能有一个成功立项,对他而言就是令他欢欣鼓舞的结果。而最终立项才是一个项目真正意义的开始,因为那时候才是大笔真金白银投进来的时候。

黄总想得很细,她提出将前期他已经投入的一百四十万总额中属于她的部分她全额补上。两人已经议定他占七她占三,也就是说她拿出四十二万来补还他前期的投入。但是邹天觉得账不是这样算的,前期的投入已经是过去时,而前期项目启动他是唯一的投资人,黄总的后期加入应该从加入之日起进入股份资金。

黄棠说:"邹天兄弟,你不要太客气,咱们情分归情分,生意还要归生意。我既要加入,该我出的一分不能少。说实在话,即使这样的话我的和谐公司也还是赚了,因为前面花出去的这笔钱有一部分是和谐公司做的单,也就是我的公司赚了邹天企业的钱,这一点我就不跟你客气了。"

"您别这么说黄总,你给我这么大而且这么具体的一个项目创意,按照商场规矩我必得付你一大笔创意费才对。我也没和你客气,没把这个想法提出来,就因为我们已经是朋友,我们来日方长。由你的公司做前期文案是天经地义,而且你公司的报价非常实在,一点都不比别人高。这也是我钦佩你人品的一个原因。我做这一行很久了,当然对各个环节的报价都非常清楚,我不是个糊涂的人,凡事都心里有数。就按我说的办——之前的投入是邹天企业自己的事,属于投石问路的开销。我们这一次双方成立合资公司,和谐公司作为投资方在新公司成立一周内,将第一期股份份额的六百万打入新公司账户;所有的开销从双方资金到位后重新开始,有一笔算一笔。黄总,我不是让利益给你,你在前期的投入在我看来并不比我这一方少;你先期考察,然后发现项目,然后把项目推荐给我,然后为了项目不辞辛劳地多次往返,而且没有丝毫报酬;我这一方只不过投了一些必要的资金而已。上一个阶段算是我们双方打平了,之前的话不再提。"

黄棠想想,邹天的话已经说到这个份儿上,她当然不好再坚持。她很钦佩他的这种退一步的策略,他在他们合作之初就让一大步(四十二万股份金额),这给他们日后的合作树立了一个清晰的模式:遇到争议主动让步。这是一个极好的开端。她作为受益方一定会在日后的时间里谨守这样的模式作为行事准则。

这一次因为主要是商讨合作,商讨新公司的细节,所以他们的聊天范围也比先前宽泛。黄棠这才知道，邹天居然也是二十年前海南那场商业大潮的现场学徒。她知道商界的诸多枭雄都是从那时在那里起步的，比如潘石屹，比如冯仑。她特别喜欢冯仑的那本《野蛮生长》，其中许多部分讲述的都是关于当年海南岛的故事。她惊诧小小年纪的邹天竟然在那时候就见过冯仑。邹天说他当年刚二十出头，闯海南是他人生第一次冒险，他只是一个跑腿学舌的小小打工仔。但他也的确是在那里第一次窥到了商业智慧的无穷魅力。

同样是生意人，年长些的黄棠与相对年轻的邹天却有完全不同的偶像。黄棠最钦佩的人是柳传志和史玉柱，而邹天的偶像则是黄棠听也没听说过的海南当年的三大巨头当中的两个，马玉和与黄向农。

黄棠说："柳传志做的是电脑，IT业称作PC，可以说IT是信息时代作为朝阳产业的旗手，而PC是整个IT产业的终端，因此电脑行业在当时中国刚处于起步阶段的新经济中具有无限的潜力。柳传志看到了最有市场前景的产业，并且在超过三十年的时间里，将他的品牌做到了世界最大。中国今天有数亿台电脑，其中有一个相当可观的百分比属于柳传志的联想。这个人太有远见了，他简直就是中国的比尔·盖茨。"

"我不太认同黄总的说法。微软做的是开创性的事业，他创建的基础软件平台，可以在其上运作以前和以后所有的应用软件。而联想做的只是攒机，将各种各样零部件商的产品组装起来，然后挂上自己的牌子。在我看来这两家公司完全不能够同日而语。而且我特别不喜欢那个姓柳的，不喜欢他满口高调。你做你的生意嘛,有什么必要张口闭口言必称国家民族!"

"你也是商人,怎么会对另一个赚了大钱的商人如此反感呢?邹天兄弟,你最佩服的大商人是谁?"

"马玉和和黄向农。"

"两个名字都不熟,是海外的华人?"

"都是当年海南岛的大佬,用中央电视台的说法,所谓的商界领袖。"

"这两个人现在在做什么呢?怎么从来没听到过他们的名字?"

邹天摇头,"不知道,也许已经彻底被历史淘汰掉了。"

"说说,他们做了什么让你那么钦佩?常言道,胜者王侯败者寇,你为什么会对两个失败者如此推崇呢?"

"我先说一个黄向农赚钱的例子。他原本是琼港澳的董事长,是中国最早的亿万富翁之一。他居然辞掉了他自己创立的公司的董事长职务,在九三年就已经看准三亚的潜力,到这个处女地去重打鼓另开张。三亚之所以有今天的规模,黄向农绝对功不可没。"

"是今天三亚的哪家开发商?"

"今天已经听不到关于他的消息了,但他是三亚最早的大开发商。当时他一下就在羊栏一带买下了三千多亩地,悄悄地动手,每亩只有几千元。当时的山坡地非常便宜。他故意将位置处于公路边上的十几亩好地放在一边,根本不去跟这块地的持有者商谈买地的事。他让手下的人放出风,说他黄老板认为那块地位置最棒,说黄老板无论花多大代价都要拿到那块地,说那块地是这一整个区域的地王。放风放了许久,土地持有人的心理价位越升越高,但是黄向农就是不过来商洽。终于有一天,黄向农不带一个助手只身来到土地所有人的家中拜访,他在这一次表达了买地的愿望,并且让土地持有人不必客气,他开多少钱他黄向农都认账。最后这个家伙开出了每亩十七万的天价。这件事成了当时当地最大的新闻,三亚和海南的所有媒体都对此事有报道,形成了当时的一个新闻热点。"

"这个黄向农怎么会这么傻?他为什么要多花一大笔钱买这么一小块地呢?他既然已经有了周边的三千多亩,有没有这一小块又有什么关系?"

"黄总,这正是我钦佩他的地方,可以说我对他此举佩服得五体投地。你想想,两千三千一亩,甚至四千五千一亩,那就是当时当地的大概行情。他手里的地再多,按照那个行情他总的土地资产又能有多少呢?千把万或者一千多万不到两千万而已。可是现在不一样了,那笔大张旗鼓的每亩十七万的土地交易,等于给这一大块土地定出一个全新的价格。黄向农此举完全是一个定价策略,他用这种方式为自己手里的这一整块土地增值了数十倍!当时许多人都不理解他的作为,像你一样以为他傻。只有他身边的几个人才真正明白他的用意。在我看来,这才是真正的商业智慧,是大智慧,比那个姓柳的那套打国家牌民族牌的手段要高明得多。"

"可是柳传志已经是媒体上的国家英雄了,这个姓黄的老板怎么跟他比啊。不过他的这个故事的确很精彩。那个叫马玉和的又如何呢?"

"我个人从来不以成败论英雄,也许投机也算是智慧,也许投机也可以赚到大钱,但是我不欣赏。我还是更欣赏那种真正的商业智慧。马玉和是当时海南经济的第一人,他的琼民源同样是中国股市最早的上市公司;后来因为马玉和本人出了事,公司被当作壳被替换,就是后来股市上鼎鼎大名的中关村。这个马玉和才是真正的高手,是中国资本运作的第一人。我相信潘石屹冯仑他们,当年肯定都是他的粉丝。"

"那么厉害啊。从冯仑的书里看,他和潘石屹当年都不是海南最大的老板,他直言不讳地说自己是在海南学到了经商的门道,之后才做大的。"

"当年在海南岛,这两个人根本就不值一提。而马玉和则首屈一指。琼民源公司当时是全海南最大的地主,手中拥有的土地超过十八平方公里,也就是两万七千亩!他在一九九三年就提出了建海口城铁的设想,计划的项目规模超过百亿。这在当时的中国根本就是天方夜谭,黄总你应该知道,今天中国的城市交通到了多么艰难的境地,而且到了今天全中国也只有北京一个城市有城铁,规模也很有限。东京是世界上最早有城铁的国家,而城铁的确能缓解越来越严重的城市交通压力。二十年前马玉和就有如此的先见之明,太让我佩服了。更重要的,他那时候就能够提出由民间出资,筹建百亿规模的公共设施。没有大胸怀大气魄加上超凡的智慧,根本不可能有如此的高瞻远瞩。"

黄棠说:"真是很奇怪,那个年代怎么总会出这些有超级想象力的商业奇才呢?我记得那时候还有一个牟其中,说是要买航母买国际卫星,要做那些连国家也做不动的大事业。你听说过这个人吗?"

"牟其中当时是有名的大话王,他还说要把喜马拉雅山脉打个洞,让印度洋的暖风吹过青藏高原,彻底改变青藏高原的生态,话大得吓死人。可是让他拿出一百万来,也都是难为他了。做企业的大都是些务实的人,对那些把亿万真金白银赚到手里的人更钦佩,而不是牟其中这样的人。"

"邹天兄弟,你对史玉柱怎么看?这个人也是我的偶像。"

邹天摇头,"史玉柱肯定是聪明人,但不是我的楷模。"

"他的三个回合太有传奇性了。第一个回合要造前无古人的巨人大厦,虽然失败了,但是勇气和想象力都令人钦佩。第二个回合做脑白金,居然那么短时间就从大伤元气中恢复过来,并且还上了所有的欠债。第三个回合将已经功成名就的脑白金项目卖掉变现,进入全新的网络游戏领域,而且迅速成为其中的翘楚。一个人跨行经商,而且行行精彩,绝对是一个商业奇才,就是商界也极少有人可以与之匹敌。"

"黄总,他有一点让我叫绝。你想过他的脑白金为什么如此成功吗?"

"你说的是他不遗余力地在广告上做大投入是吧?"

"也是也不是。我说是,说的还是广告本身,包括广告的超大力度。但我所强调的是他广告的方向。他在广告方向上另辟蹊径,他不说他的产品是保健品,他把他的产品定位成礼品。这是他的大聪明。别人的保健品都是保健品,而他的不是,是礼品。礼品肯定是远远大于保健品的概念,全社会对礼品的需求自然远远大于保健品。所以同样做广告,他在广告方向上无疑占了所有同行的先机。这个家伙当真有远见之明。"

"邹天兄弟把自己的企业做这么大,看来的确是眼力和胸怀都不一样,你看到的这个我们这些人都没有看到。我反而觉得他的'送礼只送脑白金'的广告语很傻很可笑,你这么一点拨一下把我点醒了,原来妙处在这里!有一点我非常清楚,他的这句广告语在中国已经非常深入人心,差不多可以说地球人都知道。深入人心就是广告语最成功的地方。"

"其实我和您的争论,不同点在于我有一点理想主义。你的偶像都是那些伟大的成功者,从商道上说你是对的;商场就是一个以成败论英雄的战场,从来就没有败军之将的位置,这也是我所说的马玉和、黄向农他们被历史所淘汰的根本。我个人在经商中有一点小情怀,也许正是这些东西妨碍我把企业做大吧,我就很需要您这样的智者来帮助我拓展视野。"

"邹天兄弟,你这样抬爱简直让你这个老姐姐无地自容。"

"您是明眼人,您应该知道我不是那种见人说人话见鬼说鬼话的马屁精,我对您真的很佩服。这一次要不是您看得起我这个兄弟,把机会给我,恐怕你我之间也没有现在这个缘分。说句心里话,日后我邹天的企业还真要倚仗你的慧眼,请黄总千万不要推辞。"

在黄棠看来,邹天的这番话应该是掏心窝子的,该当不是寻常的客套。细想一下,邹天比她黄棠的事业大得多,但他却很谦虚,说自己的小情怀妨碍了大视野而没能把企业做大。想到这一步,黄棠才意识到如果两个人中间有一个人该说这样的话,肯定应该是她黄棠而不是邹天。

邹天仰慕的是失败的英雄,而她奉行的是胜者王侯败者寇的历史法则。邹天的路相对比较民间,比较偏重于野史的味道;而她自己的是正史之路,更像是官方和政府的路数。这是两个人之间最明显的差别。有趣的是尽管正史成王败寇看上去冠冕堂皇,但也不乏项羽这样败寇类型的大英雄,项羽应该是邹天这一路枭雄们的楷模吧。

自己归拢一下思路,黄棠发现所有的事情都有它自身的逻辑。她在朱子故居项目已经启动进行之后才加盟,但她主动提出要按比例承担自己加盟前已经发生的那部分费用。她在主动做让步,所以邹天以礼相待,提出更大的让步。其结果是让她自己就此认可了这样一种"以合作双方相互让步为前提"的基本模式,有来有往有谦有让,彼此投桃报李。她相信这一定是一个可以双赢的局面,是一种可以让双方利益最大化的模式。

她把这一趟的心得告诉了洪锦江。洪锦江说这就是所谓的吃亏是福的逻辑,同一件事情,参与的双方如果都为对方着想,这件事情的前景一定是值得期待的。

但是洪锦江还是要告诉她一件会令她扫兴的事情,就是有洪开元参与其中的飙车案有了定论,洪开元已经被确认是其中的参与者。

他们的那个小团体所订立的攻守同盟非常脆弱。警方只消对其中的一两个嫌疑人当晚的行车路线穷追猛打,很快就让当事人的口供破绽百出;而且破绽一经放大,所有的否认都变身成了伪证。伪证本身已经成了重罪,而当事人都还是孩子,哪里承受得了如此的心理压迫?所以连锁的心理防线崩盘的供词,将已经安然无恙的洪开元重新推到了犯法者行列。

黄棠问:"有可能被抓捕吗?"

洪锦江答:"刘大队的意思,最好以传讯的方式进去。毕竟抓捕会让事情听上去要严重得多。刘大队说一定别躲起来或者出走,那样会让原本不那么严重的事情变得严重。你肯定很清楚其中的意味。"

黄棠点头,"是啊,以传讯的方式进去,还可以通过关系让事情大事化小。若彻底回避,逃避警方的传讯和抓捕,可能事情就完全恶化了。但是我担心儿子能不能接受被传讯,你知道他的性格,我怕他很难接受。"

"他不接受也得接受,必须得让他知道后果的严重性才行。"

"你光这么说是没用的,他根本不吃你这一套。"

"不是我说,要说也得是你说。至少你的话他还听得进。一定要他真正明白事情的严重性。如果他跑了,你我谁都救不了他。"

可是事情的发展令他俩谁也不能够想到,洪开元在他们说话这一天的晚些时候,居然将开发新区公安分局交通大队告上了法庭!

原来洪开元已经得知了自己被同伙供出,于是策划出一起蹊跷的违反交通法规案,借此案中的一个特别的机关将交通大队送上被告席。洪开元的策略是借这次诉讼让公众认为他个人与交通大队结上了仇怨,若交通大队传讯他抓他,让公众认定交通大队是在官报私仇。

洪开元所利用的是由开发新区警方所颁布的一个地方性交通法规。此法规正在六个月的试行期当中。新法规规定，为达到争取成为国家卫生城市的目标，为维护城市环境卫生，"凡在汽车行车过程中向车外抛撒垃圾杂物者，一次罚款人民币一百元。凡向警方提供可信证据者，奖励人民币两百元"。这条法规已经试行四个月，收到了可观的效果，先前相当普遍的汽车向外抛掷垃圾的现象得到了有效的遏制。

但是这条法规在执行过程中也出现了诸多原来预想不到的新问题。

诸如有人利用法规当中的金额差做起了赚钱的生意。违规者一次罚一百，而举报者一次奖两百，所以看到了机会的人便自己做套，由甲故意去违章抛杂物，再由乙去拍照片之后举报，这样这个团伙一次便可以小赚一百。一天有十个二十个这样的举报，便也是一笔不菲的财路。警方于是对新条款做了补充，除罚款而外增加了一次扣两分的内容。这样一来利用金额差赚钱者的如意算盘便落了空，因为赚一百元而赔上两分绝对得不偿失，这个账没有哪个人会算不清楚。

还有人即使被他人拍了照片也坚持不认账，说照片是电脑做的伪证，说他只是一个人在车上在驾驶位，没有可能从右侧车窗扔东西出来。他说举报人是利益驱动，为了那两百块钱才利用电脑做伪。他不但不交罚款，甚至威胁警方要对簿公堂。而举报人交来的证据都是用手机抓拍的，图像原本就很不清晰，所以要警方去证明照片的真伪也不是件容易的事。

推出这条地方法规的原意是要改善城市卫生环境,杜绝一些人的陋习。但是这些由此而生出的新问题,同样令警方头疼。

洪开元正是利用这条地方法规产生的争议大做文章,让他自己作为原告方去状告代表政府方的交通大队,让全社会周知,他洪开元与交通大队之间的矛盾公开化。待日后交通大队处理飙车案时,他洪开元可以在公众眼里取得主动,而且届时他还有网络这个威力无比的平台可以利用。

一个只有十七岁的男孩,竟然在与政府的对峙当中有如此之深的心机,不能不说是一个个案。

卷 二

章1 环绕在黄棠周围

1. 儿子的如意算盘

洪开元知道某些地段的街头专门有靠举报罚款获利的小混混,他们每天混迹于街头,随时随地把有高清摄像头的手机端在胸前,警惕地注视着过往车辆是否开着车窗,车上的人是否有在吃东西或者准备扔垃圾。他们会把所有机会抓住,把一切可能性都摄入镜头。据说有人在闹市区蹲上一天,最多拍到了十七起往车外抛掷垃圾的照片证据。

这次洪开元专门将母亲的奔驰ML350开出去,因为这车的车身大,因而目标也大;同时两侧以及后面的车窗都贴了颜色较深的玻璃膜,让侧后方的照片不能够泄露出车内的情形。他自己开车,让陆小玫坐在副驾驶位。他的车速很慢,他在着意寻找手拿手机东张西望的小混混。可是不巧,被他发现的一个家伙却刚好在他的左前方,就是在司机位这一方。这不行,他要被抓拍的照片在右侧,也就是副驾驶位。这里是车辆较拥堵的城区主路,他于是费了很大周折,到前方将车掉头回来,这样他才能达到自己的预期目标。

他终于又看到那个家伙了,他让陆小玫在那家伙面前降下车窗。此举果然引起了那家伙的注意,他马上将手机举到眼前。奔驰车从他身旁掠过之后,陆小玫马上将一个揉得很松的体积很大的白纸团从车窗抛出去,洪开元透过后视镜清楚地看到那家伙摁下了快门。这时候他有意将车停下,他要给那家伙进一步拍照的机会,他怕那家伙刚才的镜头中没带上他的车牌,他有意让那家伙为他的后车牌再留下几个镜头。一切都在他的预料之中。那家伙像听到了他的指令一般,对着他的车背影连续摁快门。

洪开元当晚就在网络上查到了自己的违章通告及罚款罚分。他次日一大早便去新区交警大队,主动交款认罚,同时主动办理了被罚分手续。下午一点半正是大家都在上班的那个时间,洪开元的律师正式在市中级人民法院将新区交警大队告上了法庭,理由是交警大队滥用职权对无辜者进行处罚。

这个消息同时被捅到了网上,马上引起网民的热议,许多专门针对交通执法者的指责铺天盖地而来,一下把新区交警大队送上风口浪尖。

刘大队知道事情非比寻常,他在下午下班前就去到洪锦江的办公室,把整个情况做了汇报,并且将网上的内容也做了重点摘印给洪主任。

洪锦江知道儿子给他惹下大麻烦了,他谢了刘大队。在送走他的第一时间他给黄棠拨了电话,告诉她发生的情况,告诉她惹下大麻烦的是她那辆奔驰SUV。他说自己一下想不出更好的办法,让她想一下,尽快找出一个能够息事宁人的解决之道。

他能够想象得出，网络上以如此之快的速度就对这起诉讼形成关注，一定是洪开元和他的朋友们在背后做推手，也许那些骂交警的帖子就是这些人干的。有一个帖子指名道姓说刘大队带交警专门设置有罚款陷阱的隐秘路段，潜伏在故意停放的大型车辆后面，对过往车辆实施突然拦截，以达到罚款的目的。还说他们问被罚者是否要罚单，要罚单的加罚两分，不要罚单的口头警告下不为例；这样便有若干罚款由于没有罚单成了无源之水，不知这笔钱的去向如何。帖子的恶意一望便知。若上面的举报内容被查实，刘大队的政治前途便会就此终结。很明显发帖子的人是在向交警大队宣战，而且非常巧妙地利用了民意的角度。

洪锦江这时还不能预见到儿子此举的迂回目的。他只是在心里替刘大队委屈，毕竟刘大队在想方设法帮洪开元，可是这个浑小子却恩将仇报，意欲置刘大队于死地。执法者设计陷阱让民众陷入法律圈套，这在任何社会中都是重罪，绝对不可以姑息原谅的。发帖子的人针对的正是这一点。洪锦江不能够容忍他们愿望得逞，他认为自己有义务保护刘大队他们。

洪锦江于是给公安分局局长打电话，让他带公共信息安全科的负责人过来。他指示他们必得对帖子的来源进行追踪，对肆意损毁公安干警名誉的行为绝不放纵姑息。

半小时之后便有了回音，发帖人是通过位置在菲律宾的一台PC终端上传到网上的。看来对方早有防范，追踪也只能就此中断。

洪锦江又找到新区法院负责人，指示要淡化处理洪开元诉交警大队的案件,不宜让此事形成负面影响。负责人当然明白该如何处置。次日中午十一点四十五分,洪开元诉新区交警大队案开庭,到庭的除当值法官外只有原告的律师和被告方指定的一名警员。

律师出具了网上的奔驰SUV车违章抛掷杂物的照片,在照片上清晰可见杂物由车辆右侧前车窗中抛出,同时出现在镜头上的还有从车窗处伸出的一只手,手与白色的抛掷物之间被律师以红笔画出的抛物线相连接。律师以此来证明,是坐在右侧副驾驶位置的那个人扔出了纸团。

律师又出示了由交警大队开出的对司机洪开元的罚分凭据。

律师继续出示自己的证据,那是由城市管理机构在城区路段上设置的监控录像的剪辑,每一段录像都有自动时间记录显示。三段录像上的时间都显示是当天被举报时间的前后,摄像头都是从正面偏左或偏右方向,镜头非常明确显示出开车者为洪开元,而副驾驶位置上是个女孩。

律师据此推导出他的结论,即司机为洪开元,而违章者为陆小玫。

被告方代表的态度很明确,此法规针对的处罚对象是违章的车辆,并未针对车上的具体人。正如其他法规针对的处罚对象是车而不是人一样,比如超速、闯红灯、越线,等等,都是这样的情形。对车的处罚当然要由开车的人来领受,所以受罚者是司机洪开元。

律师大摇其头,所有的证据都非常明确,违章者不是司机,该受罚的不是被罚者而另有其人。

警官说:"警方无法去自行寻找你所说的违章者,警方只能通过对车辆持有者的告知,让违章者自己主动去警方接受处罚。我们接待的违章者是洪开元,我们处罚的也只能是洪开元。你说的另外那个违章者并未出现在负责事故处理的警员面前。"

律师说:"洪开元是去接受罚款处罚的,他作为车辆的使用者,缴纳违章罚款尚在情理之中,我们对此并没有提出异议。问题在于罚分,举报证据照片非常明确,违章行为并非由司机所为;而罚分只对司机有意义,警方对无辜的司机进行处罚,明显是在滥用职权。"

"法官,我方不能够接受原告律师对执法部门的不负责任的措辞,'滥用'二字是对执法部门非常严重的伤害。"

法官说:"原告律师不可以使用不负责任的措辞。"

"法官同志,我的委托人无辜代他人受过,才是真正的受害者。"

警官说:"司机是车辆使用者,司机有责任向其他的乘车人申明其守法乘车的义务。其他乘车人有违章违法行为,司机同样负有疏于指导提醒的责任。由于交通违章违法处罚是通过对车辆持有者的告知来施行的,所以此车辆的违章违法行为,我们只能通过对车辆使用者的处罚来完成。"

律师说:"按你的说法,其他乘车人做了什么违章违法的事情,他们的行为后果都要由司机来承担了?"

"不是由司机来承担,而是通过司机来代过错者受罚。因为举报者的证据不能够准确地确认过错人,而违章违法行为又必得受到处罚,所以只能通过司机来代过错者受罚。"

"不敢苟同。现在其他乘车人做的只是扔一个纸团,倘若不只是扔一个纸团,倘若是很严重的犯法行为,那么警方如此不负责任地将该有的处罚加给无辜的司机——你所谓的车辆使用者,可以吗?法律本身允许你们做这样的处罚吗?你不认为你们这样做有悖于法律吗?你们是执法机构,滥用权力对无辜者给予处罚,说你们滥用还委屈你们了吗?"

警官结巴了:"呃,你们就没有责任吗?你们为什么不让违章者自己到执法部门去接受处罚呢?为什么只让司机一个人来呢?"

"警官同志的问题太莫名其妙了!司机来接受处罚反而不对了?车上的一个临时的乘客没过来接受处罚,就是车辆拥有者的罪责了?可以!我们可以敦促扔纸团的人主动过来找警方接受处罚,但是这也不是你们不依法办事的理由啊。你们的工作不能细致一点吗?你们不能仔细研究一下举报照片上的情形吗?你们只要稍稍用一点心,就能够判断出违章者不是司机,你们可以通过司机对违章者本人进行告知,然后对违章者本人进行处罚,而不是像你们所做的那样处罚无辜者。"

来应诉的警官代表已经意识到自己一方的被动,原告律师抓住了事件的要害。警官很清楚,再据理力争坚持警方无错的立场将会是越发被动,他凭直觉知道自己必得服软后退了:"请原告方律师先生原谅,我们的工作的确做得不细。如果我们的工作足够细致的话,这样一场误会是完全可以避免的。我们接受原告方的批评,向原告方致以诚挚的歉意,希望能求得原告方的谅解。"

律师摇头,"你说得倒轻巧,道个歉就可以过关了?那样的话执法者违法的成本实在是太低了!你们可以随便处罚一个无辜的公民,如果对方要反抗,你们道个歉就可以了结如此恶劣的事件。每一个公民的合法权益在你眼里,是不是还顶不上一根茅草啊?"

"执法部门对你做正式道歉,你觉得不行,那你要怎么办?"

法官说:"原被告双方是否有庭外调解的意愿表达?本庭希望本案能够有一个相对平和的解决方式,当然前提是你们双方都能够接受。"

警官说:"我们的工作做得不够细,有所疏漏,我们也愿意向被处罚的无辜者道歉。所以我们同意做庭外调解。"

律师说:"过错在警方,我们更愿意看到警方对此做出既符合法律和公理,又能让无辜受害者心里得到平衡的举措。我们接受法庭关于庭外调解的建议。我接下来还有一个案子,今天这个案子就先到此为止吧。"

其实一大早黄棠就已经找过洪开元,严厉要求他罢手,说他的做法会给他父亲带来不可估量的后果。洪开元说他可以放交通大队一马,但是不能在这个当口撤诉,说那样的话他就等于认输,接下来要处理的飙车案他会极端被动。他答应母亲,原告方在法庭上给警方留余地,在案件论辩上只就事论事,不把他们已经切实掌握的关于刘大队带人设置违章陷阱的证据拿到法庭上做撒手锏。他说他们的证据确凿无疑,他一定会让他们一败涂地。他给母亲面子,给父亲留余地,他放他们一马。

黄棠知道儿子的话有相当的可信性,因为她自己就遭遇过类似的人为设置的违章陷阱。那次是路过另一个城市近郊的一条中间有隔离带的路段,过往车辆不是很多,她先前曾几次在前面一个隔离带有断口的地方掉头。可是那一次她刚掉头过去不足两百米,忽然被躲在右手路边一辆卡车后面的交警拦住。交警告诉她违章了,她不明白,交警让她自己去断口前面的隔离带去看,果然在垂柳枝条的半遮半掩中有一块新树起来的交通显示牌,是禁止掉头标志。而在这样一个位置上设这样一个标志毫无道理。由于有柳条的遮挡,又是新近设置的,所以许多常走这条路的老司机都有可能忽略。而埋伏在隐蔽处的交警则成了开心的罚款执行人。

当时她为了赌一口气,故意让执法的交警开罚单,宁可因此而被记罚两分。她不想给那个坏东西贪污两百元罚金的机会。所以她相信儿子已经掌握了他所说的证据,她不能让儿子把事情搞大,因为那样将直接影响到洪锦江的声誉。

最近李天一的犯法事件已经让德高望重的李双江陷入极端的尴尬。

黄棠不能眼看着儿子蹈这样的覆辙,儿子只为泄一时之愤,老公将因此蒙受不可估量的名誉损失。因为在中国人的古老传统中,"子不教父之过"是一条颠扑不破的真理,没有人对此有任何疑问。

当然她也不能不顾及儿子。关于飙车案的前后细节她已经有了相当的了解,她知道当事人的作为已经直接触犯了刑法,绝不仅仅是简单的交通违章,被查实的所有当事人都要负相应的刑事责任。她也大概知道洪开元是他们的组织者和领导者,案件一经查实,他的责任一定会是最大的。

黄棠说:"儿子,你要跟我说实话,你跟刘大队打这一场官司究竟为什么?我认为事情不像表面上那么简单。"

"妈,跟你说实话,这场官司完全是为了接下来的飙车案做铺垫。我是想通过这场官司先陷他于不义,让他在情理上落到下风。如果他在飙车案上追究我为难我,我可以说他官报私仇。你应该知道,飙车案的后果会很严重,弄不好也许会坐牢。你不会眼睁睁看着我坐牢吧?"

"但是你的方式并不一定能阻止官方对飙车案的处理。交通大队有那么多人,他们完全可以委托不同的人去处理飙车案,不一定非刘大队本人不可。我想出于避嫌他们也不会让刘大队出面,那样的话你还是很难从这个泥坑里脱身。"

"那你说怎么办?你有更好的办法吗?"

"发生对峙的时候,最好的应对绝不是去硬碰硬,绝不是你这样的给对方以压迫性的攻击;而是采取最大限度的减缓冲击强度的方式,也就是柔软的方式。这样会把给对方的伤害化于无形,自己也才能有更好的保全。这是所有类型的对峙中普遍适用的方式。"

"妈,你说得再具体一点。"

"你看国家与国家之间有了领土冲突都是这样,都不会马上以兵戎相见将事情推向不可收拾的境地,双方都会去寻求以谈判解决的方式,或者通过第三方将尖锐的对立化解到最小。"

"你说的好像是钓鱼岛或者南海争端。"

"眼前你的事情,道理也是一样。我打算以第三方的角度出现,我可以利用我是违章车车主的身份,向交通大队表达我的歉意,因为是我的车违章了。我不单口头上认错,不单主动承担责任,我还要有具体的歉意表示。我打算以公司的名义赠送交通大队一辆用于执勤的警车,我已经问好了价钱,一辆长城SUV改装的警车大约十五万,我已经订了一辆。我想通过这种方式来缓解你和交通大队彼此间的对峙状态。我认为若对方接受了我的捐赠,也就意味着他们接受了我方的另一种庭外和解的意愿,他们也许会对飙车案事件网开一面从轻处理。我方不再叫板,把对峙柔化。"

"老妈果然厉害。不瞒你说,我这几天都没睡好,我翻过来调过去也想不清楚怎么样才是最恰当的应对。我心里很清楚,硬碰硬地跟他们死磕绝不是最好的方法,最大的可能是两败俱伤,而那根本不是我想要的结果。但我确实没想出更好的点子,还是你的主意高明。"

"儿子,刘大队这个人跟你爸的关系不错,他一直在暗中帮我们。官场上的事情,许多都不能摆在明面上,许多话都不能说透,只能点到为止。你把他作为攻击点,当真是委屈他了。我们要力保他不出事才是。而且他是好人,也是个很称职的公职人员,对他的攻击一定不可以继续,到此为止吧。接下来的事情你不要再坚持,不要再去追究,就都交给我吧。"

"老妈,我太自以为是了,要是早把事情对你和盘托出,并且征求你的意见,也许这场针对他的官司就不会发生了。花钱买教训了。"

黄棠先找洪开元的律师,让他去法院撤诉。之后与刘大队长私下交换了想法,让他代表交警大队欣然接受了和谐公司的致歉和公司捐赠的新警用汽车一辆,并且举行了一个规模不大的捐赠仪式,也在电视新闻中做了一则二十秒钟的专题片。

先前已经立案的绕城高速(北段)的飙车案侦查,也因为没能形成完整的证据链而被暂时搁置。五个公子哥(当事人)算是暂时逃过了这一劫。毫无疑问,其中的大功臣又是洪开元,他在朋友们当中的老大地位越发巩固了。大家都更钦佩他逢凶化吉遇难成祥的本事。

表面上看彼此都退了一步,但事实上被诉的一方还是受到了损害,尤其网上那些所谓揭露性的帖子,无论对交通大队还是对刘大队本人,都造成了间接的也是负面的影响。

以刘大队自己的脾气,他甚至可以和任何挑衅者对簿公堂,因为他对自己有信心,不做亏心事不怕鬼敲门。但是他还是有疑虑,他可以保证自己,但他的确不能保证他的每一位同事。黄姐所说的有警员违法违纪的证据,究竟是什么他不清楚,但他不能够完全排除这种可能性。因为此类事件时有发生,所以他内心的判断便失去了平衡。如果他坚持或者听任事态朝着原来的方向发展,他无法预料洪开元的所谓证据会揭出什么,是否会导致大队里的某一个或几个同事落网?

这个风险他担当不起。另外他也不想拂逆黄姐的美意,毕竟黄姐是洪主任的夫人,而洪主任对他的关爱也是他无论如何不能够辜负的。

所以接受警车捐赠,这是刘大队无奈之下的不情愿之举。

他们内部在此之前也曾有过激烈的讨论,有人坚持不接受,说拿人家手短吃人家嘴软;也有人说和为上,说能和者绝不要不和。即使在内部也不是什么话都可以放到面上来说,也需要心照不宣。在大家意见不能够取得一致的时候,没有谁会特别坚持坚守,所以领导的态度也就最终成了事情的必然结果。既接受和谐公关公司捐赠的警车,同时也不再继续已耽搁许久的飙车案的侦查。

表面上看,洪锦江在这一连串的事情当中完全置身事外,但他却没有一天不把关注点放到这方面来。也许开发区的主要领导中,别人都未对此事有所关注,因为这在千头万绪的政府日常工作中实在算不上一回事。但是对洪锦江的意味却完全不同,这也许就是他几十年仕途的一个最为关键性的节点,也许他的命运会就此发生逆转。或者可以说,儿子这一次的自以为是几乎成了老爸的千钧一发。

洪开元不是个糊涂孩子,他很懂恩怨分明的道理。一直以来他都将刘大队视为死敌,把自己与刘大队的对峙看作是你死我活的战斗,因此不惜对他下狠手,网络上那些攻击刘大队及其交警大队的帖子便是他的手段。但经过母亲的提点,洪开元猛然发现他误伤了一个始终在保护他的自己人;若不能给刘大队以恰如其分的补偿,他还算个什么"洪大少"呢?洪开元决定亲手为被他抹黑的刘大队洗白。

网络上的言论是泼出去的水,一旦发表了炒热了便无法收回;但长江后浪推前浪,前浪很容易就被轻易拍死在沙滩上。

洗白的工程其实并不比抹黑更复杂。

第一步是以人肉搜索的方式找出抹黑刘大队的网友。

第二步是证明该网友对刘大队的指控纯属诽谤,其目的是泄私愤,其原因是该网友曾因违法乱纪被刘大队制裁。

顺着这个思路,第三步便是将刘大队执法严明铁面无私的事迹挖出来炒一炒。

这些事自然不必洪开元动手,而由专业的网络公关公司代为操刀,费用是四万元人民币。原本这个套餐的一口价是五万元,但洪开元是回头客,抹黑刘大队请的也是这家公司,因而这一次洪开元享受到八折的VIP待遇,为自己省下了一万元钱。

网络公关公司承诺,一周(五个工作日)之内将刘大队的网络形象由带队设置罚款陷阱的不法警官,变成人民的好警察。洪开元认为这个补偿对刘大队来说,应该算得上恰如其分了。

洪开元就是这样一个看上去自信自负但其实还没有长大的孩子,他的肆意妄为甚至给他父亲一生的仕途带来危机。而从表面上看这件事不大,既不是事关国计民生,也与父亲洪锦江的工作相隔十万八千里;但如果事情恶化或者朝着洪开元设定的方向发展,洪锦江的声誉连同刘姓警官的政治前途都将会严重受损,因为事件的性质相当恶劣,所以其发展轨迹便很容易失控,失控会让后果很严重,其严重程度则难以预料。

最后还是黄棠的公关功夫深厚,出手将一场潜在的大危机化于无形。

2．两个女儿

　　大型纪录片《苍鹭河滩》中有一个人物人称"大石头"，姓石叫石磊。石磊是个沙场的场主，他在十三年之前就租下了一片大约三百亩左右的沙滩，他最初养了两辆运沙车，没过两年又增加两辆，之后再增加，再增加，终于达到了后来的八辆规模。他把八辆运沙车作为他车队数量的上限，因为他算过一笔账，运力规模既不能太大也不能太小，因为涉及成本核算，涉及需求淡季车辆闲置造成的损失，涉及修理技工的配置及其人工成本，涉及运营管理的方方面面。他发现养八辆车在成本核算上是一个最经济的平衡点。旺季需求更大时，他可以临时去租车应急，不必要养一个更大的车队。

　　开始的几年由于河道有水，尤其是那种季节性的大水，所以被采掘的沙坑总会被流沙所补充，面积硕大的沙坑会在一次大的洪水中被重新填满。沙场无论有多少沙子被运走，都会有魔术般的恢复，就像是永远会自动补充一般。"大石头"那时候从未对沙源有过担忧，他守着一条流淌了千万年的大河，何愁苍鹭河会没了沙子？

　　大约六七年前这种情形发生了根本性改变，因为河水断流了。没有水的苍鹭河也从此没了对沙源的补充，"大石头"发现沙子是运走一车少一车，他的沙场很快便低于河滩，低下去一层便有差不多两米的落差。"大石头"对沙场的沙子以这样的速度被运走算了一笔账，他要知道他沙场里的沙子多久会被采掘殆尽。

  沙场按三百亩约算,三百亩就是二十万平方米;以取沙深度两米算,可采掘的沙子总量为四十万立方米。他的运沙车每车每次是四个立方,以每天两次计算,每车八个立方,一年三百五十天就是二千八百立方,八辆车合计二万二千四百立方。加上旺季需求的外租车运量一万多个立方,每年的消耗量应该在四万立方上下。也就是说他沙场可采掘期为十年左右,由于河水六年前就已经彻底断流,所以在六年时间里没有沙源的补充,沙场已经被采掘成一个硕大的浅沙坑。通过如上的计算,"大石头"知道他沙场的寿命最多还有四五年。常言说人无远虑必有近忧,一个沙场的老板对沙场只剩下四五年寿命算是远虑还是近忧呢?

  "大石头"曾经一度担心得要命,好几个回合在全线河滩上去找寻沙质沙源都比较理想的新场地,但是一直未能如愿。当然原因很多,有的是对方开价过高,有的是他对沙质不满意,有的是他对沙源规模不满意。

  可是忽然他得知了政府的为苍鹭河注水工程的消息,而且得知了注水后的苍鹭河将成为两级梯次的平湖,政府的工程会在三年内竣工。而"大石头"对自己沙场寿命的担忧在瞬间化为乌有,毕竟他的沙场至少可以再采掘四年,而三年后不要说沙场,整个河滩上所有其他那些人的生意都将被一池碧水所取代!

  不行,绝对不行!他是正式在工商局注册的企业,营业执照上也对他的场地有明确界定,而且他是纳税人,尽管纳税的金额不是很大，但他从来没有过偷漏税的行为，他绝对是一个守法的企业家，即使是政府也无权把他从自己的营业场所赶走，无权无端就断了他的生计。他有一大家人要他养活，他有几十个靠他才维持生计的工人，而每个工人背后又都有自己的一大家子人要养活。他会誓死保卫自己的生存权利，保卫自己作为合法企业的权益，他发誓绝不让自己的沙场受到任何人的侵犯，哪怕是来自政府和来自警方的人也不行。

他是洪静萍在做项目企划过程中最早确认的被拍摄者之一，她已经对他有过连续三天的跟踪拍摄。她会在直至苍鹭河工程竣工之前都一直对她的拍摄对象实施阶段性跟踪，包括有计划地偷拍和抓拍。

"大石头"的典型意义在于他企业的合法性。他与那些非法利用河滩盈利和谋生的人们不同，他是政府发执照允许其在河滩运营的企业，他的合法运营场所便是河滩本身。而现在政府工程很明确会剥夺他的运营场所，也等于是剥夺他企业赖以生存的运营空间。个体与政府之间的冲突由此而起。而如何解决二者之间不可调和的争端，是这个人物典型意义之所在。

在"大石头"身上还牵挂着另外几十个工人，他们每一个人每一个家庭的命运也都系于沙场，可以说一荣俱荣一损俱损一亡俱亡。

所以在洪静萍的人物表上另有一个沙场计量工鲁国庆和他的家人。

之所以选择鲁国庆是由于他和城管执法队有过一次冲突。洪静萍在本市的新闻节目中看到了关于这起冲突的报道，政府城管执法队到沙场执法,责令沙场马上停止对作为国有资产的苍鹭河河道的侵害。他们在现场阻止正在指挥装载沙子作业的计量工人。执法行为让作业中断,让装载机和装运沙子的大车都只能停顿在现场。在电视节目中计量工人很冲动,对装载车司机大喊大叫,更指着城管负责人的鼻子让他们从沙场滚出去。负责人义正词严以阻挠执法为由,指挥几个城管将沙场工人强行扭上执法车。

事后被抓的工人鲁国庆将城管执法队告上法庭,他的律师强烈质疑城管执法队有抓人的权力。鲁国庆本人的家庭也随着他成为新闻人物被曝光,他全家居然就住在河滩上,被高大的蒿草所掩映在其中。他们有一个简陋的小帐篷,一家三口挤住在里面。他们用三块石头支起了一个野外炊灶,他老婆蹲在被柴草熏得黑黝黝的锅子前炒一份菜饭,她的大约三岁的小儿子在母亲身后不远处玩叠石头游戏。

就是这样一个新闻让鲁国庆走进洪静萍的视线,成为《苍鹭河滩》中的人物。那个家庭、那样一种生存境遇背后一定蕴藏着许许多多不为人知的艰辛和困苦,是什么原因让鲁国庆不管不顾地与政府执法者对抗呢?这才是洪静萍所真正关注的。在进入对鲁国庆的拍摄之后,问题有了答案。

原来老板给鲁国庆的任务就是指挥装载和计量。先前鲁国庆已经因为装载车司机与运沙车司机之间的口角被老板所责骂,老板不能容忍任何人为的耽搁,因为耽搁除了会造成人工的支出还会增加车辆以及设备的时间成本。老板骂鲁国庆是因为他听任他们停下工作去口角,因而造成了耽搁损失,老板另外罚鲁国庆两天的薪水。所以鲁国庆无论如何不能容忍任何人对现场的装载工作予以阻挠,所以城管执法队的阻挠就让城管队自己成了鲁国庆的死敌。鲁国庆以自己的一根筋性格让他成了新闻人物。

而老板"大石头"则在其中看到了与政府抗争的机会,于是自己出钱请律师,以鲁国庆被打这件事向城管执法队提起诉讼。表面上看他是在为自己的工人张目,他背后的目的是要坚决打一场沙场保卫战,誓死捍卫自身的生存权利。

洪静萍正是从不同的依靠河滩而生存的生计手段中寻找自己需要的人物。由于已经进入她镜头的诸多人物与政府有矛盾,所以她的拍摄引起官方的警觉。宣传部正式介入此事,过问诸如拍摄许可证以及立项报告的审批等能够展示官方权力的问题。洪静萍的解释是个人兴趣,说拍摄是随机的,因为没有商业目的所以并非商业行为,也就谈不到立项报告和报告的审批。她反问对方今天全中国有数以亿计的人拿着手机随时随地在拍摄,他们似乎没有人办过所谓的拍摄许可证,是吗?

问询者显然事先已经做足了功课,说他们知道她是谁,知道她的整个项目计划,也知道她有法国背景。但是那都不能成为她未经许可就擅自拍摄政府重大惠民工程的理由。他们不能允许任何人怀有恶意去污蔑和毁谤惠民工程的实施,正告她不要以为以个人兴趣和随机就能够蒙混过关,她必须要将立项报告交有关部门审批,她必须要办拍摄许可证;如果她执意坚持自己的错误立场,执意坚持偷偷拍摄,她就只能后果自负了。

措辞不可谓不严厉,如果换成其他人,早就被震慑住了,但是洪静萍不是其他人,她不是被吓大的。而且她有法律常识,她坚信自己的行为没触犯到哪一条法律条文,所以她执意坚持。她甚至不是在偷偷拍摄,虽然也算不上大张旗鼓,但她一直以来就不回避任何官方人士包括执法者,她的拍摄不避讳任何人。当然她对自己的身份很清楚,她是洪锦江和黄棠的女儿,而父亲母亲都是公众人物,她知道自己不可以随意给父亲母亲添乱,当然就更不能给他们抹黑。

洪静萍把自称是宣传部的人找她的事情告诉母亲,也向母亲阐明了自己的立场;她不会因为他们的威胁就中断已经开始的工作。

在黄棠眼里,既然有人以官方的口吻去干涉这件事,那么这伙人的身份十有八九是真的。从常情常理推断,如果他们是冒充的,他们必得有一个需要冒充的理由;也就是说有什么利益的需要,才会出现这种冒充。而干涉这件事并不会带给任何个人任何机构以任何利益,所以事情也许不简单,也许有很深的背景。黄棠特别留意对方话里的潜台词,"我们知道你是谁,知道你的整个项目计划,也知道你有法国背景"。黄棠的解读是,对方知道她叫洪静萍,是洪锦江的女儿;知道她在拍摄《苍鹭河滩》;知道她老公是法国籍的导演。这些话听上去轻描淡写,却大有深意,含着十足的威胁意味。

洪静萍当然也听出了威胁,但她不怕他们,她自信法律不会抛弃她。但是黄棠提醒她,她是洪锦江的女儿,她的作为会直接影响到她爸爸。

"小萍,你从小到大都有主见,我也从来不干涉你要做的事情。但是这一次不一样。你知道你妈在社会上是一个很有办法的人,所以你妈的话你一定要听进去。因为你妈是为了你好,这一点你不要有丝毫怀疑。"

洪静萍无论如何没想到,这样一桩小事会让几乎无所不能的母亲如此紧张,事情有那么严重吗?还是母亲到了更年期自己在无端紧张呢?

他们这个家庭的传统就是要听母亲的,这一点也是黄棠自己从以母亲为中心的家庭结构中继承过来的。母亲要么不说,说了大家必得执行。母亲的话也许听上去像跟你商量,其实没有丝毫商量的余地。

但是就这样轻而易举便放弃了已经进行了许久的工作,洪静萍还是很不甘心,连蒙立远都坚持要她继续,他认为她母亲的干涉完全没有道理。他看出了她的为难,知道她对违抗母亲命令下不了决心,于是他把自己的想法告诉她。他是外国人,他做自己的事情不需要中国官方的批准,他做事情在法律的准绳之内便没有谁可以奈何他,由他自己去继续这项工作。

洪静萍说:"你就不怕妈妈对你当面责备?她这个人不讲情面的。"

蒙立远说:"我相信她是讲道理的,有一个道理她一定懂,就是她不能够强制我做什么或不做什么。"

洪静萍想错了,黄棠不讲情面也只是对自己的儿女,她绝不会对自己的女婿指手画脚说三道四。黄棠即使心里有不满,她仍然不会当面责备蒙立远,她会把自己的想法说给洪静萍,让洪静萍去以迂回的方式转述她的意思。这样做让洪静萍很为难,因为那不是她与蒙立远相处的方式。

于是她去找姐姐,把前前后后的事情讲给祁嘉宝。姐姐见多识广,一定可以给她有益的指点。令她没有想到的是,姐姐支持蒙立远的做法。洪静萍没有给政府工程抹黑,她是在帮助政府从多角度去看待这项所谓的惠民工程,她的纪录片会给政府一个更清晰的参照,令政府在决策时有更全面的思考。正是基于这样的立场,祁嘉宝甚至建议母亲该去与宣传部的领导正面交涉,以母亲的能力肯定会与领导达成一致,求得官方对洪静萍所做纪录片的理解和支持。

创意之初洪静萍就有心理准备,她从未想过自己的项目可以得到政府理解,甚至求得政府支持。但是姐姐的想法让她眼前一亮。因为她一下想起姐姐是认识市委书记的。

姐姐由已经去世的养父母那一方继承的财产中有一部分是法国一家国际财团的股份,而这家国际财团刚好又是市政府"恢复苍鹭河惠民工程"的唯一国际合作方。市委书记在宴请财团谈判组的时候,听说财团股东之一的祁女士居然是开发新区洪主任的女儿时,连连说她是自己人,要她一定把屁股坐到家乡的板凳上。不单要为她的财团去摇旗,也要为她的家乡去呐喊。葛书记还专门送上自己的名片,让祁女士随时与他保持联系。祁嘉宝自然满口答应。

洪静萍建议姐姐自己也加入进来,出面找葛书记帮自己打通关节,宣传部肯定听书记的,只要书记说话了就一定能解开她的困境。

祁嘉宝说:"问题在于怎样才能让葛书记说这个话。"

"就用你刚才跟我说的那些话啊,你说得非常好,连我自己都被你说服了。纪录片的立意原本就是你刚才说的那么高尚,甚至比那还要高尚。你只要能说服葛书记,让他认可你的说法,我相信他一定会支持我的纪录片,也让宣传部来支持和帮助我。"

"我哪有那么大的神通?"

"可是你的财团有啊。葛书记一定希望你能够站到家乡的立场上,在财团内部发挥你作为股东的影响。姐,相信我,你的真实能量比你自己以为的要大得多。以书记那种又聪明又智慧的大脑,他一定能分辨得出这样一个纪录片对于他的城市是积极意义多还是消极意义多。他也一定会有一个选择,是帮祁嘉宝这个忙还是不帮。老妹有难了,你不会袖手旁观吧?"

祁嘉宝对洪静萍一直很赏识,对她的这个项目也很看好,同时也对她性格当中的局限性看得很清楚,她愿意帮妹妹这个大忙,虽然她并不能肯定自己是否会成功。她愿意为妹妹的事情找葛书记一次。

这一向孔威廉在上海。是姚亮教授的夫人卢冰的接洽有了进展,他们区卫生局的主管副局长愿意见一下那个来自澳大利亚的医疗设备供应商。

而在此之前孔威廉已经与总公司为此事做了充分的沟通,由总公司出面给自己所有的产品做出一份完全以出厂基础价格为准的报价单。总公司意图通过此举来帮助孔威廉在上海打赢这场攻坚战,因为拿下了上海就等于在中国市场站稳了脚跟,整个中国的市场推广便有了坚实的基础。

除此之外孔威廉还备了一份过去的几年中公司在上海市场完成的交易清单,上面有每一种产品和设备的交易价格。这是一份绝密资料,因为事关公司与所有购买方之间的真实数据,与购买方所入账报销的价格有巨大落差。这张清单可以清楚地展示出中方经销商连同医院(购买方)在其中黑掉的份额,有若干事项被黑掉的部分甚至超过商品原始价格的百分之一百还多。

它本身就可以证明许多事情:可以证明原始价格,可以证明一个商品的性价比,可以证明中间环节的贪得无厌,可以证明购买经手人的无法无天,可以证明价格已经完全背离了市场的基本法则,可以证明贪腐已经完全统治了全社会的购销环节。

孔威廉对一份报价单和一份交易清单所形成的比照非常有信心,他知道还有一份东西格外重要,就是在购买方账户上入账报销的那一个价格,他相信所有那些价格最终会汇总到卫生局的医疗设备协调办公室的总账。

他请副局长阁下无论如何要将那份总账与清单做一个比较,之后再把总账上的价格与报账单的价格做再次比照,他相信副局长一定能够得到一个清晰明确的结论,即是否决定将医疗设备的采购权集中到卫生局?他相信其中的差额一定有数千万元之巨,结论自然是显而易见的。副局长答应他回去一定做详尽的比照,并且会把结果汇报给局长。他让孔威廉等他电话,无论局长做如何决定,他都会把结果通告给他。

孔威廉原本还有些别的事情要处理,但是祁嘉宝电话里要他尽快赶回去,因为她已经约见了葛书记,她希望孔威廉不要错过这个难得的机会。

那一次被葛书记宴请之后,孔威廉就说希望再见到葛书记时他也在场。孔威廉是个"中国通",他非常清楚书记在中国社会当中的地位,无论哪一级的书记。所以在与葛书记约定见面之后,祁嘉宝首先通知的就是孔威廉。

她告诉他这一次会面的主要目的是帮小妹解困,让小妹的纪录片拍摄能够得以继续;"你不要光想着你的生意,一定不要喧宾夺主。如果你很想说话,你就想想怎么帮小妹把纪录片的意义价值这些凸显出来,让葛书记从心理上认同这个纪录片。这次会面不要谈你的公司,不要谈你公司的业务,我们就这样说定了。"

她的口气让他心里委屈,他很想问她,他为他的公司有什么错?他公司的后台又是谁?她以为他什么都不知道,以为他蒙在鼓里,他有那么弱智吗?他经常在心里画弧,他拿不准自己在她心目当中到底是什么样的位置。有时她会大夸大赞他,说他有大局观,特别能把握那种微妙的分寸,能够将完全不可能的点化成为可能。但是另一些时候她会极端蔑视他,说他无能,说他弱智,说他在床上以外的领域一无是处。他知道她有很多秘密,那些秘密她不与任何人分享,包括他在内。他是在非常意外的情形下,得知自己的老婆居然是他所在那家澳洲公司的实际控股人的,而他自己甚至还是这家公司的一个小股东(百分之三的股份)。他在这家公司里的时间比他认识她的时间要早两年。

孔威廉是在一次与朋友的聚会上认识祁嘉宝的,他根本没意识到这是一个超级富姐,只是觉得这个女孩身上的阴气很吸引他,他在大献殷勤之后拿下了她。但是很快他发现在两个人之间,控制局面的往往是她,他在无形之中已经被她置于掌股之间。他在四个月之后"被结婚了",而在婚后相当一段时间内他才逐渐发现了她的财富。她从来不谈她的钱,但她一旦决定了要做什么的时候,钱从来不成问题。几个回合下来,孔威廉越发惊诧了,那些他想也不敢想的投资项目,她居然眼也不眨就可以拍板。

他后来终于明白了,他只是被她选中的一个夫婿而已,第一次见面聚会都是她的安排。意识到这一点,对他相当重要,他猜自己的一举一动也一定都在她的监控之下,所以他做任何事都要自我提醒,一定不能够让她怀疑他有二心。

他原本在自己的公司里有一个不必坐班的顾问位置,他也把自己看成是公司的老板之一,但他根本不知道,他的老板其实是祁嘉宝。当他偶然知道这一点时,他当真给吓住了。他一直把公司当成是自己的,一直不遗余力地为公司的利益奔走,他也当真给公司做成了几笔大生意,并且拿到了数目不菲的报酬。现在他才知道,一切的一切都是在给祁嘉宝打工,包括他所拥有的那一点股份,也都是在为祁嘉宝做贡献。这件事给他敏感的自尊心以极大的挫伤。女人的钱是她自己的,再多也与他无关。但是他赖以做心理支撑的公司居然也是她的!这太让他伤自尊了,他连这一点点心理支撑也被荫蔽在她的大树之下,他还剩下什么呢?

现在他被她从上海调回来,指派他在与市委书记的会面中充当说客,他的任务是帮助洪静萍的纪录片项目,争取得到葛书记的支持。孔威廉知道自己只能成功不许失败,万一失败了他会被她极端蔑视,她也许会当着她家族的面羞辱他,令他永世不得翻身。

3. 老公的招商困局

洪锦江和黄棠两个人都不在这次与葛书记的会面当中。

祁嘉宝问过母亲,母亲说书记不是寻常人物,不可以不打招呼就去见书记,官场上就尤其不可以。所以你锦江叔叔肯定而且绝对不能见。他只能在书记召见的时候见书记,或者他的工作有非见书记不可的必要时,才能通过向市委办公厅递申请的方式求见。

祁嘉宝说:"你又不是官场人物,你只是民间的生意人,你可以见啊。我听说做生意的都希望能和大领导搭上关系,那样的话许多事情都好办。"

黄棠摇头,"做生意的确是要有官场的人脉,但是每个人的路数不一样,我属于官员家属。虽然我做生意并不靠你锦江叔叔,但我同样得谨守官员家属的行事准则,所有他不能做的事情我也不能做。甚至在说话上也不能随便,他不能说的我也尽量少说和不说。"

"唉,官本位社会的规矩真是复杂!妈,根据你们官员家属的行事准则,我是不是也不能够在葛书记面前主动提到锦江叔叔和你?"

"当然不能够提!甚至他提的时候你也不能够多说话,尤其不能有任何辩解和反驳,听他说就是了。如果书记是夸人,你同样不要有太明显的情绪回应,只表示赞同他的说法就足够。记住,书记是老大,他在自己的地盘上一言九鼎,不能有任何疑问的表示。他见你并不是要来听你说什么,他是有话对你说,这一点你无论如何不要搞错。"

"妈,你放心吧,嘉宝至于那么不识进退吗?该怎么应对我清楚的。"

的确,在接人待物方面祁嘉宝从来没让黄棠操过心。她天生就懂得该在什么场合说什么话,她有极好的分寸感,这也是她小小年纪便已经将世界置于掌股之中的秘密武器。

于是与葛书记会面的就是她两姐妹和各自的夫婿。

事情比想象的要简单和顺利,因为洪静萍的事情对于葛书记来说实在是太小了。葛书记很容易做出一个判断:这个纪录片有无负面危害?没有。因为即使暴露些问题,也只是政府工作方法方面的,对工作会有促进。党和政府的方针和举措不存在方向上的问题。所以书记在瞬间就拍了板,答应指示宣传部放行并支持。

他已经在事前让秘书做了功课,他知道祁嘉宝所在的这家欧洲国际财团的实力相当不俗,在世界各地都有大项目在运作,而且合作对象都是各国的政府或地方政府。祁嘉宝在其中所占的股份为百分之十一点七,听上去不算很多,其实是整个财团的第三大股东,因为财团由二十几个股东组合而成。葛书记因此非常器重祁嘉宝,希望她能在其中发挥重要作用,所以祁嘉宝的一个私人要求他肯定会明确给予支持。在书记看来,投资苍鹭河工程与拍摄关于苍鹭河的纪录片二者之间必然有关联,或者纪录片的制作出品人就是祁女士本身;他相信祁女士不会一方面投资工程,另一方面又在舆论上去损毁自己的投资项目。

葛书记说:"你们财团的这个项目,是造福你家乡黎民百姓的大工程,可谓前世栽树后世乘凉的善举。祁女士,我代表家乡人民感谢你,感谢你在其中发挥的积极作用。"

祁嘉宝说:"应该的,我义不容辞。另一方面也是政府的这个项目好,好项目必然会吸引到国际资本的青睐。这其实是一个双赢的结果。"

蒙立远说:"河滩原本已被废弃,已经成了城市的一个累赘。市委市政府的这个举措等于是变废为宝,让业已完成了自己历史使命的苍鹭河起死回生,无疑是造福千秋万代的大手笔。对于这样的盛举,我非常之佩服。而面对这样一个改变历史进程的大工程,政府也一定看到了其中的困难和无数棘手的问题,但政府没有知难而退,直面所有困难和问题,这样的勇气让我这个海外游子既钦佩又感动。我希望能够把这样的壮举记录下来,让全世界都能看到这个发生在苍鹭河两岸的奇迹。所以我下大决心来做这个片子,希望在见证奇迹的同时,给世界留下一部有价值的影像历史。"

葛书记说:"欢迎啊,太欢迎了。你是知名的国际大导演,你能够回来为自己的祖国贡献自己的才华,祖国人民太欢迎你这样的海外赤子了。"

"能够得到市委市政府的支持,蒙立远三生有幸。"

"蒙先生,我们的目标是一致的。你们可能还不知道,恢复苍鹭河工程有一半是在开发新区,也就是在你们的父亲洪锦江同志的治下。我们的洪主任是工程北段的总指挥,包括一道水坝和一块面积超过一万亩的平湖的建设。你们对恢复苍鹭河工程的支持,除了是对市委市政府惠民工程的支持而外,也是对你们父亲工作的最大的支持。"

洪静萍说:"不瞒您说葛书记,父亲太忙了,我们都很少有机会见他的面。"

葛书记说:"党和人民的事业就是这样,要求我们党员干部全力以赴鞠躬尽瘁。洪锦江同志的任务很重啊。苍鹭河工程北段整体也只有七平方公里,而他要完成的土地招商总面积有七十八平方公里!他上任一年了,总共只完成招商不足十个平方公里,以这样的速度要完成全部招商至少还要六七年之久。这么长时间当然不行!所以他再忙再累都不能松懈,我这边还要加鞭子,好马也要鞭催好鼓也要重槌嘛!"

谁也听得出来书记的会见已经到了尾声,祁嘉宝首先起身向书记道别。书记与他们每个人握手,同时道着感谢,让每个人心里都很温暖。

祁嘉宝、洪静萍他们不在官场,对官场中的微妙关系没那么敏感。同样是葛书记的那些话,黄棠在其中听出了对洪锦江的不满和责难。"上任一年了,总共只完成招商不足十个平方公里,以这样的速度要完成全部招商至少还要六七年之久。这么长时间当然不行!"书记对洪锦江的工作全面不满意,这一点是显而易见的。而借着与国际财团代表祁嘉宝的会面,把这些话说出来,本身便是直接而严厉的责难。

黄棠没有让两个女儿将会面情形当面说给洪锦江,她担心他面子上过不去。她决定自己把这些话说出来,她想不到洪锦江对此早有预见。

洪锦江说:"贾副市长这个人太爱出风头,他在恢复苍鹭河这个项目上把功劳大包大揽,他经常会在公开场合说'我的'这个恢复苍鹭河项目如何如何,已经惹得书记市长不满。我已经听说市长曾公开指责新区土地招商的进度太慢,远远落后于市委市政府下达的进度指标。"

黄棠说:"那你的处境岂不是很尴尬?"

"相当尴尬。我原来被看作是市长的人,而郑达兴算是贾副市长的人。但是官场的事情就是那么微妙,上边想对贾副市长发难,最初总会找一个更容易下手的目标。郑达兴因为别的事被拿下了,于是我就成了替罪羊,不只是书记点我的名,连市长本人也曾表示过对我的工作不满。"

"你也五十多了,要不就算了,不在权力位置上混了,换一个闲职,平平安安度过到退休这几年,也免得在官场上钩心斗角,没日没夜的在心里加一百二十个小心。江哥,你说呢?"

"我心里萌生退意也有些时候了,想想也真是没劲,这么辛辛苦苦的,而且从不为一己私利作稻粱谋,最后还是落得个被人抛弃的下场。没劲!"

"要是你真的想通了,不想再去操这个心了,就去谋个虚职闲职。这件事不用你自己操心,我去帮你跑。你觉得人大好还是政协好?"

洪锦江摇头,"去那边做个委办的主任也不轻松,每天也都有做不完的官样文章,未必就会有多虚多闲?"

黄棠笑了,"你怎么那么老实?啊?一个位高权重的大区长换到有职无权的部门还平调啊?官场哪有这样的规矩。换到闲职上肯定会升半格,肯定会给一个副职,做副职就没那么多麻烦了。"

"你把干部任命看得也太轻率了吧?你应该知道,正处到副厅这一步有多大!许多人就是熬了十年二十年也未必能跨上这一步。"

"江哥,我就说你迂吧,事情根本没你想的那么复杂。许多正处级官员都眼红你现在的位置,但是因为你在位置上,所以眼红也没用。如果你抱病主动向书记市长申请从这个位置退下来,他们一定会很高兴,因为可以把自己更看重的人安插进来;而给你一个副职对他们来说根本算不上一回事,许多副职的设置就是为了做这种明升暗降,让从要职拿下来的人心理有一个平衡。"

"据我所知,所有干部升迁都不是由本级党委政府所能决定的,提一个副厅级干部肯定要经过省府干部部门的批准。"

"但是程序是由本级党委政府执行,而且由他们申报和建议。其实说穿了还是书记市长说了算。这些事不要你操心,找书记市长也罢,找省府主管部门也罢,所有这些都不要你出头。无论在岗的是谁,他们也都是人,是人就有弱点,抓住了一个人的弱点,办任何事也都不是很大的问题。"

"只有咱们两个人,我可要提醒你,无论如何不可以去行贿。我的工作不顺心我可以忍,我也可以消极。但我们不能为了升迁而被人诟病,不能让人家以为我们是在买官,这是我做人的底线。"

"说你迂吧,你还总不认账。你以为走关系只有行贿一条路吗?得,背后的这些事情你还是不了解为好。我听你的就是,'绝不为了跑官行贿'。我知道你的嘴严,我也不要你的口供。我现在就按刚才的思路去推进,如果你还想在这个位置上干几年,你就随时告诉我,我把这方面的努力打住。你没告诉我的话,我就继续我的努力。"

洪锦江没有接她的话,"你说倘若你和嘉宝商量在新区拿一块地,她会不会听你的?我这边可以给她底线价格。你应该知道,土地是不可再生的,只能是越来越少。这也是土地的价格一直在上升的根本动力。所以把土地拿到手上是稳赚不赔的生意。"

"前几年可以这么说,但是现在很难说。比如香港,九七回归之前,连续有许多年土地都在大涨;可是九七一到,整个房地产业几乎崩盘,房价狂跌了一半,有的地方超过百分之七十以上。所以说土地和房地产业是风险最大的,因为泡沫最多;有大涨就会有大跌,这是基本法则。"

"在这个法则之上,土地绝对总量一直只减不增,所以九七之后香港的房价很快又恢复到原来的水平,甚至更高。我做的就是土地,我非常清楚土地永远不可能真的跌下去。所以我建议趁现在房地产业不景气,土地的价格这会正在谷底,嘉宝他们有能力拿地就抓住机会多拿。"

黄棠思忖,"我担心的还是国家的土地政策,政策一变再变总是将矛头对准开发商,对开发有严格的时间限制。如果在限定的时间内没开发,就可能招致被国家收回的风险。现在的经济大势一点不明朗,谁知道什么时候房地产业才能够起死回生?"

"没你说的那么严重吧,只是不景气而已,根本谈不到房地产业已经死了。没有死,又何谈起死回生呢?以我对国家土地和房地产业的研究,现下的许多政策都只是针对房价过高,是为了安抚老百姓的怨气,所以也都是应急之举。从长远眼光看问题,土地和房地产政策迟早要全面放开,而且这个时间不会太长,因为所有应急政策都会对经济的健康发展形成一定程度的桎梏,不符合经济长远健康有序发展的规律。"

"我可以跟嘉宝聊一聊,也听听她的想法。"

"跟你说,我们新区内就有这样的例子。作为原始开发商,他在最初拿地的时候都享受了政策范围内的优惠,他拿地的价格远远低于当时土地的市场价格。随着开发新区的逐渐成熟,土地价格也不断上涨,这时候他就打起了短平快的主意,把已经拿到手的土地连同已经得到批复的建筑规划,一道卖给下一个开发商。仅土地一项的差价就高达两亿七千万。当然还要在其中扣除交易成本和税收,但是那也让他的纯利润超过两个亿。从他买地到卖出项目,总共不到三年时间;他拿到的开发用地不足一千亩,你可以算得出他的利润有多大。而且他连一锹一镐都没动过。"

黄棠点头,"这样的事情我也听说过。手里有大钱的,就去做土地买卖,一进一出经常有超过百分之五十的溢价,这样赚钱当然最爽了,这比金融当中的资本运营还要厉害,跟印钞机比也差不多了。"

洪锦江说:"祁嘉宝是你的亲骨肉,也一直当面叫我爸爸,所以我不是为了我的政绩,这一点你心里最有数了。不要错过良机,现在的土地政策有很大的优惠,一定要抓住这个机遇,能拿就多拿,能拿多少拿多少。"

"我跟她谈。不过跟你说心里话,我对她的实力也不摸底。这个孩子城府太深了,连对我也不会什么话都说。"

"对妈妈肯定不如对自己老公,我看她跟孔威廉挺合拍的。"

"你呀!你们男人看的都是表面。你没见孔威廉在她跟前的表情吗?他从来都像耗子见了猫似的,生怕嘉宝有什么地方不满意。"

洪锦江笑了,"我还不是一样?怕老婆是美德呀,我没觉得有什么不好。"

洪锦江毕竟在这个位置上已经有了超过一年的时间,而且他是那种做什么事都一定全力以赴的性格,他的确对国家的土地政策有非常深入的研究。祁嘉宝认为他的结论有很高的可信度,经济大势不好,房地产全行业低迷,应该说这的确是出手拿地的大好时机。

当然祁嘉宝更看重的肯定还是价格,价格为王是房地产业的金科玉律,洪锦江所说的底线价格对她有极大的吸引力,她答应母亲会认真考虑拿地的事情。她是商人,她不会仅仅因为母亲要她帮继父的忙就盲目出手,她必须要看到自己的利益点在哪里。利益点就在时机,是大势不好让继父他们掌管的土地有了价格上的松动,而所说的底线价格无疑是投资人关注的焦点,所说的重中之重。继父的话对,这种时候能拿多少就要拿多少。

自打开发新区成立以来,土地招商的平均价格为每亩五十三万。而第一个回合的起始价格只有二十一万,四年中暴涨了百分之二百,最高的成交额达到六十几万。所以最初的那一批拿到地的开发商都赚得盆满钵满。土地价格一直是偏向随行就市,但整体大势还是看涨不看跌。从高点六十四万之后形成一个拐点,在最近一年里逐渐滑落,较近的几笔成交额都在四十五万到五十万之间,四十五万算是当下的基价。

而洪锦江所说的底线价格,就是在这个基价水平上可以下浮百分之二十,四十五万的百分之二十是九万,底线价格就是三十六万。以三十六万一亩买进综合开发用地(包含住宅用地、商业用地和文化产业用地),无疑是极低的价格。可以简单估算一下,以容积率二为基准,建筑物的每平方米土地(楼面)价只有约二百八十元每平方米。如果容积率增加,楼面价的金额还会相应下降,这个账所有的开发商都会算。谁都知道今天上海北京的城区土地(楼面)价格已经超过了三万元每平方米,加上建筑安装成本,所以才有动辄数万元一平的天价。即使他们这里只是一个三线的中小城市,每亩三十六万的土地价格仍然太便宜了。这也是让祁嘉宝心动的最主要原因。

　　之所以还有如此的土地价格洼地，是因为他们的开发区成立得比沿海地区要晚了许多年。先成立的那些开发区都已经充分享受到了土地财政带来的实惠，他们的土地经过多轮涨价，已经从最初的二十万元一亩涨到最高的数百万上千万一亩。其中的先驱深圳最高土地成交价格更是上了每亩数千万的绝对天价，几乎可以与纽约、东京、香港、首尔这样的地球土地价格之王的超级都市相提并论。而处于起步阶段的地方，土地升值还有异常巨大的空间，对于在北京、上海拿地的开发商来说，三十六万一亩的土地跟白送就没什么两样。

　　祁嘉宝的犹豫在于拿多拿少，她可以拿一千亩，也可以拿五千亩八千亩甚至一万亩。拿得多自然获利空间就大。但是尽管价格便宜，多拿也仍然会占用巨额资金，而且占用的时间越长，资金的使用成本就越高。一千亩三个多亿，一万亩就是三十几个亿。将如此巨额的资金压在一块地上，在企业经营意义上来说风险是太大了。她决定找继父面对面交涉一下。

　　"爸爸，既然要拿地，我愿意听您的话尽量多拿。但是我也有资金的周转问题，如果我拿一万亩，一下就是三十几个亿……"

　　"你说的只是地价，你还没有算上税。"

　　"是啊，这正是我所顾虑的。我做开发区的超大客户，政府这边有没有什么政策可以让我将土地款分期支付？"

　　"恐怕很难。国家在土地转让金的政令非常严格，转让金必须全部到位之后才能签发土地证。而在没有签发土地证之前,任何地方国土局与企业之间的协议都不作数。也就是说,要交多少钱才能买多少地,以暂缓付款的方式签订的土地手续都被视为无效。"

祁嘉宝做思忖状,"这样啊,那我就要不了那么多了;但是换一个角度想,要少了意思也不是很大。爸爸,你说呢?"

"我觉得最好的方式是有多大力做多大事。一万亩太多的话,三千亩也不少啊。不一定要一口吃成一个胖子。"

"生意人做事的立场就是希望利益能最大化,这一点与普通人的日常观念不太一样。普通人想的是见好就收,想的是随遇而安。如果生意人也这么想的话,那就只能按部就班慢慢发展了,那不是生意人的性格。爸爸,请原谅我说话直率,我在商场很久了,已经习惯了生意人的思维。"

"嘉宝,你说的我不是不懂,但因为你和我的立场不一样,所以得出的结论也会不尽相同。我更看重的是机遇,我觉得机遇抓住了与否,是非成败都系于一身。这样的机遇不能说一辈子只有一次,但是可以说也许十年都没有一次。人生苦短,所以有了大机会就必得去抓住。"

"您差不多已经说服我了。我会把这些情况给董事会做说明,看董事会是否有信心出手拿地。爸爸,你给我两周时间,我届时一定给你回复。"

"嘉宝,希望你能最终促成这件事。"

跟祁嘉宝谈过之后,洪锦江的心里有些空。他跟黄棠谈的时候根本没想过祁嘉宝可能有多大胃口。他无论如何想不到她一张口竟会说一万亩!一万亩就是将近七平方公里,差不多接近新区去年全年的招商总量。一下子丢了这么大的一个客户,作为开发区的行政一把手,他的失落感是完全可以想象得到的。但是他也无可奈何,因为他前面横亘着的是国家土地法规,就是书记市长也无法从其上跨越过去。

但他还是心有不甘。对祁嘉宝而言是个大机遇,对他洪锦江又何尝不是呢?他于是决定将这件事给书记市长做汇报,他相信他们也会认真对待,也许他们有更好的变通办法也说不定。毕竟他们比他站得高,自然也会比他看得远。他们也许能想出解决祁嘉宝难题的妙招。

卖地里面的学问太大了,他知道许多的所谓国家级开发区都有更大的土地开发规模,有的甚至达到数百平方公里。以他这一年的履职经历,他完全想象不出如何才能够将几百平方公里的土地全部招商出去。他很想跟市长请两个月假,他专门去那些更上规模的开发区访一访,学学他们的学问和窍门,让自己充充电长长见识。当然了,那些是传统侨乡的地区,他们的开发区招商就会容易许多,散落在海外的广大游子会是这些侨乡招商引资的生力军。他们这里不是侨乡,所以不具备这方面的优势。

与继女祁嘉宝的一席话让开发新区主任洪锦江窥见了一线光明。

章2　一家人各怀心事

1. 陆小玫被瞄上了《中国好歌秀》

洪开元不是很喜欢KTV，但是陆小玫喜欢，所以他俩偶尔会去K歌。洪开元曾经提议邀上几个朋友一起，但是陆小玫坚决不肯。洪开元记得另外一次是朋友邀约，七八个人在全市最豪华的KTV相聚，她竟说什么也不肯点一首歌，无论他怎样怂恿和鼓励她都不行。后来他明白了，她不要别人知道她会唱歌，她不会唱，就是不会唱，无论谁怎么说她都不会唱。

其实她的唱功非常了得，而且她在高音区的实力尤其突出。他们两个人的时候她就没有禁忌了，会放开歌喉甚至放下一贯矜持的身段，将内心一直压抑着的激情来一次彻底的释放。她会点男歌手孙楠的《征服》，她几乎每次都要唱一下这首极具穿透力的男高音名曲，当然一定是比孙楠升两个KEY！还有一个是她必点的，《忐忑》，由龚琳娜在中国和世界唱响的奇异之歌；原唱的那种不可思议的身体的抖动连同妙不可言的颤音，都成了陆小玫极力效仿的对象。

洪开元觉得不可思议，仅仅三遍之后，她的模仿便已经由最初的生硬变得游刃有余。更厉害的是声音的模仿，她自带了专业级的数字录音机,将自己熟练之后的演唱录下来,之后放给洪开元听,同时放龚琳娜的原唱,洪开元根本就分辨不出哪个是陆小玫哪个是原唱。他不是很相信自己的耳朵,当自己是外行,他将两个不同的版本拿给市歌舞团头牌独唱歌手皮波听,连皮波也分辨不出哪一个是龚琳娜的原唱;皮波甚至认为那个属于陆小玫版本的声音质感更有磁性,对发音吐字的处理更具魅力。

洪开元当然不能泄露陆小玫的秘密。他因此嘲笑皮波装腔作势,说这两个版本根本就都是龚琳娜的,他故意要出他皮波的糗,闹得皮波很是尴尬了一回。

陆小玫唱得最多的还是张惠妹,她觉得唱阿妹的歌身心都会非常惬意,仿佛阿妹的歌就是为她陆小玫量身打造的一般。《站在高岗上》《那鲁湾情歌》《剪爱》几首歌她都是一唱再唱而放不下话筒,连自认为外行的洪开元也听得出,那些都是陆小玫的经典保留节目,肯定她已经唱了许多年了,因为她的处理太自如太洒脱了!

"小玫,你不去做专业歌手太可惜了。以你的唱功和声线,完全可以和那些一线的歌手一比高下。而且你最大的优势是外形,唱得好外形又好的歌手十年也出不来一个。也去秀场秀一遭吧,我担保你会红。"

"我干吗要红?想秀你自己去秀,你想红你自己去红!"

"红有什么不好?阿妹要是不红你怎么会知道她,怎么会唱她的歌?"

"她红了好啊,她天生就是要红的。这样我才有机会唱她的歌呀。"

"小玫,你知道那次你唱《好日子》,我当真觉得你完全可能接宋祖英的班。宋祖英就是那种十年也难出一个的巨星,唱得又好外形又好。你真的跟她有一拼,而且你比她差不多小二十岁。"

"你再胡说八道我不跟你出来了!"

"不说不说,我再也不敢了。小玫,有时候我就纳闷,你平日里那么温文尔雅的,怎么唱起《忐忑》就会变成个疯子,怎么唱起《站在高岗上》就会那么奔放呢?一进K歌房你就成了另一个人,一个会变脸的魔术师。"

"不是我会变脸,那都是音乐的魔力。好歌会把歌手变成另一个人。"

他们两个人都喜欢在《中国好声音》中脱颖而出的吴莫愁。那是个在台下看上去很普通的女孩,可是上了台有了音乐就光芒四射,她的舞姿她的表情她的声音无不充满魔力。陆小玫说她比她的恩师庾澄庆还要精彩十倍,说她会是下一个十年里流行乐坛当之无愧的NO.1。洪开元在流行歌这一项上对陆小玫已经佩服得五体投地,而且他自己也被吴莫愁所征服,所以他无条件地投了陆小玫的赞成票。

"小玫,我看风靡频道新推一档《中国好歌秀》,参赛歌手正在招募中。你是不是……"

"打住,你这个人怎么这么没记性!我第二次警告你了。"

"好好,事不过三。再也不敢了。当真不敢了。"

洪开元果然没第三次在陆小玫面前提选秀的话题,但是他心有不甘。他是那种任性惯了的男孩,想到了什么就一定去做,他不会让自己的想法烂在肚子里,或者仅限于把它说出来。让陆小玫去接宋祖英的班成了洪开元的心病,他终于有一天想到了一个自以为得计的主意。他分别约了两个姐姐,他说他有重要的事情跟她们商量。平心而论,洪开元很有表现力,或者说很有表演天赋,他想夸谁说谁好的话,他一定会让听者动容同时让被夸者深深植入听者的心中,他的说服力是不可阻挡的。

祁嘉宝说:"她真有那么出色的话,埋没了却也当真可惜。"

"大姐,你这叫什么话?什么叫'真有'?你以为我在吹气球啊。"

祁嘉宝笑了,"都说眼见为实嘛,谁让我们都没机会见识一下呀?小弟,你何不给我们创造一个机会呢?"

洪静萍说:"让我们借你的光,享受一餐流行乐的盛宴吧。"

"你们话里话外的意思,无非是信不过我的眼力呗。我没本事说服她给你们当面唱,但我可以想办法把她唱的现场偷录下来给你们看。等着。"

他没让两个姐姐多等,第二天晚上他就将移动硬盘交到洪静萍手上。他让她们自己到家里的影音室去看,他要拉陆小玫出去泡吧,不能让她在家里逗留,怕她会发现他偷偷录了她的像。

如果说洪开元的夸赞有爱屋及乌的嫌疑,那么有很好音乐素养的他的两个姐姐的称道就相对比较公允了。

祁嘉宝说:"她还真有点宋祖英的味道,尤其唱《好日子》的时候。"

洪静萍说:"她唱《忐忑》比龚琳娜还龚琳娜,真是神了。"

洪开元因此而得意:"不是我吹吧?你们都知道小弟我一言九鼎。"

祁嘉宝说:"说说吧。"

"大姐让我说什么?"

"你不是说有要紧的事找我们商量吗,你自己怎么忘了?"

洪静萍说:"肯定跟陆小玫唱歌有关吧。"

"二位老姐明鉴,如陆小玫这样的天才,埋没了是不是太可惜了?我有个打算,想把她推到风靡频道的《中国好歌秀》上去。我跟她说了两次都被她顶回去了,她不喜欢抛头露面。我实在想不出说服她的办法,所以请你们二位高人来帮我。高人一出手,便知有没有。"

洪静萍说:"这种事情本人不愿意,怕是没什么有效的办法。很显然说服起不了作用。同样的事情我也不会同意,你们谁来说服我也没用的。"

"二姐,你不一样啊,你天生就是那种要躲在幕后指点江山的性格。小玫不同,她就这么一点不同凡响的优势,如果埋没了也就彻底埋没;她这辈子在其他方面不会有任何出息。"

"女孩子美到她那个份儿上,有没有你说的出息又有什么关系呢?她的美是她安身立命的最大资本,而且她还有一个很好的性格,她的人生应该称得上完美了。她根本不需要在社会上打拼去证明自己。"

"你那么傲气的一个人,居然会那么看重女生的外貌。这是我无论如何也没想到的,还以为你是那种自恃心灵美而不在乎外貌美的女生呢。"

祁嘉宝说:"没有哪一个女生会不在乎自己美丽的。小弟,如果你遇到这样的人,一定不要上她的当。她的那种表示一定是想让你上她的当。小萍,我倒是觉得小弟的心情可以理解。他不希望明珠暗投,希望让真金子发光,他的想法很有意思,他要亲手打造一个大明星。我看我们可以帮他出出主意,也许能帮他圆了这个梦。"

"二姐,向大姐学学,别光想着给我泼冷水。其实她陆小玫根本不是我什么人,她要是真的红了跟我就更没关系了。我不是说她比我大,我说的是她虽然很不错,但她其实不是男人找老婆的理想人选。说到底她也只是我的一个朋友而已。如果我能在我的朋友当中发掘出一个大明星来,我会非常开心,会觉得我自己有那种做伯乐的潜质。在我心目中伯乐是最了不起的一个人。"

"我哪里给你泼冷水了?我只是实话实说。我以为你要我们帮你去说服她,我想告诉你说服是不可能的。我没别的意思。"

"小弟,你说跟你没关系,我倒想不通了。你应该知道,要去把一个人推出来炒红,那是需要一大笔钱的。哪怕这个人有潜质,成为明星的条件她都具备,没有资本在她身后做推手,她还是很难大红大紫。"

"也不是啊,有些歌手不就是冯小刚电影里的一首插曲就红透了吗?"

"那不一样,因为那是冯小刚的电影。"

"大姐,你说我要是投资做一部电影去推小玫,怎么样?让她在影片当中有唱歌的情节,给她充分展示才能的机会。故事就围绕她来展开。"

洪静萍说:"你也太儿戏了,你以为电影那么容易?洪大少真是名不虚传,为了捧一个女孩不惜一掷千金。告诉你小弟,你就是投下去几千万,连个水漂也打不起来。一个小制作的文艺片根本没法挤进那个充满血腥杀戮的商业片市场。凭你的能力根本不要做这样的妄想。"

"小弟的能力肯定达不到他的愿望。但是可以做逆向思维,比如当真去投资做一部商业片,该请明星大腕照请,请最有市场保障的金牌编剧,我们未必会一无所成。在一个纯粹商业大片的结构中,把陆小玫放进去,同样给她机会让她一展歌喉,情形也许会大不同。"

"姐,你不会当真为小弟的一时冲动去用一大笔投资陪着他胡闹吧?"

"怎么会?最近一段时间我认真考虑是否进军电影界,我是借小弟的想法去探讨这种可能性。这几年中国的电影势头不错,而且最重要的中国也有市场。如果我当真做电影,我会选择最有市场冲击力的导演……"

"千万别!我说弄电影是闹着玩,绝不是要把它当产业去做。投资电影的风险太大了,全国每天有那么多新电影在拍摄,最终赚到钱的有几个?大姐,我坚决反对你投资电影!"

"姐,我看你也不要蹚电影的浑水。都说电影的水太深,深不可测。"

祁嘉宝笑了,"你们两个都这么说,我的想法就此打住。可是小弟的伯乐梦我们怎么帮他圆呢?"

"我倒有个主意。央视九频道是个极好的平台,他们一个制片人正在策划一个系列纪录片,大标题是"被埋没的天才"。我可以去申请一集,专门为小玫做个纪录片。我把整个片子的背景放到河滩的芦苇田当中,让小玫一个人独自在与世隔绝的环境里为唱歌而迷狂。然后把她的心理障碍充分展示出来,她不愿与人共享她的歌声,会是一个很有意思的切入点,可以把一个独特的性格充分放大。我脑子里突然冒出一个很绝的标题,"孤独者的歌声",你们觉得怎么样?"

"二姐,让我觉得很绝的是你啊,我估计这样的方式小玫也许能接受。她的心理问题在于不想和别人面对面,只要不是面对面她应该没问题。"

"小萍,你这主意不错,不妨尝试一下。你刚才说的那个系列片的大标题叫什么来着?"

"'被埋没的天才'。制片人是我原来的一个老师。"

"你这一集的标题刚好与大标题相吻合,很有意思。做这样一个片子等于是把小弟的朋友重新塑造成一个新人,一个孤独的歌者。小萍,你可以把小弟的录像给制片人看,还要为那个女孩杜撰出一个极端孤独的性格,我相信有这两个部分相互映衬,你一定可以拿到这个项目。"

"姐,说项目它又太小了,充其量只能算是一个小型纪录片。央视九套是专业纪录片频道,它可以容纳规模很大的多集长纪录片,有的甚至上十集,每集长达四十五分钟。但是小玫的这种片子通常一集只有二十二三分钟长度,而且有的在一集中会出现几个人物。我会力争这一集当中只她一个人物。"

"二姐,为什么不可以拍一个上下集或两集以上的长纪录片呢?"

"拍可以拍,但是播出的事情就复杂了。你知道电视台的时段寸土寸金,你要有非常精彩的故事非常精致的拍摄才能够进入播出。小玫不是媒体的关注点,没有明显的新闻价值,她要入选播出范畴有相当大的难度。而且我们现在对她所知甚少,我们根本没能力为她编织出一个精彩的故事。而没有好剧本,要想拍出好片子几乎是不可能的。"

洪开元点头,"明白了。这样的话即使把片子最终拍出来,要通过审查进入播出仍然有极大的难度。"

"小弟,别那么沮丧,你二姐是得过国际奖的纪录片导演,她的能力在业内是公认的,有她亲自出马她说的那个极大难度她一定可以克服。"

"姐,你别给我戴高帽,没有谁敢说自己的片子一定能通过审查。我当然会尽力而为,但我有言在先,任何事情都不能打包票的。"

"二姐,有你这句话我已经把心放到肚子里了。请受小弟一拜。"

洪开元该说的是"请受娘子一拜",因为他的姿态和方式完完全全模仿了侍女的礼拜。他是他两个姐姐的开心果,所以她们都爱他爱得要命,都会不遗余力地帮他去圆梦。

祁嘉宝说得不错,洪静萍在国内的纪录片导演界已经小有名气了,她尤其受到九频道几个制片人的看重,他们都在邀她合作。但她的确没有时间和精力去做官方的片子。这一次她主动去找她的老师果然一拍即合,老师作为制片人对自己手里的项目有绝对的控制权,所以他不必向任何人请示就决定给她两集长度。

洪静萍心里动了一下。上下集,这也是小弟即兴的一个提议;但是她想到自己当场的否定,她知道自己的说法是确凿的,要为她尚且一无所知的陆小玫度身定造一个结实的剧本绝非易事,而且拍摄难度也会加大许多。不,不能。她没有拍两集的打算,她告诉老师这个素材只是一集的长度,做成两集肯定会拖节奏,会给观者以无病呻吟的观感。

制片人说:"那就一集。跟着你的感觉走。"

这一次的姐妹会议由洪静萍召集。她事前跟洪开元打过招呼,让洪开元正面征求陆小玫的意见,同时让他约上陆小玫一道参会。而且她自作主张将老公蒙立远也邀来与会。她也征求过姐姐的意见,祁嘉宝说孔威廉在上海忙生意,就不让他跟着掺和了,说他反正也不懂艺术。

先开口的是陆小玫,她说她对拍电视没什么兴趣;她是因为不好违逆两个姐姐的美意才答应过来的。经验相对老到的祁嘉宝从她不是很坚决的话里认定她对这件事不是很抵触。

祁嘉宝说:"小玫,就当是帮你二姐一个忙。二姐既然已经接了央视的片子,就一定得把它完成得漂漂亮亮。你是自己人,你不帮二姐还有谁会主动去帮她,你说呢?"

洪开元说:"我跟她就是这么说的,是吧小玫?二姐做电视这一行,能上央视是最高的荣誉。我们作为家人一定得全力支持她才是。"

陆小玫说:"可是我对着镜头就会很紧张,我肯定当不了演员。"

洪静萍说:"不是要你当演员,就是要你做回你自己。小玫,咱们这样,我事先把拍摄场景和位置都准备好,然后让摄像师也回避,拍摄的时候只有你和我两个人,你听我的指挥调度就可以。"

陆小玫说:"可是我听洪开元说还有剧本啊,是不是要我照着剧本去演,或者还要照着剧本上的台词去说话?那样我肯定说不出话来。"

"我的构想是这样——不给你设定台词。你在特定的环境下该说什么就说什么,或者尽量避免跟别人说话。比如你在买早点的时候,你尽可以跟平时一样要买什么买什么,说不说话都没有关系。我们的镜头在你身后,你也不必总想着镜头。你如果一定不想说话就不说,你要买什么就指一下,让卖早点的人拿给你,然后你把钱给他,然后他找你零钱。这样就行了。"

"我能不说话就一定不说话。非说不可的时候也尽量简单。"

"对,就是这个意思。记住,你的性格很孤僻,非常孤僻。你可以设想一个孤僻的女孩会是怎样的情形。因为你很少跟别人打交道,所以你在与别人面对时会脸红,会显得紧张。"

"我就是这样的。尤其跟生人见面,我会很紧张。"

"这就对了。你平时会自言自语吗?"

"会,我有时候会跟自己说话。跟自己说话时我一点都不紧张。"

"你一个人会听音乐吗?"

"会,我经常一个人听歌。有时候一听就是几个小时。"

"那么在听到你熟悉的歌时,你会跟着唱吗?"

"会唱。我自己熟悉的歌都是这样学会的。"

"我需要你做的就是一个人听歌,听你熟悉的歌,然后一个人跟着唱。我要把你安排在没有一个人的环境当中,让你自己尽情去唱,放开嗓子,就像我们平时在K歌房里那样,把你整个激情都释放出来。"

"二姐,我怕你在旁边我会放不开。"

洪静萍笑了,"你是希望我也回避是吗?"

陆小玫想想,"也是也不是。我知道你要拍我不可能回避的。我是说我一个人可能会更放松。"

"我明白你的意思。"

蒙立远说:"小玫,你现在想象二姐在旁边你会紧张,其实你一旦唱出来你就自然会放松了。你开始可以背对着二姐,先听歌,听过两遍之后自己再跟着唱。你不会有问题的。就像现在你面对我们这么多人一样,你一点儿没紧张啊。其实唱歌比说话更容易放松,因为音乐的旋律会让人不知不觉就进入幻觉当中,音乐的暗示作用比你想象的要大许多。到开机那天还有时间,你可以和二姐两个人一起听听歌交流一下各自的感想。"

洪开元说:"你跟二姐都那么熟了,俩女孩一起唱唱歌肯定不会紧张。相信我,没错的。"

祁嘉宝站起身,"哎,没我什么事了,我忙自己的去咯。"

这个陆小玫也真是个另类。在别的女孩是求之不得的好事,她却让洪家这么多精英为了劝说她费了那么多心思。

洪静萍之所以只跟制片人要了一集,还有一个原因就是她没那么多精力。这个小片子的插入完全是看在洪开元的分上,她本人对陆小玫这样的女孩根本没兴趣。就这一集也已经要打乱她先前的日程安排,她的《苍鹭河滩》的进度至少要向后延迟两周到三周。

而时间在那些做事的人心中是多么宝贵啊!

这一次的拍摄没有经费问题,因为是九频道自己的项目,所以有现成的经费投入。她粗略算一下,主场景只有两个。一个是她在户外练声的青纱帐,一个是她自己的住处。在征得陆小玫同意之后,洪静萍为她另外布置了一个住处。那是一个家境相对贫寒的女孩在都市中临时租住的一个小房子,洪静萍不希望这个角色的经济状况很宽裕,她觉得拮据一点更容易出效果。结果是她为陆小玫搭了一幕景,一个做在摄影棚里的小家。而外景地就比较好解决了。她原来拟定的拍摄对象中有一个养奶牛卖牛奶的家庭,他们自己在偏远的河滩上租种了不下百亩的玉米地。她跟他们约好了借一块割掉青玉米秸的空地做外景地。

她的结构大概是这样:一个性格孤僻的女孩,她在连续上了三年班攒下一点积蓄之后,为了圆自己的唱歌梦想辞掉了公司里的工作。她租了一个小房子深居简出,她与外界的唯一联系就是每天的一日三餐。她会自己从网络上下载她所钟爱的那些明星歌手的歌,一遍又一遍地细听歌手在其中的处理,然后自己全情投入地模仿。为了不打搅房东和邻居,她把自己练歌的地方选在了青纱帐之中,她在那里可以放开歌喉纵情吟唱,甚至达到了癫狂的状态。但是回到现实生活当中,她会是一个又拘谨又羞怯的女孩,甚至连与人开口打招呼都紧张而局促。

为了增加人物的质感,洪静萍专门为她设置了三次解决吃饭问题的与人打交道的机会。一次是买早点,一次是在排档吃方便套餐,还有一次安排在咖啡馆先喝咖啡再点一客西式套餐。三个回合她都没有一句台词,在与服务员交涉时都是用动作来完成的。

洪静萍构建了一个很巧妙的结局,她在一次忘情模唱《忐忑》的当口被几个警察打断了;那是一个让她充分展示自己唱功的单元,也是整个片子的高潮。原来是两个经过青纱帐的当地农民以为她是个疯子,打110报警招来了警察。

2. 祁嘉宝准备做妈妈

祁嘉宝在十七岁那年被查出患了脑瘤,她随即做了手术,一切似乎都还顺利。但是术前医生跟她有一次很正式的谈话,医生告诉她也许她日后很难怀孕。她那时候还年轻,她更关心性生活本身,对怀孕生孩子这种事心里还很模糊,所以未做更多讨论便决定手术照做。

后来,二十五岁以后,她忽然对自己当初那么草率就决定做这个手术有了悔意。但是正所谓一失足成千古恨再回头已百年身,这个世界是没有后悔药卖的。她已经做了人家的老婆,已经到了履行女人天职的年龄,不能够怀孕对她是一个很大的心理压迫。

在这一点上孔威廉比她想得开,他认为这是个最坏的年代,水和空气都被严重污染,人类还时时要面对核辐射和能源枯竭的危险;这样的年代生孩子,无异于将一个新生命投入灾难。他说命中注定不能生孩子,这是上天赐予的福分。

祁嘉宝对他的话很生气,"福分?那上帝干吗还要给女人子宫?"

"我说的是上天。上帝是你们基督徒自己的,跟我们无关。"

"你的那个上天也只是上帝的造物而已。别以为换一个说法你们就比基督徒更聪明,其实恰恰相反。你平日里那些浅薄和愚蠢,正是来源于你的无知,你根本不懂造物的法则。让你去揣摩上帝的心思比登天还难。上帝给了女人子宫,也就昭示了一个女人同时也是一个母亲。"

"可是你的上帝偏偏不给你做母亲的机会啊。"

"那是上帝在考验我的心性和我的意志。上帝之所以这样做,肯定有他自己的意图。而且那不是我们所能猜测的。如果我们猜到了,那就不是上帝的意思了。正如我们自己来到了这个世界,这并非出于自我的意愿一样。"

"你这么绕来绕去,最后会把自己也绕糊涂的。"

"你的话刚好透露了你的浅薄和无知。愿上帝怜悯你!"

这些情形发生在他们两人最初的回合。

无论如何,不能生孩子这件事对孔威廉不是坏事。他根本没做好当父亲的心理准备。他以为上帝给予他的子孙根只是一条能带给他无限欢愉的忘情棒,他要的只是享乐享乐再享乐,如此而已。他找女人绝不是为了繁衍后代延续生命,忘情于享乐才是一切。所以他庆幸已经是他老婆的女人不能够怀孕。父亲是一个让他最不能够容忍的词汇,因为那两个字的背后负载了太多的责任,他才不要责任,责任从根本上就是一个王八蛋!

但是祁嘉宝不这样想。尽管一直以来她从未考虑过避孕,但她也从未有过一次怀孕的经历。她不知道那是她被那个医生言中了,还是自己天生就是不会轻易受孕的类型?但是有一点她非常肯定,那就是她一旦怀孕了(不管孩子是谁的)她都会把他(她)生下来并且亲手养大。很奇怪,手术尽管已经过去十几年,一切都似乎印证了医生的说法;但是祁嘉宝仍然认定自己有一天会怀孩子,上帝给她的子宫会派上用场。她对这一点深信不疑,她不相信上帝会无端的把这样一个礼物赠送给她;他既然给了她,就一定是让她物尽其用。

这几年里孔威廉从内心里很嘲笑她,因为她从未放弃过对怀孕的期冀。他知道她一直自备检测怀孕的试纸,她会在每一个排卵期之后查试,几年以来从无或辍。他不知道的是,这样的行为她早就开始了,早在认识他之前,早在十七岁那年她的手术之后。她从最初的好奇开始,直到好奇变成了关切,直到关切又变成了期冀。

祁嘉宝不是那种会整日把心里的想法放在嘴边的女人。她和孔威廉之间很少说到怀孕的事,即使说到也是在说别人。当然孔威廉知道她的想法,而祁嘉宝并不在乎他知道与否,所以这件互相都回避的事情在两个人之间心照不宣。不过在说到孩子的时候,她的一个说法让他不寒而栗。

"我奇怪为什么人们都把自己的孩子往火坑里推。"

"你什么意思?"

"你说这个世界是好人的还是坏人的?"

"如果不假思索,我可能会说世界上还是好人多。但是既然你问了,我又仔细想一下,好像不对。好像得势的都是坏人,而且越来越多的好人也都在往坏人的方向转变。所以要准确回答你的话,我的答案是坏人。"

"所以啊,所有家长对自己孩子的教育都是朝着做一个好人的方向。你说说,在一个坏人的世界里,让孩子去做一个好人不是把他往火坑里推吗?坏人当道是不争的事实,而且再也没有可能逆转。"

"你想说什么?"

"我想说如果能看明白这一点,就根本不要教孩子按做一个好人的路数去成长。更切实际的生存之道是做坏人。对孩子从小就该用坏人的路数去培养和灌输,学精明,学如何损人利己,学权谋,学挑拨离间之术,学厚黑学。这样长大的孩子一定无往而不利。"

"其实你说的这些东西,今天在社会上不正是大行其道吗?上书摊书店上看看,除了知识和专业那些,太多的书都是你说的内容。包括电视节目,有很大一个比例都是跟赚钱之道相关,把那些赚到大钱的人奉为英雄;而这些英雄不正是'无往而不利一族'吗?"

"所以我说最好的教育是让孩子学坏嘛。我也是倒推回来的,既然今天的英雄都是这'无往而不利一族',而英雄又是后来者的榜样和楷模,所以要成为'无往而不利一族'捷径就是从儿时学坏。以前的路数都是先学好,长大成人之后再去学坏。既然看明白了,何必用十几年时间去走这么长的一段弯路呢?我说就直接一点,有了孩子第一课就是学自私学损人利己;在此基础上学精明学权谋学挑拨离间之术学厚黑。"

孔威廉击掌,"老婆大人高见!我相信这一步就是李嘉诚、宗庆后也未必看得到。我相信这些首富级人物也都是从小受学做好人的教育长大的。你不是一直想生孩子吗?如果我们有了孩子,就照这个路数!"

"姓孔的,你可是孔夫子的后代,你敢说如此大逆不道的话就不怕报应吗?我看你日后怎么跟你的老祖宗交代。"

没孩子的时候他们可以胡说八道,说到底也只是说说而已,权当是玩笑。尤其是孔威廉,他已经完全摒弃了当父亲的念头,或者说他欣然接受了上天不给他孩子的安排。孔威廉对他们的这些话很享受也很得意,他不止一次对他人说到这些话。"教孩子学坏"成了他的经典话题,仅就这一点他在人们当中就已经显得卓尔不群。他很享受别人对他的另眼相待。

但是对祁嘉宝,意义就不同了。她不会满足于说说而已。

她一直以来都在偷偷看不孕不育门诊,而且对信誉度很高的那些医生的话深信不疑。她尝试过多种方剂,居然真的给她碰上了对她有效的那一帖。一句话,祁嘉宝美梦成真!

当第一次遇到试纸呈阳性时,连她自己也不敢相信。她不但没对孔威廉说,连门诊医生和护士她也没说。她只是装作例行妇检到医院,她要让那些检测结果来做终审判决。尽管她表面上平静而安详,但是血压和心率几乎泄露了她内心的激动。护士对她突然大幅度增高的血压和激烈的心率表示了该有的惊讶。护士问她是否有什么不适或者发烧感冒这些,她自我掩饰说有一点小小的咳嗽。由于血检的项目较多,所以采血采了好几个回合。那几个小小的柱状玻璃瓶中的浓血让她有些恍惚。

化验结果要次日才能出来,她次日早早就到了化验室。她来早了。她于是又出了医院,在近处的商场闲逛了一圈。回来时结果出来了,阳性。她在那一刻差一点像别的女人一样尖叫,但她及时抑制住了。

她有孩子了。那个缠绕了她十三个年头的魔咒被解除了。

对她而言这是个比天还大的喜讯,她一个人享有如此之大的喜讯是太奢侈了,她想找人分享。找谁呢?她第一个否决了孔威廉。还有另一个应该在第一时间知道这个好消息的人,不,她想也不想就把他也否决了。于是她给了第三个人电话,那个人是她的妈妈黄棠。不出她所料,黄棠像她一样开心。黄棠盼着这一天已经盼了许多年了,因为她是极少数知道祁嘉宝这个秘密的人之一;她又是妈妈,她的心和女儿的心紧紧连在一起。

黄棠让她留在医院不要动,她马上赶过去。她知道祁嘉宝是开车去医院的,所以她没开自己的车,而是叫了一辆出租车。她要赶过去,亲自充当女儿的司机,与女儿两个人分享她的喜悦。

黄棠的想法也正是祁嘉宝的心愿,她这会儿最期待与母亲两个人说说体己话。在这个世界上母亲永远是她最亲的那个人,她觉得自己身上流淌的血都来自母亲;因为她发现自己无论相貌还是性格甚至举手投足的细枝末节都与母亲太像了。她不但继承了母亲的外貌,甚至继承了母亲的精神类型;她认为自己活脱脱是另一个黄棠。

黄棠开车,祁嘉宝在副驾驶位上。

"嘉宝,你没告诉孔威廉吧?我猜我是头一个知道消息的人。"

"我压根就不想让他知道,所以他不会知道这个消息。"

"为什么?他不是孩子的爸爸吗?"

"他是个蠢货!我相信一直没孩子就是他的缘故。幸好不是他的。"

"那你打算怎么办?你要炒他的鱿鱼吗?我早就有这个预感。"

"妈,你可真是厉害,什么都瞒不过你。"

"其实我什么都不知道,只是凭直感。因为他配不上你。"

"你虽然没有表示,我早就感觉到你对他不满意。"

"不是我不满意,他的确配不上你。我相信没有谁会觉得你就该找这样的男人。可是我也想不出什么样的男人对你才合适,你太强势了。"

"妈,这些话你从来都没说过。"

"你已经选择了,我说了有用吗?我对既成事实采取认命的立场。"

"你说了当然有用,因为你是我妈。你早说,我早就会纠正。我对错误的态度一直非常明确,错了就一定要纠正。你不也是这样吗?"

"我是这样,但我没有把握你是否也会这样。"

"我当然会这样!你的这个女儿就是你的复刻版。"

"你准备把他怎么办?"

"把他打发回澳洲总公司,任命他做一个在岗的副总。"

"婚约呢?"

"当然是离婚。"

"如果他不同意呢?他也许会提出财产方面的要求。"

"这个太简单了。我可以完全证明所有的财产都是婚前财产,婚后的营业收入比之投入肯定是负数。而且我经济方面的事情从来没让他沾边,他也没有任何办法去做取证。还有,这么几年下来他从未往这个家里拿出过一分钱,而我可以通过电子账户证明他一直在用我的钱。也就是说,他一直在挥霍我的婚前财产。"

"我相信你不会把他像癞皮狗一样扫地出门,不会让他很惨是吧?"

"我已经给他提职了,而且我打算给他原来的股份再增加一些。他原来有百分之三,我打算再增加两个百分点,达到百分之五。这些股份加上薪水,他应该能在澳洲过不错的日子了。"

黄棠想一想,"这样对他也就算很公道了。你接下来是怎么打算的,回欧洲还是留下?眼下你的当务之急就是保胎。"

"妈,女人怀孕生孩子有什么大不了,你怎么比我还紧张?我相信别的女人能做的事情,我肯定也没问题。保胎根本算不得一回事。我觉得当务之急还是把你老公挂心的事情给落实下来。锦江叔叔说,葛书记正在想办法,看以什么方式解决土地的分期付款问题。他还说葛书记很关心我们公司,因为我们公司是当地老百姓的福星,是恢复苍鹭河工程的大功臣。葛书记很愿意把我们公司留在开发新区,他会想办法去协调在土地款支付方面遇到的问题。他说土地是政府的,政府总会想出办法留住那些准备为这块土地做贡献的开发者。"

"嘉宝,如果你们最终把这块地拿下来,你就成了开发新区最大的一个地主,比万科恒大这样的地产大亨拿的地还要多。据我所知,他们两家也都是两千亩左右的规模,而且他们位于河畔的部分都不多。"

"他们不同啊,他们是全国遍地开花,我们只是一时一地。而且我们在恢复苍鹭河工程上有那么大的投入,当然应该拿更多的河畔用地。"

如果把两个人这一段对白单独摘出来,把彼此的称谓去掉,相信没有谁会以为这是一对母女的家常话。这就是黄棠,这就是黄棠的女儿祁嘉宝。

祁嘉宝没有马上把孔威廉遣回澳洲,她知道那笔由姚教授夫人牵线的医疗设备生意正在进行中,她愿意给孔威廉一个机会,能让他带着一份可观的业绩回总公司履职。

由于孔威廉所提供的报价单连同最近几年上海市场的成交清单,地区卫生局的主要负责人再参照各医院报上来的医疗设备报销账目,很容易就比对出其中的差异。

且不论中间被经销商和医院经手人黑掉的部分,仅成交清单上的年价格总额与报销账目的总额之比已经相差了五千万还多。这还没有算上新报价单的折扣优惠,这一块也超过一千六百万。换一种说法,如果卫生局与供应商直接交易,一年节省下来的金额就接近七千万!

这还不包括另一项收获,就是所有购买设备经手人的把柄,他们的把柄从此就被上司牢牢地抓在手心里。这些人原本在医院里都是大权在握者,或者是书记院长,或者是副职。这些把柄对卫生局的主要官员同样是一笔很大的财富,是悬在基层那些掌权者头上的达摩克利斯之剑。他们或者清廉跟那些人算总账,或者污秽以此来要挟贪腐者给自己为虎作伥。所以他们很容易就做出了把已经得到批复的医疗设备购买权从医院收到局里的决定,而且他们一点儿不担心下面会起刺发难,因为那些人原本已经胆战心惊,哪里还敢再去找上级的麻烦?

这也是孔威廉这笔生意的福音。有政府主要官员的决策,所有那些繁琐的批复程序都被简化了。他的公司还和卫生局签下了为期五年的意向协议,成为这个地区最主要的医疗设备供应商。

当年的合同签订后的一周,卫生局的百分之十五的预付款到了澳洲总公司的账上。总公司给孔威廉发来电子告知函并祝贺。同一天晚上他兴高采烈到豪皇夜总会赴老婆大人的约会,一个偌大的包厢居然只有他们两个人,这让孔威廉颇感到意外。他原以为祁嘉宝约他来夜总会是打算为他庆功的,他猜一定会有许多亲戚朋友在场,不然又何必约在夜总会呢?

当然他做梦也没想到,这是一个末日,是他做祁嘉宝老公的最后一天。祁嘉宝甚至没让他坐下,她一个人慵懒地半躺半卧在大沙发上。

她慢声细语地告诉他,她已经为他俩办好了离婚证,她给他在公司里的股份增加了两个点,总公司已经决定晋升他为副总裁,他在三日后的早上要准时回澳洲,到CEO办公室报到。她把他明日一早的机票和离婚证一并递给他。

孔威廉怔了有大约二十秒时间,上前两步双手接过来。

孔威廉说:"多谢。"

祁嘉宝说:"不必客气。以后有需要我的事情给我电话。"

"不会的。也没有什么再麻烦你的地方了。"

"你还有什么要说的话吗?"

"没有了。没别的事的话我就告辞了。再见。"

"再见。"

孔威廉也许没什么大聪明,但他绝不糊涂。他知道平和地分手是上上策。她既然把一切都已经安排好了,他的任何反抗都将是徒劳的,而且会给自己带来想不到的麻烦。走出门的他心里忽然非常放松,他吸上半口气之后将胸腔一下子倒空,他相信那一刻他呼出的恶气足以让一个大气球滚瓜溜圆。好轻松好惬意啊！他这才意识到他一直以来的生活是如此不堪,她给他带来的压抑让他一直以来都处在极端的紧张之中。现在他终于解脱了,终于把这口恶气吐出去了,终于可以自由自在地呼吸了。

祁嘉宝把他约到夜总会来,是为了预防他可能出现的歇斯底里。这个男人平日里露出一些无赖相,他性格里有几分浑不吝的劲头,她不能够预料他在听到自己被炒那一刻会做何反应。这里的老板是她的朋友,她可以借助包厢内暗藏的摄像头去监视孔威廉;一旦孔威廉有过激反应,马上就会有老板的保镖冲进来制服他。

那些高档夜总会的隔音都做得好,一个房间里发生的事情声音再大,旁边房间也基本听不到。这也是许多黑道上办人都选择高档夜总会的原因,枪声和器械的猛烈撞击声都会在这里被稀释和混淆。所以表面上看夜总会是最热闹的地方,其实这里也是最不受打扰的地方。

孔威廉没有闹,这原本也在祁嘉宝的意料之中。这说明他知趣。人在江湖,知趣非常重要。所有那些混得好的,也都是那些知趣的人。知趣者不会给自己的日后添烦添乱,不会拿自己的余生做代价去斗气;审时度势是所有知趣者的座右铭。孔威廉在最后一步上很好地把握了这个分寸。而且他刚刚完成了一笔可观的交易,他有千分之三的业绩奖金,那是一大笔钱啊,他可以尽情地去享受这笔钱带给他的欢愉。识时务者为俊杰。

祁嘉宝事情做得很绝,她甚至没有给孔威廉向她的家人道别的机会。她对家人的解释非常简单,他被总公司调回去了。她让母亲把他们离婚的消息拖几个月再告诉家人。而那时候她的肚子已经开始显形,家人会顺理成章地把孩子认为是孔威廉的。

虽然她是个家资亿万的富姐,但她一点没有时下那些富姐的臭毛病。她从不对谁摆架子,包括家里的用人和花工。她尽管有孕在身,对饮食也没有特别的挑拣。她的标准只是入口的东西要安全这一条。

他们这一向吃的菜都是洪静萍从河滩的家庭农场里买回来的。洪静萍专门挑选那些眼见着只用农家肥而且不打农药的菜农,牛奶羊奶也都是那些只喂无化肥农药饲料的养殖户亲手挤下来的纯奶。姐姐喜欢吃羊肉,她就买他们的羊让他们杀掉,把羊肉带回来。

姐姐小时候怎样她不清楚,但是姐姐从欧洲回来就不再吃猪肉。姐姐说猪什么都吃,所以猪肉脏;而牛羊鹿驼这些只吃草,吃草的牲畜相对会干净许多。洪静萍不知道姐姐这些话有多少道理,但是她在无形之中也对猪肉生出了几分抵触。但是吃惯了猪肉的她其实很享受肉香,相比之下猪肉的香气比别的肉更明显,对猪肉的排斥让她更倾向肥牛而不是姐姐属意的羊肉。

相比之下,在河滩买好的羊肉比较容易,因为一次可以买一整只。而买好的牛肉就稍嫌麻烦了,因为养牛专业户不会随时随地有宰杀。有宰杀的时候才有好牛肉可买。现在家里姐姐是重中之重,所以保姐姐的饮食最要紧也更容易。好在洪静萍自己对羊肉也不反感,所以差不多一周她就会带一只新杀的整羊回家。

当然了,买肉买奶买菜这些只是洪静萍每天的副业,她的主业是她的片子。但是她的副业却让祁嘉宝在母亲家里待得既安心又舒服。

不管祁嘉宝如何嘴硬,腹中的这个小东西仍然是她这一生当中最最看重的,那是她的骨肉啊!她虽然不担心保胎,但她还是把健康的食物看得比任何事都要紧。有妹妹帮她把关,并且亲自把可以信赖的食物带回家,这对即将要做妈妈的祁嘉宝是天字第一号的大事。

不用说,在此之前是黄棠先想到了这一步。她在先告知祁嘉宝后,把她怀孕的事情给洪静萍做了交代。她让洪静萍彻底负责这件事,所有的食物必须是她亲眼看到绝对没有任何危险的,才可以带回家。洪静萍知道母亲的嘱托是绝顶要紧的,不可以有丝毫差池。

洪锦江对祁嘉宝拿地的事情可谓殚精竭虑,所以他反而对她正变得丰腴的体态视而不见,他根本不知道继女马上就要做妈妈了。

3. 复建圣贤故居的企图

黄棠收到了邹天的电话,希望她无论如何约上姚教授再跑一趟武夷山。

上一次分手时邹天很急切,他希望能在尽可能短的时间内通过人脉联系到地区专员,安排一次摸底见面。当时他就与黄棠约好,届时请黄棠姚教授一并见一下。他说力争在两周之内。一晃时间过去了四周,黄棠以为他那边一定是遇到阻碍了。

她先已经跟姚教授有了一个意向式的预约。姚教授在两周后还专门电话问了她预约的事情怎么没了下文,黄棠只能如实禀告;她猜测是政府那边对此有不同的想法,估计是邹天不好意思直言,所以没了消息。邹天的电话有些突然,他说他通过另一个朋友与专员有了预约,专员答应抽时间安排见一下,时间定在后天。邹天请黄棠再约姚教授,力争在明天赶过去。如此的匆忙让黄棠没把握,因为她不知道姚教授是否已经有了日程安排,她只能电话询问。还好,姚教授这两天刚好没有重要的事情,他答应来。

黄棠给姚教授定的机票比自己到达的时间要晚。毕竟姚教授与邹天还不是很熟悉,姚教授更愿意见面的时候她在,所以她要亲自接姚教授航班。

动身前的晚上她还专门与洪锦江讨论了一个回合。她让老公从地方政府行政一把手的立场去看待复建朱子故居这件事,让他分析这个事情的意义价值连同必要性紧迫性这些。洪锦江的判断让她不是很满意,洪锦江看不出这件事对地方政府的紧迫性意义,因为这会是一个长线项目。但凡长线项目都不可能在很短的时间里有明晰可见的效果,对在位的官员而言很难形成能让上级看得到的政绩。

洪锦江说:"我们现在的官员体系是流动式的,一个人不可能在一个位置上很久,或者被提升,或者平级换岗调任。这样的一个好处是预防形成根深蒂固的利益集团,对抑制腐败滋生有很好的作用。同时也会有一个不好,就是官员大多不关心能够在很长时间里逐渐给地方和民众带来持续不断利益的那些举措。就是所说的长线项目。"

黄棠说:"如果把你派到开发新区那一天,市长书记就明明白白告诉你,你要一直在这个位置上干到你退休为止,那么你的施政纲领和策略都会与现行的方式有大不同。是这个意思吧?你会有更长远的规划,不会仅从在短时间内见到政绩的立场去思考问题。"

"就是这个意思。所以他们那个地区的专员不一定对这个项目很上心,因为也许他离开专员这个位置时,项目还只是一片工地。即使建成了,要发挥作用产生影响,也还是需要一个很长的时间去持续不断地推动。孔府、孔林、孔庙这些最后发展成曲阜这个城市,绝不是三年两年就可以完成的。你知道,曲阜有今天的规模,除了明代以来的皇家全力推动,还得经历五到七百年的时间才行。是时间的累积才造就了曲阜这个城市的历史。"

洪锦江不是很看好朱子故居的前景,这让黄棠很沮丧。他的观点能够代表一大批在岗的官员,因为他们考虑事情的模式是相近的。怪不得在她看来那么大的一个历史资源,在当地却完全没有受到重视,几乎是完全闲置在那里。从她一个商家的角度,她会觉得那是一个极大的浪费。

当然她也没有奢望自己能改变现状,也许这一次与专员会面的结果仍然会不了了之,就如同故居许久以来所传承到今天的那个模样。但她心里仍然存有一份幻想,也许在任的这位父母官会与他的前任们不同,也许他会看得见复建圣贤故居的长远的意义和价值。他们不会要求他做什么,他们要的只是他的理解和支持,他对这件事的一个认同。有了他的认同,一切事情由他们去做。她有把握,姚教授会支持她的想法,会和她一道去努力说服专员大人。姚教授同样看好这个项目,认为是传承圣贤精神造福子孙后代的大好事。

这一次来接她的不只是邹天自己,还有几个都是他的合作伙伴。她从名片上去辨认他们,一个是物流园(异地)的董事长,一个是柴油机公司(异地)的董事长,一个是房地产公司(异地)的董事长。邹天说他和他们每个人都有合作,或者他们是他项目的股东,或者他是他们项目的股东。这次他们要面见政府专员,就是物流园董事长与专员的约会。邹天说他与专员也见过面,但是他觉得还是远来的和尚好念经,他怕专员认为他好高骛远,不去专心做他的房地产而要去做什么文化产业。

几个老板都没什么架子,看来是邹天的介绍让她在他们心目中占据了相当的位置。他们的态度很明确,既然邹总看好这个项目,他们也都愿意跟着他投。多年的合作让他们彼此间有很好的认同感。

黄棠这会认识到他们也是她的合作伙伴了,当然前提是项目的最终立项。原来她心里认定自己是小股东,而邹天的百分之七十股份就毫无疑义的是大股东了。但是现在情形有了改变,他的那百分之七十不再是他一个人,而是四个人。她一下子还不知道他们之间的股份是怎样一个构成,如果是均摊的话,每人只有百分之十七点五,那样的话她就成了最大的股东。也许情形不是这样,比如他们每人占到百分之十,邹天自己就是百分之四十,邹天仍然是大股东,她居次席。还有一种格局是他们三个只加入邹天,而邹天代表他们。那样的话格局依旧,邹天百分之七十,她百分之三十。属于邹天的份额他们在内部自己算账,不进入总账范畴。不论哪种格局对黄棠结果都是一样,因为她不要在这个项目中做法人,法人还是邹天来做。因为法人要面对许许多多的税务工商和政府各职能部门,而她不可能搬到他们这边来,每天面对那么多具体的事务。所以她会在只有两个人的时候,跟他把股东的关系捋清,她更希望是最后一种格局,他百分之七十,她百分之三十;几位老板的股份在他的份额当中,他们自己另算。她估计邹天会同意这个方案。

　　黄棠在中间还有一个小算盘,她考虑的是自己的这一份,也许她会在项目进行的某一个阶段招募一个或几个合作伙伴,把自己的股份进一步稀释;这样既能够缓解自己这一方的资金压力,又可以在项目本身增值的意义上获利。她怕项目真动起来自己没那么大的资金实力。当然目前她也只是停留在也许的意义上,她并没有明确的目标;毕竟项目本身还在企划和论证阶段,离开工立项还有很长的路要走,她没必要这么早就先走这一步。

　　他们五个人在机场到达大厅闲聊,她心里盘算的就是这些。

大厅里广播说上海的航班落地了,请接机人员做好准备云云。黄棠忽然间意识到这一次与姚教授见面不同了,因为原来她和姚教授一样都只是受雇于邹天,现在她成了股东,也就意味着她和姚教授之间的关系发生了变化,现在是姚教授受雇于邹天和她。

这样一种变化对他们之间的各自立场非同小可,因为利益关系发生了逆转;原来她会努力为姚教授争取较高的薪酬,她不能让自己的老师和朋友在收入上有亏欠。可是现在呢?想到这一步她笑了,当然一切照旧,姚教授的收入只能多不能少,这是一定的。

她由此想到另外一件事,就是上次姚教授的夫人卢冰帮忙联系医疗设备购销事宜,她不知道孔威廉是否对卢冰有所表示。毕竟姚教授夫妻是看在自己的分上才出面帮忙的,而且生意做成了,而且姚教授也曾亲自出马找了局长。当下是经济社会,所有在有获利意义上的帮忙都应该是有偿的,必得有相应的表示。她提醒自己尽快给祁嘉宝电话问明情况,如果有疏忽了必得尽快去弥补。不,不能再拖延,现在就问祁嘉宝。一会儿就会见到姚教授,她不能在见面之后对这件事还糊里糊涂。她后撤几步拿出手机。

不出她所料,嘉宝果然完全不知道孔威廉表示了没有,嘉宝估计他没有,因为他没说。他是那种做了什么一定要说的性格,尤其是为别人做了好事的时候他不会不说;所以她估计他没做。嘉宝说这件事做得太不好了,她马上去弥补。她手里有一个没名字的连锁商业机构的购物卡,她去存上一笔钱,然后把卡快递给黄棠,让黄棠在分手前将卡交给姚教授。一定不能让姚教授有误解,以为他们是那种拿求人不当回事的小人。

"嘉宝,不跟你说了,姚教授出来了。"

邹天把大家的聚首安排在自己的茶店里。他的茶产业规模很大,而且他做的主要是中高端品种,每年的成交额过亿。他所经销的全部是自家茶园和茶厂的产品,他为全国数十家经销商供货;所以他的茶店里有两个专门招待贵宾的大套间,配备全套做工考究的红酸枝家具,有专业的茶艺师侍茶。

姚教授带来了最新一稿规划册。他说还有些未尽事宜团队的工作人员正在深化,说他听黄总说要赶过来见政府官,昨夜匆忙将已经完成的部分印制出来装订成册。邹天说那太好了,正好可以把册子给专员看,毕竟口说和简略的文字稿不如规划册更清晰,也更能看到他们对这个项目的诚意。

物流园的栗董是这次见面的主讲。他很坦率,他直截了当说自己对做文化产业心里没什么谱,说这个项目在短期内很难看到效益,但他会跟政府专员去力争,他不会拖邹董的后腿。既然邹董看好这个项目,他相信邹董一定有自己的道理。他是自己所在那个城市的工商联副主席,跟市委书记是很好的朋友,而市委书记是这边政府专员的中央党校同学,是书记给专员专门挂了电话约的这一次见面。栗董说他就做一次远来的和尚。

黄棠从他的话里听得出,他只是朋友帮忙,他不一定会参股。她眼下更关心的是关于股东的构成,听话听音锣鼓听声。

按照邹天的想法,姚教授这一次是主角。黄总要把自己的创意让给姚教授,是姚教授发现了朱子故居的问题,同时提出了复建的想法。而且是姚教授的团队正在着手做复建故居的全盘企划方案。

我们作为企业对姚教授的创意很理解也很支持,愿意为复建做出自己的贡献,所以我们组成了这个实业家的投资组合。希望这件事能够引起政府的重视,并得到政府的认同和支持。一个重量级的文化名人出场,会对地方政府有很大的触动;而民间的投资组合又会给大项目的落实和实施以资金方面的保障,这会是政府和企业与地方民众实现三方共赢的一个局面。

椎间盘脱出的老毛病让黄棠在席间几次皱眉头。

邹天问:"黄总有什么不舒服吗?"

黄棠说:"腰脱,老毛病了。这两天闹得厉害。"

做柴油机生产企业的席董说:"腰脱可以根治的!前年栗董闹腰脱,疼得站不起来又坐不下,我找人给他彻底治好了。"

栗董说:"就是。我当时那个惨啊,人整个都废了。席董刚好过来,说他对腰脱最有办法,说包在他身上。我听得将信将疑,他这个家伙从来说话算话,我认识他十几年了,没有一句话不兑现的。可是要说根治腰脱我就不信了,身边有那么多人腰都不好,没听谁说可以彻底治愈。"

席董说:"他说他不信,我就非让他信了不可。"

他先是把栗董邀到他所在的无锡,做了四天理疗栗董也觉得症状轻了不少。但是他自己那边太忙,所以就匆匆忙忙赶回去了。第一个回合等于是匆匆忙忙就中断了。后来还是席董,他考虑到栗董不可能有那么多时间(一个疗程三周)逗留在异地,他索性就安排理疗师带着仪器专程住到栗董的物流园每天为他做理疗。

黄棠说:"看来效果不错,我就一点没看出栗董也有腰脱。"

栗董说:"彻底好了!席董的这个理疗师真是厉害。黄总,我当年的那个程度比你现在要严重几倍,现在你看看,几乎一点都看不出来。相信席董没错的,我也给你打包票,一定彻底治好你。"

黄棠说:"那我就不客气了。席董,就麻烦你给我安排了。"

席董说:"你不要客气,一定不要客气。邹董我们是多年的好朋友,他的朋友就是我的朋友。我来安排。"

做房地产的温董说:"你们谈治病我就帮不上什么忙了。"

邹天说:"可是项目你不能推辞啊。我的这一块你分三分之一。"

温董说:"咱们先说好了,我不操心的,我只做股东。"

邹天说:"坐台小姐由我来当,你老人家在幕后垂帘就是了。"

温董说:"夸我呢还是夸你自己呢?黄总,你给评评理,邹董比我还大两岁,凭什么一口一个老人家喊我?"

黄棠笑了,"那是恭敬你啊,我巴不得人家喊我老人家。"

邹天说:"千万别,跟黄总不可以开这样的玩笑。"

正事商量完了,大家约好明天政府大楼门前见。黄棠觉得很开心,因为一直以来困扰她的椎间盘脱出忽然有了解决之道,没有什么事比祛病消灾更让人有好心情了。她又想起祁嘉宝的话，想起自己的身上刚好带着另外一张全国连锁商业机构的购物卡。她记得上面的余额有七万上下，她觉得这个数字应该比较合适。

邹天亲自驾车送他俩去已经订好的酒店。他让二位贵客好好休息，说晚宴安排好了他会来接他们。

邹天告辞后，黄棠和姚教授又坐了一会喝一杯茶。黄棠将放在纸袋里的购物卡交给姚教授，说是代孔威廉转交。姚教授迟疑了一下，他告诉她孔威廉已经对卢冰有所表示了。久经江湖的黄棠尽管有些意外，但还是没让姚教授看出丝毫端倪。她说孔威廉既然又有这种心意表达，就请给他这个面子，如果姚教授不收下反而让她没面子了。话说到这个份儿上，姚教授也只能恭敬不如从命了。

说到底中国还是个官本位的社会，见官从来都不会是件小事。

他们原来约定的是九点半，但是已经提前候在政府办公楼前的他们在九点四十分才收到专员秘书打来的电话，说十一点半，说专员临时有一个会。他们只能找一个茶室去等。十一点半又有电话，说又不行了，看看争取一起吃午饭。十二点半通知午饭也不行了，只能在下午抽时间了。

邹天怕黄总和姚教授他们太累，所以大家吃过饭就送他们回酒店休息。他们现在能做的只有等候专员秘书的电话一件事，来了电话他再去接上他们，这样比较妥当。

黄棠一大早去机场坐飞机，折腾到这会儿已经很累。她在酒店房间把窗帘拉拢，结结实实睡了一大觉。睁开眼一看已经三点半了,她估计今天见官的安排肯定落空了。她原本已经订好回程机票,是晚上八点半;她估计今天也许走不上了。但是邹天的电话忽然来了,专员定下四点半见他们。

但是邹天说栗董这边又有了状况,他已经上了高速公路有差不多一小时车程了。栗董和黄棠想的一样,以为今天的会见落空,于是要赶回他自己的物流园处理事情。他所在的城市离邹天这边有三小时车程。现在没办法,他只有再回头,毕竟今天见专员是头等大事。邹天跟他约好在政府大楼旁侧的正山小种茶园会合。

栗董的司机也真有本事,刚好在四点二十分赶到,总算没误了专员为他们安排的会见时间。邹天让栗董先简单说一下情况,听听专员对这件事有什么看法。他让姚教授在第二个回合说一下他是如何发现朱子故居的历史机遇,以及复建朱子故居的构想这些,同时将这次带来的规划册呈给专员,最好能让专员在翻过册子后听听他的想法。如果还有说话的机会,大家再七嘴八舌。

秘书问哪位是栗董事长,他嘱咐栗董他们的时间是三十分钟,他要栗董自己把握。整个会见过程几乎与邹天事前的安排如出一辙。

专员对姚教授的意见极为看重,也对规划册有比较用心的浏览,不时插上一句自己的意见。他感谢专家(姚教授)和企业家们的热忱和智慧,也认为这是一件可以大幅度提升地方知名度的举措。他当场给负责规划的官员电话,安排政府相关职能部门与策划团队对接。专员最后没忘了这次会见的缘起,他让栗董给他们市委书记带去他的问候。专员最后双手紧紧握住姚教授的手,对姚教授又一次表达了他的谢忱,而且请姚教授常来,来考察,来指导,同时也来度假。半小时的时间安排得既丰满又高效,公与私都有很好的兼顾。专员甚至提出为姚教授安排游览九曲溪和武夷山景区,姚教授委婉地谢绝了。一切都很圆满。

会见结束后栗董先请假告辞,他那边事情紧急,非要他赶回去不可。

黄棠看看时间来得及,就不打算改签机票了。她约上邹天和姚教授两个陪她一道去机场,就先与席董温董道过别。

以她的看法,事情的前景还算乐观。她原来最为担心的是项目被别人挖走,因为现下无论哪一级领导都有自己的商业上的朋友,如果领导自己很看好项目的前景,他也许会把项目留下给自己朋友的企业去做。今天的会面看不出这样的迹象,也许正如栗董所言,这个项目的盈利点不是特别清晰,所以对那些急功近利的商家来说这不是一块肥肉。

黄棠说:"这也正是我们的机会。邹天兄弟,这个项目有一个对你而言非常有意思的潜力方向,就是茶。你的那几位合作伙伴不会看到这其中的商机。你自己有茶产业,你一定把这个项目当成你的第二个机会,做大茶产业的机会。"

邹天说:"做朱子家茶品牌也是你我两个人联手,我一直以来都是一个理念,有钱大家赚。是你给了我这次的机会,我希望你自己的利益也在其中。黄姐,我这次有一点冒失,没有先跟你打招呼就把他们几位约过来,希望你不要介意。我跟他们几个在不止一个项目上都有合作,我的项目有他们的股份,他们的项目也有我的股份,我们十几年合作得都非常愉快。你放心,股东方面的关系会很简单,他们的股份都在我的份额当中,我七你三,他们都在我的七里面。你面对的只有我一个人,不需要和他们每一个人有任何具体的交道。"

黄棠说:"我听你的。你在具体项目的操作上比我有经验。姚教授,现在跟您通报一下,我已经正式加盟邹天兄弟的这个项目做一个小股东。"

姚亮说:"那好啊,有你的加盟邹天的企业一定如虎添翼。我对复建朱子故居这个项目更有信心了。"

邹天说:"姚教授,您原来和公司签的合同一切不变,而且您今天又多了一重身份,就是故居筹建小组的名誉组长,也是拟议中的朱子书院院长的唯一候选人。"

"这个先不忙着定,兹事体大,一定不可以草率匆促。"

黄棠说:"这件事就这么定了,您是我的老师,您一定听我这一次。"

手机响了,她道一声对不起,转过身听电话。

他们听得出手机那边发生了很严重的事情。黄棠不但变声而且变色了。她有好一会儿没说话,她一直在倾听。她的神情愈发紧张,最后她说她正在往机场的路上,三个小时后就会抵达,让对方安排接车。

她告诉他们是她母亲出了意外,已经被送到医院,情况比较危险。她说她要直接从机场赶去医院。

章3 被电视瞄上的历史

1. 贺秋的最后一程

贺秋是被人发现倒在银行的大门外许久,才被好些人弄到医院。

贺秋的膝盖疼了有一周了。开始她不想说,她是那种生怕给家人添麻烦的老人家,她想也许疼一下很快就过去了。她有自己的小药箱,她摸索着在最疼的那个部位贴了风湿膏药,她还用自己的电热宝长时间焐在痛处。先前她有任何腿脚不舒服都会用同样的方式去处理,但是这一次这些方法似乎都不奏效,而且有越来越加重的趋势。她发现自己爬家中的楼梯已经成了很艰难的事,她于是尽量不去爬楼梯,她的卧房在一层。

可是不巧,她卧房的卫生间马桶堵了。保姆孙姐用尽办法还是没能解决堵塞问题,只能给物业管理处报修。可是刚好这会儿水电工的小儿子发高烧,他临时请假带孩子去医院。物业管理处主任请他们自己先设法克服一下,等水电工从医院回来再过去帮他们疏通。主任想的是每家每户都有至少三四个卫生间,临时串换一下应该不是问题。

说起来他们家里的房子是整个小区最大的,总共有七个卫生间。但是不巧的有五个分别在二楼和三楼,一楼只有贺秋房里这一个和另外一个公用卫生间。公用卫生间为了尊重个人习惯而设置成蹲厕,但是贺秋年龄大了以后就不能够使用蹲厕的方式解手了。她房里坐厕的堵塞让她必得为了大小解去爬楼梯。贺秋有所有老年人都有的尿频的毛病,平均大约半小时就要如厕一次。连续几次艰难地爬楼梯让她泄露了膝盖的秘密,是祁嘉宝发现了外婆上下楼梯一次是如此艰难。她在孙姐的帮助下送外婆去了医院,专门为疼得厉害的膝盖拍了片子。母亲出差在外,她怕母亲担心,也就没打电话说外婆去医院的事。医院里折腾了大约一个多小时。尽管有孙姐跑上跑下划价缴费取药跑化验室影像室这些,平日里很少活动的祁嘉宝还是觉得很疲惫,不用说已经七十几岁的贺秋了。

回到家里祁嘉宝先回自己房歇了。

贺秋心里有事情,她想把事情处理利索了再歇。她要去银行把她所赞助的江西小女孩李香这个月的钱给她汇过去。她特意嘱咐孙姐不要告诉祁嘉宝她出门,以免她担心。孙姐怕她走路有妨碍,她说没事,走平路没问题,怕的只是上下楼梯。孙姐问她去干吗,问她可不可以代劳;她说是一点私事。她这么说了,孙姐也不好再坚持。她看老太太腿脚似乎还可以,就没再多说什么。她当然无法预料会有意外发生。

贺秋自己更不会想到出这样的意外,毕竟她已经是老人家了,一辈子都已经平平安安过来了,哪里会预想到自己会成为罪犯袭击的目标呢?

没错,她是被袭击了。这是事后查调银行大门前的录像记录才知晓的。她从银行出来那会儿大门外刚好没有一个人,她头一个从门里出来进入镜头。忽然有另一个身影冲进镜头直逼老太太。从镜头里可以看到贺秋出于本能将一直攥在手里的一个小布袋紧紧护在胸前,同时双手紧握;袭击者则猛力抓牢她双手,试图把小布袋从她的手中抢走。贺秋以一种拼死抵抗的状态一直双手紧握坚持不撒开,她被那个人拽倒了,那个人就这样拖着她拽出了大约四五米远。然后她的小布袋被他抢下来,他马上从镜头里消失了。

这个案件的严重在于她倒地后一动没动,看不出丝毫生命的迹象;在大约七分钟的时间里先后有六拨十一个人从她身边经过,有的站下,也有的蹲下身查看她的状况;其中有一个约三十岁的女人刚蹲下身就被同行的男人拽着站起来,而且不由分说地拉着她走开。镜头显示最后是一个头发已经有明显花白的男人把她从地上抱起来,抱着她出了镜头。

这个男人叫葛敬之,五十八岁,是三中的物理教师。他直接将贺秋送到人民医院急救中心。葛敬之是评剧票友,他认出了老人家是昔日的名伶贺秋,于是他毫不迟疑地把年少时心中的偶像送进医院。葛敬之一时间成了救死扶伤的英雄。电视台在接下来的时间里十几次反复播送对葛敬之采访的新闻。由于葛敬之泄露了贺秋多年前曾是本市的大明星,所以寻找家属的事情进行得很有效率。人民医院的新闻发言人直接给贺秋的女儿黄棠挂了电话,通报了贺秋被人发现出了意外并已移送人民医院的事件,同样通报了病者生命体征平稳但仍然处于昏迷的当下状况。

就是黄棠在邹天的车里接到的那个电话。

当时因为还未调取银行大门外的录像,所以对贺秋是如何病倒在地的情形还没有了解,也不知道她在倒地后的相当长一段时间里未被及时救助的事实。电话里能说的只有被救助到医院病者尚处于昏迷。

黄棠在机场给三个孩子分别挂了电话,让他们去人民医院。

洪静萍想到了现场可能会有摄像头,于是找银行负责人去调取了当时的录像。事情的隐情逐渐浮出水面进入到公众的视野当中,根据银行柜台的摄像头监控显示,贺秋在出门之前办理了一笔柜台业务。通过对柜台业务员的询问,得知贺秋的业务内容是为江西的一个叫李香的人电汇了一笔四百元人民币现金。

有经验的洪静萍将这些录像内容汇总,向警方报了抢劫案。

当黄棠赶到时,警方正在人民医院的急救中心对案件进行侦查。警方根据已经取得的录像资料初步判定这是一起蓄意抢劫案,案犯守候在银行大门外,对受害人实施了暴力劫掠,作案后不顾被害人已经奄奄一息的事实,迅速逃离作案现场。根据现场录像取得的作案人侧影和背影推测,案犯年龄大约在二十岁到四十岁之间,男性,身高大约一米七左右;案犯身着灰暗色调衣装,一双迷彩款旧军鞋云云。

也许警方从其中发现了什么,但是对黄棠而言任何有意义有价值的内容线索都没能看到。而且这会儿她对破案进度毫不关心，对她而言母亲的状况才是最要紧的。

洪开元一直守在负责案件侦破的肖警长身边，他明言他是受害人的外孙，他需要知道案情的所有进展。肖警长认为案犯一定是守候在银行大门外摄像头照不到的位置，他肯定透过银行的大块玻璃窗看到了受害人在柜台上的交易行为，他猜测案犯以为受害人刚刚从柜台取了现金，所以才会起意对受害人进行袭击和抢掠行为。肖警长认为案犯已经看到了摄像头所在的位置，因为从录像上只能看到他的侧影和背影；他据此推断案犯有意将自己的面目暴露在镜头之内，而这样的结果给侦破增加了难度。

在洪开元看来警长的这番表述连放屁也不如，他只是把显而易见的事实重复了一遍而已。侦查根本没有任何意义的进展，很像是医生给患者量过体温之后告诉他，你三十七度，没有发烧症状。这样的废话不说也罢。

祁嘉宝很自责，她认为是自己的休息才导致外婆一个人出门。如果她不是回来就歇了，她一定不会让外婆一个人出门。毕竟外婆的腿已经出了问题，一个人出去肯定会有一定的风险。

她的话让孙姐很不安，在孙姐听来大小姐话里有话，似乎在责备她没尽到责任。孙姐于是再二再三地向黄棠强调自己并非无所作为，而且还主动提出愿意帮老太太代劳，奈何外婆说是私事，她也只能作罢。

在洪静萍的敦促下，电视台将银行大门外录像如实播出，提出在全中国各处都出现的老人摔倒无人出手救助的道德诘问。

马上有网友将电视上的录像截图发布到网上。一轮疯狂的人肉搜索在没有任何动员的情形下悄悄地展开了。不到二十四小时便有所有进入镜头的十一个人的搜索结果,这十一个人经过上一个或者下一个摄像头时的面相清晰的录像截图都被逐一放大后放到网上。之后是每个人的姓名、职业、年龄、家庭住址、手机号码等各种私密信息,甚至有这个人每天上下班的路线以及交通工具。

受诟病最多的是那个拉女人起身走开的男人。此人名叫冯海昌,四十三岁,家住本市河西区惠民街35号明珠园小区十五栋B单元1301号,在位于河西区新庄路279号新光写字楼十五层的信速科技公司任职副总经理,婚姻状况为离异,有一个十四岁的女儿由前妻抚养。据悉,冯海昌并未承担女儿的赡养费。冯本人正在与本公司的一个女职员交往,多次有同事发现两个人关系暧昧,并有人亲眼见到女职员凌晨从冯所居住的楼房单元中匆匆而出。冯海昌进入信速科技公司为三年四个月之前,进来时任职工程师(中级职称),后来被晋升为技术科副科长,去年国庆后被提拔到公司副总经理位置。据悉录像镜头中出现的关切受伤老者后被冯海昌拉起的女人即是冯交往的女同事。冯海昌的薪水为每月六千三百元云云。

急救中心的医生朱颖也成了被关注的焦点。主要原因是她代表医院发布公众所关心的贺秋的病情。贺秋自被送进医院起已经过去了三十七个小时,她一直没从昏迷中苏醒;但是医院给出的消息是无生命危险,是生命体征平稳——血压以及心脏的各项指标都趋于正常。朱颖对贺秋病情的播报每日早午晚三次，而且被电视台在第一时间里播送。

与朱颖的情形相似，公安局刑侦大队的肖警长每天也要发布一次针对贺秋的抢劫致伤害案的案情进展通告。电视台也有转播。

其实内心最为焦灼的还是贺秋的家人，是黄棠、祁嘉宝、洪静萍、洪开元他们。电视台曾经试过就此事采访洪锦江，由于他本人对市委宣传部的回避请求得到批复，所以公共平台上没有出现洪锦江的身影。

这起备受关注的评剧名伶被抢案件一时成了整个城市的热点。

黄棠大部分时间都守在自费病房里。这里除了患者的床位外还有一个陪护床位，各种设施一应俱全。网上也有关于新区行政一把手的岳母住高价病房的帖子，秘书也很快把帖子让洪主任知晓。按照以往洪主任的处事原则，他也许会马上让家人从这间病房里搬出来，以平息公众的议论；但是这一次他没有，他听任网络对这个帖子的说长道短而不做任何回应。黄棠知道她的江哥会因此承受很大的心理压力，她很高兴他扛住了这个压力。他们这个家庭一直以来都会为类似的压力做出让步，但是这一次他们集体不约而同地拒绝做让步。

电视台负责这次贺秋被抢案报道的副台长忽然意识到有一个很好的噱头。他专门派一个摄制组远赴江西去寻找那个贺秋在最后时间给她寄钱的小女孩李香，他们在李香的背后又挖掘出一个更有新闻价值的线索。

李香的父亲叫李三,他给记者讲了关于贺秋的另外一个故事。贺秋在两年多之前曾经一个人来到他们所在的江西这个偏远的山村,她在经过反复走访之后找到李三,提出要为他的儿子李标做助学赞助。她主动承担当时年仅七岁的李标及至读大学的所有学费,并且为他的日常生活补贴连同书本文具费每月提供四百元。贺秋主动给李三写了助学赞助文书,也明确告知如果她未能执行文书上规定的责任,李三可以据此文书向法院对她提起诉讼,需要她承担法律责任。不久前也正是贺秋为表彰李标学习成绩的优秀,另外出资奖励孩子一次来本市的游览。但这次奖励的后果却是一个悲剧,就是本市人所共知的那次大桥垮塌事件,李标成了事件的受害者。这件事之后还是贺秋亲身前往李标的家乡,去向李三和他们一家报丧。而正是在这一次江西之行中,贺秋又一次主动承担了对李标的小妹妹李香的助学赞助。当年她对李标的赞助内容全盘转移到李香身上。而贺秋老人生命的那个关键节点——被罪犯劫掠以至于昏迷不醒,正是她老人家给贫困山区的小姑娘李香邮寄赞助费时发生的。

现在摄制组已经来到李香和李标的家乡,来到他们贫困的家中。李标和李香的父亲李三尚不知晓贺秋老人已经寄出了最后一笔赞助金。这一次摄制组专门带来了一台全国银联通用的无线刷卡机,贺秋老人家乡的百姓将和受到赞助的李标、李香的父亲李三一道,共同见证贺秋老人的最后一笔赞助款的到账。

在镜头之内,李三从怀中深处掏出曾经是贺秋亲手交给他的银行卡。他在编导的指示下刷卡,然后按下密码,移动刷卡机的显示屏上很快显示出最后一笔到账金额:人民币四百元。

这一期节目播出后,当年的评剧皇后贺秋变身成为平民英雄。她已经七十一岁高龄,她悲悯天下的伟大情怀感动了所有的家乡民众。她专程去银行给被她救助的儿童汇款,结果却惨遭黑了心肠的劫匪袭抢。如今她命悬一线危在旦夕,她的家人亲人日夜守候在她身边呼唤她归来,她的七十三万同乡百姓共同牵挂着她的安危。

这是一次极为成功的群体煽情的演练,把一次寻常的而且损失并不严重的治安案件升格为群情激昂的集体主义的学雷锋大戏,参与者达到数十万人之众!严惩罪犯的呼声成为压倒一切的民意口号。而实际发生的事情仅仅是一个小毛贼从一个老太太手中抢过一个有工资卡的布袋,同时带倒了老太太而已。布袋里除了工资卡还有二十七元四角人民币现金,还有一张电子汇款单的底单。

那个小毛贼受到通缉,悬赏金额达到创纪录的五千元,这是本市警方有史以来唯一的一次以现金来悬赏犯罪嫌疑人,态度不可谓不严肃。

而对待那些毫无怜悯心的见死不救者,本地区的所有媒体也绝不手软群起而攻之。人们将对英雄的爱戴化成愤怒,将愤怒还给见死不救者。

其中的代表人物冯海昌,则受到义愤填膺的市民一次又一次抛掷西红柿和鸡蛋的惩罚。由于案情未能得到及时的侦破,民众的情绪被一次又一次鼓动。其中有若干人专门堵在冯海昌家门附近或他公司附近,只要发现他进出马上以西红柿和鸡蛋对其加以羞辱性攻击。敏感的电视台记者则将自己的摄像机镜头对准了这些人,事实上起到了鼓励这些人对冯海昌的人身攻击。而电视台对这一连锁事件的连续追踪报道,也让整个案件高度娱乐化,成为那几天里全市民众最津津乐道的饭后茶余的谈资。

案件发生四天后,警方仍然无所作为,被通缉的罪犯仍然逍遥法外。

虽然官方媒体未对警方的效率提出指责,但是网络绝不会放过效率如此低下的警方。专门负责此案侦破的警长肖湘宁成了众矢之的,许多民众都将他们自愿组成的手机拍摄团队全时段跟踪肖警长,将他一天二十四小时的所有献身于公共事业的时间拍成连绵不绝的照片阵,甚至有他吃饭购物和进出公厕各个瞬间的玉照。照片阵中的他开始还对着镜头强颜欢笑,后来基本上变成了一张表情麻木的脸,再后来那脸上的神情充满了迷惘与困惑,再再后来甚至挂上了痴呆相。每天每天连绵不绝的照片终于将被戏谑的网友称之为铁汉子的肖湘宁击倒,肖警长住进了医院。他所住的病房谢绝所有好事者的探望,有一直轮换的警员在病房门前执勤,驱赶那些不听劝阻执意纠缠的怀有不良企图的人等。警方最终阻击了这起专门针对警方的恶意骚扰事件,再没有新的关于肖湘宁的照片被传到网上。

作为新媒体的网络似乎蕴藏着无穷无尽的力量,它有办法不停地制造让公众关注的热点,很像是一部充满悬疑的连续剧,一波未平一波又起。

但是公众有比网络本身更容易厌倦的特质。尽管关注的热点一再地被更新,这幕英雄大戏终于已经让他们有了视觉疲劳。让我们回溯一下吧,第一幕是银行设置在大门外的监控录像,一个小混混从一个老太婆手里夺走了一个布包,老太婆随之被拽倒;第二幕是监控录像牵动了公众的关注,一群毫无道德和良知的见死不救者成为过街老鼠,其中的代表人物冯海昌受到公众以自己的泄愤方式的惩罚;第三幕是公众发现了受害者是自己昔日的娱乐偶像,集体关注升级,敦促警方尽快将已经晋升为凶手的小混混捉拿归案,而警方对于破案的懈怠成了公众发泄愤怒的网上案件,破案警员被当作了替罪羊;第四幕是透过电视台记者的镜头,公众发现了受害老人是伟大的无私奉献者,受害人就此成为英雄,成为公众的新偶像。

毫无疑问,现在还缺结局,第五幕,最后一幕。

说来也巧,前面的四天里发生了上面的四幕大戏,而在第五天活该大幕落下,于是上演了最后一幕。曾经的明星今天的英雄贺秋死了。特别具有戏剧意义的是,她死在了自己独生女儿的怀里。

因为她是这五天里这个城市最大的明星,所以一直有不止一架专业摄像机在她的周边徘徊。

贺秋的女儿叫黄棠,是一家公共关系公司的老板。她在过去的几天里基本上都守候在一直处于昏迷的她的老母亲身边。黄棠尽其所能地回避与摄像机镜头的正面接触,她显得相当疲惫,眉宇间的担忧与焦虑一望便知。显然她深知电视台摄像机的伟力,所以她在躲不开的时候总会对着它努力地微笑一下,她希望自己的形象不至于太糟糕。所以她留在镜头里给公众的印象还不算太差。

在最后一幕到来之前那几个小时里,一直被医院方称之为无生命危险,体征特征平稳,血压以及心脏的各项指标都趋于正常的贺秋忽然身体变热了,体温计刻度几乎以可见的速度在上升。三十七度二;三十七度九;三十八度五;三十九度三;四十度!四十度四;四十度八;四十一度二;四十一度六;四十二度!

四十二度成了一个结点,从那时开始贺秋被自己的女儿黄棠抱到了怀中。而在那之前医生已经开始了各种不同的降热尝试,有昂贵的进口退烧针剂,有盛满了新冰的冷敷冰袋,有对合谷穴对人中穴施压的专门医生谨防高烧可能带来的抽搐。医生们希望黄棠放下患者,但是作为女儿的黄棠说什么也不肯,她一直将老母亲紧抱在自己的怀里。

也许她这时已经预感到老母亲不久于人世。对黑暗的莫名恐惧从黄棠心底里升起,她真正感受到了无助和绝望的味道。但是她这时候的感受是我们可以想象的,怀里的这个人也是把她带到这个世界上来的这个人,现在这个人要走了,她知道她当真要走了,她知道自己对这个过程无能为力,她留不住她,她这一刻以十倍百倍的重量向下坠,她努力以自己的身躯去阻挡她的坠落,但她心里很清楚自己是徒劳的,这个人会穿过她的身体最终坠入黑暗坠入无穷。

终于母亲在她的怀里有一个轻微的颤动。那以后母亲再也没动一下。

连她自己也奇怪,她怎么会没有哭,她的确没掉一滴眼泪。她不爱她的母亲吗?回答是否定的,她爱她,她最爱的那个人就是她。但是她走的那一刻她没有哭,她不懂自己是怎么了。

一直守在黄棠身边的主治医生将手指搭上贺秋的脉,良久,她摇摇头。周边的每一个人都能够明确知道她摇头的意味。

但是黄棠看不见她摇头。黄棠一直埋首在与母亲脸贴着脸的情状当中。她什么都知道,但是她撒不开自己的手。母亲的身体正在她的怀抱中变硬。这样的结果会非常残酷。一个柔软的身体慢慢变硬,而这一切都发生在你的怀里。生命正在她的肢体接触中慢慢地溜走。对黄棠而言什么都还没有变,她先前抱着妈妈,现在仍然把妈妈抱在怀里。可是时间发生了改变,事实本身也正在发生改变,妈妈变成了一具尸体。时间造就了这一切。

这一刻的黄棠经历了一个人所能经历的最惨痛的事情。被她抱在怀里的妈妈该如何呢?她怎样才能够把妈妈放下来呢?她放下来的已经不是妈妈,她放下的是一具尸体。虽然是妈妈的尸体,但尸体已经不再是妈妈。灵魂已经从尸体上腾空而起,妈妈的灵魂已经离开了。这一刻黄棠当真为难了,她不知道自己该怎么做。她已经许多年都没有拥抱过妈妈了,也许已经超过四十年。而当她重新拥抱妈妈的时候,她遇到了她这一生当中最大的尴尬。她拥抱了她,但是她不能够解除她的拥抱,因为妈妈在她怀里的时候已经离开了,她没有机会从对妈妈的拥抱中解脱出来。

2．进入洪静萍镜头的城管执法队

如果陆小玫早有当明星的念头，也许她早就红了。她人很美，身材又好，更重要的是她有极出色的表演天赋，有极佳的理解力。

应该说洪静萍不是个有经验的剧情片导演，但她为陆小玫度身定制的这个角色很有张力。她以纪录片的方式规定出这个角色的性格特征，她熟悉一个有鲜明个性的人物的性格构成特质，而且功底扎实的文学基础对于她为角色的塑造提供了足够的想象空间。她为这个人物规定的几个步骤让一个性格鲜明地凸显出来。

尽管陆小玫早已习惯了优裕的生活环境，但她仍然能够让自己回到曾经的贫穷和困窘心态当中。比如她在排队（只有三四个人）买早点时，面对即将到手的糯米饭团包油条的一份早点，她可以让自己的眼神里透出十足的饥饿感，她会把它嚼得又香又满足，就像她好不容易才吃上一餐如此令她垂涎的美味。两元五角一个的油条饭团！

洪静萍对她的处理相当满意，一条就通过了。陆小玫这样有慧根的拍摄对象是所有导演的最爱，她让复杂的拍摄变得简单，自然也让导演舒心。洪静萍安排她再拍大排档的午饭，那种一个人端着硕大的密胺餐盘的戏。面对着有十几个品种的荤荤素素的菜肴，她需要她表演出对脏兮兮的各种配菜的渴望。她要做出属于她这个性格的选择，或者一荤三素，或者两荤两素。她在买单的时候要有几分带男子气的豪迈,但是还要以细微的动作来表现这个人物在金钱方面的拮据。

洪静萍先还担心陆小玫对角色的理解是否会到位,但她很快就把心放回到肚子里。她的理解太到位了。她想要的东西她一下子就都演出来了,效果有过之而无不及。当然过了也不行,她指出她在哪一部分的处理有过火,让她收一点再来一次。第二次她的表现几乎完美无缺。

洪静萍把第三餐也排到了前面来拍。喝咖啡的享受感;对价格较为奢侈的西式简餐的犹豫和渴望这些,陆小玫都把握得相当准确。她天生就有那种极佳的分寸感,所以她的表演自然而且流畅。

洪导还为她设计了一场在ATM机上取钱的戏。她将银行卡插进卡槽之后毫不耽搁地将密码按出来,又毫不耽搁地按下取款键,再将取款金额页面上三百元键按下,前面的动作一气呵成。但是当她面对确认键时食指表现了犹豫,在向键位移动时速度忽然慢下来,而且停下来。大约三秒之后食指按下去的居然是清除键,页面重新回到取款金额,这一次她选择的是二百元键。确认。吐钞口不疾不徐吐出两张粉红色的百元钞,她的手将钞票一下抓到手里,同时将它们塞到裤子口袋里,手和钞票都留在口袋里没出来。洪静萍认为自己很好地把握了一个经济拮据女孩对钱的心态。

还有几场戏是在专门为女孩布置的她的住处拍摄的。那也都费了洪导很多心思,都有专门的设计,有对人物心理层面的展示。一款老式的MP3是她很重要的一个道具,因为在电脑上下载她选定的歌曲和她反复的收听是这个人物的关键性设定。在收听的单元中声音因素会被特殊强调,音量会很夸张很强烈,人物的表情也会有相应的起伏跌宕。出租屋的晦暗简陋跟歌曲的激越堂皇形成极为强烈的反差。

洪静萍打算把高潮部分也就是青纱帐中的练声放到最后单独拍。这一大场戏主要表现这个人物的动作部分,让人物在日常那种平淡而又无趣生活的心理层面陡起波澜,让先前塑造出的情绪结构充分外化,以狂放的歌唱去释放内心迂回而复杂的积淀。

这一天刚刚完成了陆小玫练声场地的布置。那个场景很像是多年以前张艺谋的第一部电影《红高粱》中的野合的环境,所不同的是高粱地换成了玉米地。忽然远处有了尖利的人声,尖叫中夹杂着"砍人了""出人命了"这些刺激人神经的内容。摄制组成员都撂下了自己手上的活计,不约而同朝发出声音的方向奔过去。时刻保持着敏感的洪静萍特别要摄像师带上机器。所有纪录片导演都有一颗记者那样的永远保持敏感的心。

事情没有很出洪静萍的预料。是沙场的计量工鲁国庆又出了状况,这一次的事情要严重得多。他用一根大约两尺长短的有小指粗细的钢筋,连续三下都抽到先前抓他上车的那个城管执法队长的脸上。那一张脸已经血肉模糊,一只眼球已经挂到了腮上!队长双膝跪在砾石滩上发出那种让人撕心裂肺的号哭声,手里的电警棍已经被击落在身体旁侧。鲁国庆并未善罢甘休,他的脸上也挂彩了,左眼部位已经血肿,但他依旧倒提着他的利器(钢筋)在河滩上不舍地追逐另外一个拼死逃命的城管。晚到的洪静萍和摄像师来得及拍下了最后一幕的追逐戏。

追着追着,鲁国庆慢下来停下来。这个场景揭示了一条颠扑不破的真理:在与逃命者的竞赛中追命者一定是最后的失败者,他的向前的动力无论如何及不上逃命者。

估计鲁国庆也已经看到了被他彻底毁容的城管队长的伤情,所以他放弃了对他进一步的寻仇打击。而且他自己也已经精疲力竭,于是他将身子摔到河滩上,大模大样地倒下并且闭上眼。手里一直紧握着的钢筋也撒开了,这是一种典型的缴械投降的姿态。估计他接下来的立场一定是认命,听天由命了。或者那家伙的伙伴们在盛怒之下将他乱棒打死,或者法院判他给那家伙偿命他被枪毙掉。用他的话说叫"该死该活屌朝上"。

这已经构成了一起重大的伤害案件。洪静萍心里很清楚,事情非同小可,警方一定会全面介入。也就是说她手里的录像将被警方收去做侦破案件的证据。她估计这些录像带她自己再没有支配它们的权利,但是她心里还存着几分侥幸。她在回去的第一时间里将录像内容转到了自己特备的外挂硬盘中。

其实她的广播级专用摄像机在现场很多余,因为扛着机器的摄像师本身成了又一个目标——被警方和公众所关注的目标。今天的拍摄已经简单到不能再简单,每个人随身的手机都是一架高清摄像机,每个人都可以随机将令自己感兴趣的见闻拍下来,根本不必要像专业的摄制组那样招摇过市。她有这份感慨是基于当天的网络新闻,鲁国庆再次成为新闻人物,这一次他是大大出名了。她很清楚网络上的那些血腥的视频肯定不是来自于她的摄像机,虽然他们拍摄的内容相近角度相似,但是警方一定可以经过技术分析来确认,她洪静萍不是网络传播的始作俑者。很明显,如果她是,她的麻烦就大了,这个浑水她蹚不起的,因为她背后有她姐姐和妈妈甚至还有爸爸。她深信警方不会放过那个把视频传到网上的人。

当时没有一个人把鲁国庆痛击城管队长的情形拍下来录下来。洪静萍相信那一刻会充满戏剧性,而且会在某种程度上揭示出鲁国庆为什么会下此狠手的原因。很可惜没有。她能够想象得出鲁国庆日后的结局,他会作为对政府公务员恶性伤害的案例被重判,如果伤者有性命之虞,他的刑罚也许会上至死刑。她相信没有哪个法官或者律师会为这个行凶者做全力以赴的辩护,鲁国庆的结局一定会非常惨。她要介入这件事吗?她要为鲁国庆张目吗?她在问过自己之后得到的答案是否定的,因为她不能够无端地给父亲母亲姐姐他们招来麻烦,她介入就会变成政府和警方的对头,就会变成众矢之的,其结果一定是为家人招来无穷无尽的麻烦,她不能够。

即使洪静萍有了这样的结论,但她仍然还是不能够放弃对鲁国庆事件的关注。因为在此之前他已经成为她的拍摄对象,所以他已经是她的熟人。而对熟人的关注是一定的也是必要的。

她从官方的媒体上知道鲁国庆被拘禁,而且被关押在死囚监区。她接着知道城管队长不治身亡,直接原因是颅骨碎裂。她在官方媒体上还看到了那个被鲁国庆追击的城管的采访,在他的口中鲁国庆就是一个恶魔,一个杀人狂;而他的队长是真理的化身,队长是为了捍卫真理而献身,队长天生就是个英雄。

　　与之相对的是网上的披露,披露者似乎当时就在现场,是目击者。据他的描述,死者是来寻仇的;因为鲁国庆曾经在上一个回合被抓之后指证了死者的暴力执法,死者因此被上司臭骂并被罚款,死者心里当然咽不下这口气,于是带着自己的马仔来找鲁国庆算账。鲁国庆当然不怕他,两个人当场对骂有几分钟之久。死者倚仗自己这一方是三个人,又有电警棍在身,所以先出手施以攻击,一拳砸在鲁国庆左眼和太阳穴之间的部位,然后将电警棍擎在身前以防备对方可能的还击。被重击的鲁国庆转身就跑,一边寻找可以还击的工具,是那个最终置城管队长于死地的钢筋条让鲁国庆壮起了胆气。他自信它可以抵抗住他的电警棍。他先拾起钢筋,同时转身与城管队长面对面。这一下让城管队长停下脚,端着他的电警棍与鲁国庆对峙。已经受到重创的鲁国庆根本不与他对峙,他疯了一般把钢筋抡圆了砸向对方。在几番闪躲之后城管队长终于被钢筋条击中了面部,紧接着第二下第三下,他被鲁国庆干倒了。而他身边的那个马仔先还跃跃欲试在旁侧攻击鲁国庆,他见同伙被击倒后自己的心理防线崩溃了,转身撒腿就跑。那些"砍人了""出人命了"的叫声都是出自此人之口。

　　网上的这部分描述成了一部精悍的惊悚小说,一时间受到诸多网友的追捧,当天午夜时分的统计点击量已经超过了二十七万;这个目击者当然没错过手机拍摄,他所提供的视频在未来的四十八小时里更有超过四百万的点击量!

　　而且从洪静萍的专业角度看,那一段视频的水准很高,甚至超过了专业摄像师。她当然看得出拍摄者在事后有剪辑,但痕迹并不明显,很像是未经剪辑的原始素材。当时在现场的另外有几个人,因为洪静萍他们的注意力都在当事人身上,所以对旁观者并未格外留意。写目击网文和拍视频录像的是否是同一个人,她没有弄清楚。但她看得出来他们到得比自己这伙人要早,也就是说他们的描述离真相更近。

没有出乎她的所料,警方果然找到他们,并且明言警方已经掌握了他们拍摄现场的事实,要他们老老实实交出录像带。她没别的选择。她心里已经做好准备,如果警方问到录像是否留了备份,她就如实承认,把外挂硬盘中的那部分当着警察的面清除。但是警察没问到这一点。警方没问倒不是她的责任,她也没有对警方坦陈的义务。既然她已经打定主意不给家人添任何麻烦,也就意味着她不打算使用这段视频资料。警方没有追究,那就让它在硬盘里安安静静趴上一段时间吧。

那个城管对事件的描述中有一个细节对鲁国庆很不利,他不承认那根置他队长于死地的钢筋条是鲁国庆被打后在地上随手捡到的。他说他手里一直拿着那根钢筋。这个细节至关重要,因为被击中的人死了,而它是凶器。凶器是事先准备好的,就意味着这是一起杀人案,有主观故意。而凶器是随机捡拾来的,则表明这是一起殴斗意外致死案,没有主观故意。

由于在之前有对鲁国庆的采访,对这个人有相对深入的了解,所以洪静萍不认为鲁国庆是那种会故意杀人的罪犯。她更倾向于认定那只是一场殴斗,对方人多又有武器,他找一点可以对峙的工具,去防范对方的攻击应该在情理之中。但她这些话也只能在家里跟姐姐和妈妈说说而已。

洪静萍没有想到警方的态度会对城管执法队有质疑。根据警方透露给媒体的看法,警方认为存在某种暴力执法的可能性,称警方会公平公正地侦破和处理本案,会给市民一个有法律依据的交代。她猜警方一定感受到来自网络的压力,因为网络上最大的质疑便是三个城管有两个手持警棍,同时质疑城管是否有手持军警所必备的武器执法的权力。三个执法者持两根电警棍去被执法者住处去执法,这件事本身已经让人们生出疑问。被执法者是沙场工人,并无暴力犯罪史,为什么要拿着军警的武器去对付他?

黄棠认为是城管在行政执法过程中出现的诸多与市民互相冲突的案例,让警方对暴力执法有了一定的敏感性。无论如何暴力执法是给政府脸上抹黑,政府在脸面上会陷入尴尬境地。所以政府也会自我反省,会尽力把行政执法过程中的问题提上日程去寻找解决方案,让警方去查找是否存在暴力执法问题应该就是政府的应对举措。

祁嘉宝说有一次她亲眼看着行政执法队在傍晚时分,去大排档一条街收缴那些刚刚摆开的食桌食凳食椅,结果和大排档的经营者发生了冲突。他们开始只是彼此去抢夺,之后有了肢体冲突。那一天她看到的是两辆卡车和大约二十个行政执法队员,他们把已经收缴到手的食桌食凳食椅摞在一起,码放到卡车之上。他们见到同伴与被收缴对象有肢体冲突,就围冲过来做援手。他们有制服和袖标壮胆,所以显得理直气壮。但是更多的围观群众显然都站在大排档经营者这一边,围观群众会成群对城管起哄,有的甚至向城管扔杂物和石块。当时的场面非常之混乱。后来由于他们是个团体,而且训练有素,可以集体行动,所以他们最终还是占了上风;收缴了两个大半卡车的战利品,然后一声号令同时爬上车厢,大轰油门扬长而去。

祁嘉宝不懂,为什么会有这样一支队伍,他们既不是警察也不是军队,但是却拥有执法权力?黄棠笑了,说这样的情形时间也不长,估计是政府在没完没了的动迁纠纷中发现一些事情很难办,既不能对市民动用警察和军队,又不能坐视政令的贯彻遭到无穷无尽的抵制;成立这样一个机构可以据此去面对那些棘手的问题。

黄棠说:"城管是新生事物,所以在法律的界定上会有空白点,这样当然会出现一些很难解决的全新类型的冲突。"

洪静萍说:"我认为问题还是在政府,因为城管是政府的工具,他们的行为是受到政府的指派。政府的政令有时候会非此即彼一刀切,要么允许要么禁止;但是老百姓会有一些属于自己的生存习惯,比如早市夜市和夜里的大排档这些,人们几十年几百年就是这样生活过来的,政府要取缔的确会与老百姓的生存习惯发生冲突。你就很难判断是政府对还是老百姓对,而政府的一纸政令是否就能一举改变老百姓的生存习惯就成了问题。政府靠城管来推行它的政令,城管用强制手段很轻易就激怒了老百姓。所以我觉得问题还在政府。政府不能只约束市民,不约束自己派出的城管。"

在黄棠看来任何愤世嫉俗的立场都很难解决问题,她认为鲁国庆前景不妙,也许会被判杀人。祁嘉宝说不一定,因为毕竟有城管以外的其他目击者。洪静萍说关键在于其他目击者愿不愿意挺身出来做澄清,如果鲁国庆有一个强有力的律师,这个律师就一定会找到网文的撰稿人,因为那个人是事件的直接目击者,他的证词会对判决形成决定性的影响。

黄棠说:"我不赞成这种与政府敌视甚至作战的立场。"

洪静萍说:"那就只能心甘情愿被管束。"

祁嘉宝说:"人原本就是活在各种各样的规矩之中,人只能自己去适应外部的限制,适应了才能继续生存之道。就像汽车、飞机、电影院里的座位一样,只能你去适应它,不管你的个子是高是矮是胖是瘦。另外的例子是气候,你觉得二十度到三十度是最适宜的温度,但是赤道就是太热,而两极就是太冷;你无论想留在哪里生存你都只能去适应那里的气温,赤道和两极不可能去适应你。我认为所有这些都是规矩的范畴。"

黄棠说:"我们年轻那时候常说一句话,戴着镣铐跳人生之舞,说的就是这个意思。所说的人在屋檐下不得不低头。"

洪静萍说:"你们真是不可救药。妈老了,姐,你也老了。"

祁嘉宝说:"还是那句话,识时务者为俊杰。你要做什么事都必得审时度势,一定不可以做那种以卵击石的蠢事。做事一定要有胜算。"

黄棠说:"小萍,你那么想也没什么不对,因为你年轻。年轻就该当有与你自己年龄相当的立场和态度。你可以说老了世故了,但是你日后会知道世故了没什么不好,老了没什么不好。经验会让你吃一堑长一智。"

洪静萍说:"所以啊,我虽然说你们,我自己其实也很世故。案件发生那会我也在现场,我对事情也有我自己的立场和态度,但我不想开口,不想介入其中。我不想给你们添麻烦。姐是书记的朋友,爸和妈也都是场面上的人物,我如果介入到替鲁国庆站脚助威的立场,等于是站到了官方警方的对立面,这样会给你们带来显而易见的负面影响。所以我说我世故,我不能给我的家人添乱。所以我自动把自己从鲁国庆的案件中剔除掉。"

祁嘉宝说:"你能这么想我很高兴。你认识鲁国庆,所以会有替他昭雪申冤的愿望,这都可以理解。但是你能够意识到你那样做会给家人造成无端的麻烦,你从家人的立场出发放弃了声援鲁国庆的企图,这说明你成熟了,有了权衡利弊的决断能力。你的进步让我很开心。"

黄棠说:"小萍,我非常理解你对城管的成见。但是你要明白一点,城管的背后是政府,而政府之所以设置城管这个机构,它有它的苦衷。这是一个需要互相理解的年代,公众尤其需要对政府的理解。鲁国庆的问题就在于他把政府当作是敌人,他完全是作战的立场,所以才会下那么狠的手,才会置人于死命。那个死者肯定不是什么好东西,不论他是去寻仇的说法是真是假,他带人带电警棍打着执法的名义去欺负老百姓,他就肯定不是好东西。但是他错了他就该死吗?他就该被鲁国庆以这样的方式惩罚致死吗?我想你的结论一定也是否定的是吧?城管犯的是错,仅仅是错而已;而他是在犯罪。我认为他罪该不赦。"

洪静萍没话说了。她知道母亲的话不错,即使那个城管队长有错，总还不至于错到该死的地步。她自己也不赞成以个人执法的方式去对抗社会。政府与公民之间是有矛盾，而且是一对相互依存的矛盾；但他们绝不是彼此的对头，更不是死对头。结果与洪静萍原来预料的没有截然的不同，政府为鲁国庆委派的律师根本没有去寻找网文撰写人做证人。而离开这个人的证词作为支撑，对鲁国庆犯罪的任何辩论都是孱弱无力的。

鲁国庆案定性为杀人，有主观犯罪的故意。罪犯被判处死刑。

这也是黄棠在私下里所做的判断，"罪该不赦"。黄棠得知洪静萍为鲁国庆的老婆孩子捐了一笔钱以帮助她们渡过难关，她不但没有责备女儿，反倒又自己贴上一笔，算是表达了她对女儿的理解。

而洪静萍自己是有自责的。她觉得自己做了错误的选择，她就不该将鲁国庆作为拍摄对象。她的此举会对鲁国庆有一个错误的暗示，让他以为自己那样做是对的，间接上起到了鼓励鲁国庆与政府抗争的作用。她的摄制组会给老百姓以电视台的错觉，而电视台在老百姓的心目中几乎等同于政府。她自己知道不是，她的摄制组充其量只是一个作为编导和制片人的她个人的立场，跟官方跟政府跟党中央八竿子也打不着。

她以个人的名义捐给鲁国庆的家人七千元人民币。妈妈听说了也照她的数目捐了七千元，请她代为转交给鲁国庆的家人。说到底洪静萍在其中要找的也只是她自己的心理平衡，于鲁国庆家人的日后没有任何实质性的帮助，他们有这一万四千块钱要活下去,没有这笔钱也要活下去。

3.戴安娜同款手袋

赶去江西山村拍摄李三和李香父女的电视台编导接到贺秋女儿的电话,说是请他们过来商量一下李香日后的就学问题。编导叫贺菲,面对贺秋女儿黄棠诚挚的谢意,按她自己的说法她是贺秋的本家晚辈,在做自己应该做的事情。

黄棠说母亲已经开创了对李家的助学行为,不应该因为母亲的去世而中止,李香的学业一定要继续。贺菲说做过这期节目之后她也想过同样的问题,她能想到的是通过媒体做一次面对公众的募捐,将募捐到的善款做一个小小的基金会,以基金会的方式定期定数额的给李香汇款。贺菲说他们那地方重男轻女的观念很严重,他们认为女孩子读那么多书没有必要;李三自己就明确表示了他打算让李香辍学,他甚至还说"女子无才便是德",说这些是老祖宗的遗训,说他就不赞成女孩子读书开窍。

黄棠说他愚昧我们不能跟着他愚昧,我们要拯救小李香。她觉得贺菲的想法很好,由公共媒体出面搞一个助学基金,这会对全社会起到一个表率的作用,让大家都去关心乡下女孩子的教育问题。

黄棠先前考虑的是自己家庭去继续母亲的善举,但是一个家庭这样做肯定远远不够,肯定是媒体的声音更强大、辐射面更宽。她说她愿意起这个头,做第一个响应电视台倡议的捐赠者。她可以捐钱也可以捐物。她请贺菲拿出一个具体的方案来，看看怎么做才对这件事有更好的促进。贺菲担心捐物不一定对还是小姑娘的李香的需求很适合，倘若捐赠者捐的都是些旧衣服的话，对李香的帮助并不是很直接。

黄棠说："我说的捐物是另一种集资手段。我认为现阶段小李香最需要的还是钱，所以捐赠品最终还是要变成现金才行。我想到的是通过一些贵重物品的捐赠去进行拍卖，让一些人手中的闲置物品发挥出社会作用。而且拍卖活动经过你们主流媒体的传播会造成更广泛的影响，让助学活动发挥更大的影响力。"

贺菲思忖，"拍卖？真是个再好不过的主意！贺秋前辈的精神非常伟大，但是一种传统的张扬很难被今天的受众所关注和接纳。受众会认为媒体在老生常谈，是百分百的说教。所以我在捉摸能否找到一种更容易被今天的受众所接受的方式，把贺秋精神进一步发扬光大。拍卖会是一个极好的方式，有很强的娱乐化色彩，既能够吸引公众的眼球，同样也能起到我们所要追求的积极意义。黄总，您有什么具体的想法吗？"

黄棠一下子能想起的有意思的物件是一个手袋，是二十一岁生日那一天她送给自己的一份礼物。她为它花光了自己工作三年以来的全部积蓄，而且那还不够，还有来自她母亲的生日贺礼——一张五千元定期现金存单。在她的心里，二十一岁是一个最重要的时刻，是她的成人礼。她在那个年龄上有自己的偶像——英国的戴安娜王妃。在她眼里，戴安娜的一切都不同凡响，包括她的衣装、鞋子甚至包括她的手袋。

那个时代中国城市里的女孩子们已经开始了对奢华生活的想象,那些世界上最响亮的奢侈品牌开始在她们的心中攻城略地。爱马仕、普拉达、香奈儿、迪奥、阿玛尼、巴宝莉……那时候的黄棠根本没有能力去判别这些顶级品牌的风格和美学价值,她所能有的只是简单的比附。于是她心目中的偶像的选择也就成了她的最高标准。

她从一本外国来的时尚杂志《VOGUE》上看到了戴安娜。戴安娜永远是那么光芒四射!这一张照片除了戴安娜那张充满魅力的笑脸之外,另一个突出的亮点便是她有意置于身前的浅米色的手袋。细密润泽的质感让她觉得它柔软到了极致。黄棠一直不喜欢金光闪闪的物件,但是她对它那浅金色的金属配饰与如软缎一般柔韧的小皮革相衬在一起的视觉效果钦佩得五体投地,它们构成了那样一种无可言说的和谐,透着极致的高贵与奢靡之气。那张照片成了她的最爱,她不止十次不止一百次地对着照片发呆。现在画面上最吸引她的居然已经不是戴安娜的笑靥,而是她身前的手袋了。

连她自己也弄不懂手袋怎么会有如此之大的魔力,居然可以让她魂萦梦绕忘乎所以。那是迪奥这个品牌第一次对她施与了魔法,不知从哪一天开始就发现自己无论如何要拥有它,一定要拥有一个与照片上戴安娜手上一模一样的手袋。

另外一个让她同样激动的事情也已经临近了,就是她的成人礼,只属于她自己的一生只有一次的二十一岁生日。她忽然就有了一个想法,她要让这两个对她一生都同样重要的事件在时间和空间中汇合,她要让自己一次就终结两个终极愿望,她要在生日那一天送自己戴安娜同款手袋。

一个想法形成很容易,但是这个想法背后需要的那些条件实在是太不容易了。她特意去位于上海核心地段的专营奢侈品牌的美美百货去询问,并且带上已经被她翻得如旧书一般的《VOGUE》。那个与她年龄相仿、如花一般的销售顾问摇头,说店里没有这一款。她热情地向她介绍其他品牌的其他款的手袋;她气恼地拒绝了,她觉得那个销售顾问根本就是个没品位的女孩,虽然她美得与大明星张瑜也有一比。黄棠提出要见经理,她说她要预订这一款手袋。销售顾问没那么容易就范,她说她的经理不是谁想见就见得到的。黄棠索性抛开她,销售顾问?听上去好听,还不就是个售货员吗?凭她一个小小的售货员,她怎么可能理解一款戴安娜的手袋对她黄棠的价值和意义?

那个没品位的小美女售货员不帮忙也没关系,她可以自己去找她的经理。经理终于被她找到了,那是个帅气逼人的高个子男人。她告诉经理她要预订,她希望经理能给她一个价格预估。经理说这款手袋是迪奥在全球的年度主打,戴安娜是它的第一个客户,为它代言的还有超级巨星麦当娜。他做这一行有超过十年以上的时间,他的从业经历告诉他它在法国的价格一定超过两万法郎,加上关税以及购销环节的加价,估计到了中国的柜台上价格在三万到四万人民币左右。他说话时显示了极充分的信心,但是在说过之后又反复强调这只是他的预估,也许与实际情况有很大的差异——他的信心又忽然弃他而去。他说他可以代她去跟迪奥法国总公司预订,但他不能够保证一定会订到,因为这种极品手袋都是限量版,不知道整个中国以至于整个大中华区是否会分配到一件,毕竟中国是不太发达的国家。黄棠听得一头雾水,但这个经理的确为迪奥手袋做了很好的广告宣传,他的一席话让黄棠彻底坚定了拥有此款手袋的决心。她预付了两千元订金。

黄棠在这以后三次给远在上海的帅气经理挂电话,经理都说已经把预订单发给法国总公司,还没能得到对方的回复。三次电话都是同样的答复让黄棠很不爽,事不过三是她一直以来信奉的箴言之一,她决定放弃在美美百货的预订。那两千元预订金过了三个月才返还到她的账户上。

或许是她的诚意感动了上苍,她忽然就有了个机会。她一个远房舅舅给她母亲的电话里说到要访问法国,她于是让母亲无论如何都要委托这个远房舅舅帮她完成这个心愿。她让母亲把她已经撕下来的戴安娜照片航空邮寄到北京另一个远房舅舅的手上,让他将收到的照片再转交给去法国访问的舅舅。她一口气凑足了四万五千元人民币(包括母亲预支给她的成人礼),也通过电汇到北京,届时也一同转交给那个舅舅。

黄棠算了一下时间,远房舅舅由法国回来之后距离她生日还有大约两天,应该来得及将手袋寄到她手上。她甚至想到了出意料之外的应急,她打算万一远房舅舅来不及将手袋寄过来,她就自己去他所在的城市去取。她无论如何要赶在生日那一天拿到手袋。事情还算顺利,她的汇款连同有戴安娜照片的航空邮件都及时到了北京,在北京的远房舅舅那里等候即将去法国的那个远房舅舅的到来。

中国人所熟悉的那句好事多磨的成语同样适用于法国。由于远房外甥女的再三嘱咐，远房舅舅居然为了一款手袋在巴黎跑了三家迪奥专卖店。这种高档奢侈品专卖店标价好几万，商家在做商业布局时对店址的选择首先考虑的就是布局的合理性，所以三家店相距都很远。远房舅舅只能在大巴黎区域内画出一个巨大的三角形。幸好第三家店有黄棠要的这一款，款式和颜色都对。倘若第三家店也没有的话，除了远房舅舅给远房的外甥女无法交代而外，黄棠的整个人生也许都会因此而调转一个方向。

在国内家中等候消息的黄棠忧心如焚，她不知道自己是否能美梦成真。她做过好几个梦，都是关于远房舅舅的。她其实连他的面也没见过，她梦到他的是他所带来的消息。其中有三个梦是手袋买到了，另外有不止三个都告诉她没货没货没货没货。不管买到还是没货，远房舅舅的消息到了，她也就醒了。没货的消息会让她在接下来的睡眠中噩梦连连，而买到的消息之后她总会甜美地沉入梦乡，那是无梦的梦乡，有的只是无尽的甜美。

她终于忍受不了如此的煎熬，所以她专门为生日这一天提前请了假，并且预订了当晚夕发朝至的火车卧铺票。她要在生日当天赶到远房舅舅家里，去迎接她的另外一个梦想的到来。

美梦成真。如愿以偿——有着浅金色金属配饰的戴安娜款迪奥手袋！

时过境迁了，戴安娜王妃也在黄棠三十二岁那年仙逝，去了另一个世界。今天的黄棠也已经马上迎来自己的四十八岁生日,时过境迁了。

这就是黄棠忽然想到的一个物件。一个闲置在自己手中许多年,曾经对自己价值非凡的一个自己送给自己的礼物。

黄棠在前几年听说有专门针对不同年份的迪奥戴妃款手袋的拍卖,那种拍卖都是国际性的盛会,会有来自全球各个国家的戴妃款手袋的铁杆藏家亲临现场。听说许多旧手袋的拍卖价远高于全新的同款手袋。当年听到这个消息时她曾经心里一动,想也许该把自己的那一个也贡献出去,凑一次迪奥戴妃款手袋拍卖会的热闹。但是当时她很忙,这个念头一闪即逝。

她给贺菲导演讲了手袋的故事,问她这个手袋是否可以在她的专场拍卖会上充当一次主角。贺菲说太可以了,这个有特殊意义的昂贵的奢侈品拍卖会正好可以作为小李香助学基金的启动仪式,贺菲认为这个仪式一定会有很好的收视率,也会让很多网民在其中抓住一次快乐自己的机会。而且这个拍品的捐赠人正是那位受人尊敬的为捐助李氏兄妹而牺牲的大英雄贺秋的亲生女儿,女儿继承母亲的衣钵,继续母亲所开创的爱心之旅。

而筹备这次单一拍品专场拍卖会的电视台编导贺菲则为了把拍卖会做得更有声色、更让人印象深刻而绞尽了脑汁。

贺菲忽然意识到那个手袋本身的故事已经很精彩,也许在拍卖会上讲述和延续这个故事,会带给与会者和电视观众更大的乐趣。贺菲很高兴这个故事里还有贺秋的元素,贺秋给女儿的五千元贺礼帮助女儿成全了她的奇异的成人礼的梦想;也是贺秋三番五次出马，为完成女儿的心愿找自己的堂兄表弟进行了如此趣味横生的家族总动员。

在贺菲的嘉宾名单上出现了曾经参与其中的黄棠的两位远房舅舅，两位都是耄耋老人了，让他们两个出面讲述贺秋当年的几番电话，讲述围绕着这个手袋所发生的点点滴滴，应该是一个非常有意思的格局。贺菲打算拍卖会从讲述手袋的来历开始，在完成了故事的讲述之后再请拍卖师上场。她相信通过对手袋来历故事的渲染，作为拍品的手袋对参与拍卖的收藏家会是一个非常有趣的激励，也许会把拍卖会推向一个出乎意料的高潮。

筹办这样一个充满了戏剧性的节目，许多工作都要在事前做功课。第一个意外是那个住在北京的远房舅舅已经去世两个月之久，舅舅的家人都忙于后事，所以忘了通知黄棠这个远房外甥女。得知这个消息贺菲有一点沮丧，因为缺少了北京的这个远房舅舅，故事的精彩会有所减损。贺菲的助手向她提议可以尝试着找一下他的配偶，也就是黄棠的远房舅妈，也许老太太对当年的事情还有记忆，由舅妈来代替舅舅到现场，也许效果同样会不错。

通过进一步的联系才知道当年的那个舅妈早就离异了，现在的舅妈是十年前才进门的；新舅妈对二十七年前的往事一无所知。

但是贺菲不肯善罢甘休，她让助手无论如何要找到离异的那个原配舅妈。人是找到了，但是那位老太太也不承认自己是原配，说黄棠的堂舅舅另外还有一个原配的老婆，她是他的二婚妻子。贺菲的助手并不关心她是否是第一任原配,她的目的是邀老太太到电视台举办的专场拍卖会来讲故事。这位老太太记忆力好得惊人,对关于为远房外甥女收取邮件照片和汇款的全过程记忆犹新。

其中最复杂的是将四万五千元人民币一次性取出来并且换成法郎的过程,那些事情都是她亲自去办的。先是去邮局,由于款额巨大又回家拿户口本,并且到派出所去开具身份证明,往返三次最终才将那笔现金从邮局取出来。换外汇的过程更是麻烦,她为此找了她自己的远房哥哥,在中国银行的营业部里前后三次才完成了全部兑换。而且第一步换的是美元,之后又用美元才能够换成法郎,因为柜台上没有人民币对法郎的直接兑换,只能通过美元这个桥梁。她为这件事还请了帮她忙的远房哥哥去全聚德吃了一顿烤鸭大餐,花了二百三十五元钱;她等于把这笔钱白白贴给了那个见也没见过面的远房的外甥女。也在拍卖会现场的黄棠诚心诚意地向老太太表达了自己的谢意,她没好意思当面将二百三十五元钱还给老太太,但她还是没忘了包一个一千元的红包在拍卖会结束后塞到老太太手心里。

老太太说那个老头子是个没良心的东西,她这一辈子帮了他多少忙连她自己也记不清了,但是老头子不感恩不道谢,还和后来的那个老妖精勾搭上,最后甩了她娶了那个老妖精。最后这一段贺菲没敢留在播出的节目当中,先行删除了。其实她心里很不舍,老太太的这一段真是非常精彩。

她骂的那个老头子因为是贺秋的堂哥,所以当然也姓贺。

尽管老太太已经为整个节目添了彩,贺菲还是很可惜本家的老头子的缺席。

贺秋的另一位表弟就不姓贺了,这位名叫顾良的老先生比贺秋小一岁,刚刚过了七十大寿,退休前是一家外贸公司的总经理。老先生极有幽默感,说他根本不记得他的这位表姐,但是当他听说表姐是评剧名伶时情形就不一样了。他自己就是一个评剧票友,对这位表姐的大名有所耳闻,所以是他主动联系的贺秋,把他们的表姐弟关系接洽上。那次去法国之前与表姐一个电话,没曾想给自己找来那么多麻烦。表姐的这个独生女儿真是麻烦透顶,莫名其妙对一款手包(他不喜欢称那是手袋)到了如此痴迷的状态。表姐再三嘱咐他无论如何要帮这个表外甥女完成她的心愿。老人家自信自己有很高的鉴赏力,他根本不认为戴安娜用的包就一定是最好的。而且戴安娜怎么就成了那个时代全世界所有女人的偶像,他无论如何不能理解。但是表姐是他的偶像,表姐的嘱托他只有全力以赴去完成。他记得那一次他在巴黎的行程很紧,而那三次专程寻找迪奥品牌专卖店差不多用去了他三个半天,光出租车就花去了他差不多两百个法郎,代价不可谓不高昂。

他也是在表外甥女登门取手袋时才第一次见到这个女孩子。老人家在现场当着许许多多现场观众的面指着也来到现场的黄棠,说那个女孩子比她年轻多了,也比她漂亮。说(现场的)她怎么敢冒天下之大不韪去冒充他那个又年轻又漂亮的表外甥女。老人家的幽默博得了满堂喝彩。

黄棠也配合他,当场对老人家行九十度大礼,"对不起啦表舅舅。"

再一次满堂彩。

接下来是现场拍卖,拍卖师同样大名鼎鼎,主持过多次嘉德和瀚海两大拍卖行的专场。毕生最辉煌的一次是被佳士得聘请到香港,拍卖末代港督彭定康的几件私人藏品。对拍卖会有经验的观众都看得出来,这场专拍经过精心的准备。因为尽管只有一件拍品,却有七位参拍者同场竞技。

拍品的起拍价为人民币一万元,每一次举牌增加的报价为五百元;报价超过两万元时每一次举牌增加的报价为一千元;报价超过三万元时每一次举牌增加的报价为两千元;报价超过四万元时每一次举牌增加的报价为三千元;报价超过五万元时每一次举牌增加的报价为四千元;报价超过六万元时每一次举牌增加的报价为五千元;以此类推。

富有经验的拍卖师估计拍品最终的成交价大约为三万到四万元之间。他的这一数字明显是参照了国际上同类竞拍品的价格。

一万元到两万元区间的竞争似乎并不激烈,每一次举牌都是在拍卖师的"第二次……"之后才出现,让现场的观众以为拍卖随时会结束,拍品的最终价格会定格在两万以内。

在报价超过两万七千元之后,竞争开始升温。两万八,两万九,三万。忽然就三万二,三万四,三万六,三万八,四万。忽然就四万三,四万六,四万九,一下就上到五万三!

这样一种以火箭速度蹿升的价位极大地刺激了现场观众的热情。拍卖现场被设置在演播室大厅,总共到场的现场观众不足两百人,但是这两百人被激情点燃之后迸发出千人万人才有的热烈场面。一时间人声鼎沸,拍卖会进入到白热化的高潮。聪明的拍卖师这会儿不再着急喊他的号子,"四万六第一次,四万六第二次……有人出到四万九!四万九第一次,四万九第二次……好,有人出到了五万三!"

拍卖师现在开始施展其饶舌的独门绝技,他以那种不亚于著名的"快舌王"浙江电视台的华少的语速,将前面已经演绎过的这件拍品的奇妙故事重新编织为一段妙趣横生的脱口秀,中间竟无一个字的耽搁,简直精彩到了极点。是拍卖师令五万三成了一个节点,拍卖金额在五万三上定格了好一阵。一个小小的已经有二十七年历史的旧手包,被喊出了五万三的天价,的确是一桩不可思议的事情。但是这还不是最后的结果,因为拍卖师想将这一个辉煌的时刻延续,他无论如何就是不急着喊那句"五万三第二次"。

千里搭长亭,没有不散的筵席。再精彩再有趣的节目最终也必得结束,这一幕精彩的拍卖终于以完全出人意料的方式落槌了。忽然一个声音清晰而平静地打断了拍卖师的饶舌。

"八万。"

他太像一次麻将桌上的叫牌了,八万。

"八万!"

拍卖师的声音比报价人的声音高出十倍,不用说,成交价就是八万。拍卖师的第一次、第二次和第三次包括最后的"成交"都被现场观众的声浪所淹没了。但是事情还没有完,导演贺菲还有她最后的绝活。她的主持人上场了,主持人说我们有请幸运的七号竞拍者到台上来,请上台。随着主持人的话音,一位相貌堂堂、步态优雅的中年绅士上台了。

主持人介绍:"我为大家介绍今天拍得一九八六年度戴安娜王妃同款迪奥手袋的人是上海申氏国际商业集团董事局主席申开洋先生。我之所以要专门介绍申先生,因为申先生本人就是当年在美美百货接待黄棠女士的箱包部经理,请今天唯一拍品的主人黄棠女士上台,向拍品的新主人申开洋先生表示祝贺!"

黄棠眼里噙着泪花上前与申开洋双手紧握,"谢谢,谢谢申先生。"

申开洋同样很激动,"黄女士,当年我没能帮你完成你的心愿,我一直心有歉疚。今天是你母亲的伟大奉献精神感动了我,我于是下决心无论怎样都要帮助你达到你的另一个心愿,也作为我当年那份歉疚的弥补,我在此向你和你的母亲表示我崇高的敬意。"

申开洋为黄棠做九十度深鞠躬。现场响起了第三次震耳欲聋的满堂彩。

卷 三

章1 器官成为主角

1. 围绕肚子的战争

祁嘉宝的肚子开始显形了。由于祁嘉宝已经在恢复苍鹭河工程中露面,她已经成了公众人物;更由于她意图在开发新区再拿一万亩住宅用地,她的公众知名度进一步升级。做一个隐形富豪很容易,你可以做任何事但是从来不露面,没人知道也就没人关注你做了什么或者正在做什么。现在的祁嘉宝已经在一不小心当中成了许多人关注的所谓名人,名人的一个好处是所有那些善意的关心和问候都让你的自尊心有所满足。祁嘉宝已经充分享受到,她经常被不相识的人所问候。

也有坏处。她的一举一动都被无形的眼睛所窥视,比如这种大了肚子的照片莫名就出现在网上。而且与此相关的提问马上出现了,诸如她的老公是谁,是做什么的,现在何方;诸如两人的感情怎么样,有否出问题的迹象等等。网络就是个藏污纳垢之地,各种歪念头鬼主意都会以自己的方式在网上滋生和蔓延,而且网络最大的能量在于它几乎无限的时间和空间。

所以虽然孔威廉远在澳洲蜷缩在墨尔本近郊的一处马场别墅区内,他仍然很便捷地就知道了发生在他前妻肚子上的变化。

孔威廉在离婚之后开始关注他的前妻,他发现这个女人实在不寻常。婚姻存续期间他已经知道她不允许他打探关于她的一切,他对此也没有特别的兴趣。

其实他这个人对钱不是很看重,也没有吃软饭的恶习。他对包括他自己老婆在内的所有女人都一样的态度,他不要花她们的钱,但是她们也不要在金钱上太指望他有多慷慨。在他眼里,不搜刮男人的女人都算是好女人。这也是这几年里他一直对祁嘉宝的财产没有太多关注的缘由所在。但是婚姻存续时间越久,他越是感受到这个女人在经济方面的支配力。她是那种可以用手眼通天来形容的女人。不错,离婚她是给了他一些补偿,他所在公司的两个百分点的股份至少价值一百三十万澳元,年薪的提升每年也有将近四万澳元。应该说他收到了一份大礼。但是现在他知道那对她而言只是小到不能再小的一点点钱。她的补偿绝不算多。

所以当他看到她怀孕了他才意识到事情比他原来想得要复杂。

首先他意识到她肚子里的孩子不是他的。因为他俩之间已经有不止一年没同过房了,她似乎对性事已经失去了兴趣。用一种民间的观点看,对性事的热情从根本上说是来自于旺盛的生殖需要;她不能够怀孕,也就反证她生殖的需要相对贫弱,所以对性事的热情也会愈发低下。再换一个角度,两个人时间也有些久了,对彼此的疲惫和厌倦也是个大趋势。总之他和她很久没做那个事了,所以孩子一定不是他的。

其实他对孩子是否是他的没有很大兴趣,他不是那种对女人给他戴了绿帽子会耿耿于怀的性格。而且他对孩子本身也有心理排斥,所有需要负责任的事情都是他在自己一生当中要竭力回避的。

但是这件事不同。现在他知道她是个超级富婆,她又是一个单身女人,所以她的财产就成为格外被关注的事情。现在这宗数额巨大的财产忽然出现了一个继承人,祁嘉宝的继承人!这件事当然不是小事情,也许其中有大文章可以做,这才是激发孔威廉兴趣的关键点。

她怀孕了,据网上的传言已经有超过五个月。而她和他的婚姻是在两个月前才结束的,这就证明了离婚时她已经有三个月身孕。身孕是在他们婚姻存续期间已经开始了。按照正常的理解,孩子应该是他孔威廉的。活着还是死去,这是个问题;祁嘉宝肚子里的孩子是谁的,这是个问题。莎士比亚已经在提示孔威廉:这是个问题。

他忽然就有了一个主意,既然这是个问题,就不要忽略它,就把这个问题拿出来,给祁嘉宝拿出来,看看她对这个问题做何回应。

孔威廉做了几个设问:

　　a.给祁嘉宝电话,在电话里恭喜她,同时表示自己愿意接纳孩子;

　　b.给祁嘉宝电邮,以同样的方式;

　　c.专程跑一趟,面对面做同样的表示;

d.以如上任何一种方式对她的出轨表示该有的愤怒，索取进一步赔偿；

e.如d一样表示愤怒，但不开口索取，静观她对此事的反应。

前面三种设问都是基于以柔克刚的策略，以柔以软相对，通常对强势的一方会有所作用，因为强势者通常有吃软不吃硬的性格。

但是相比之下a的方式有生硬之嫌，也有轻率之嫌，其结果经常取决于对方在接电话瞬间的心情。对方开心时就比较好说话，不开心时就很容易一句话把所有的门关死。而把门关死的结果一定是双输，是谁都不愿意取得的。

而b比较温和，但是有相当的潜威胁意味。因为电邮等于换成了文本方式，所有的文本都构成字据。对方会很在意留下字据这种方式，因为字据会给日后可能的以法律方式解决留下不利于自己的证据。

c的方式就没有上面的问题。尽管也可以私下里将现场做录音，但是由于没有文字证据的支持，通常法庭不会将即兴对话作为证据予以采信。但是c有a同样的局限，而且存在被拒见面的可能。这种可能非常之大，他完全可能没有与她见面的机会，只要她不想见他。那样的话他的时间成本会很大，而且存在被当面羞辱的风险，这是他最不想看到的结果。

后面的两个设问都是硬碰。

d的方式最为直接，提出问题让对方斟酌，并直接开价。对方可能接受,许多有钱人都喜欢出了问题用钱摆平的法则,所谓花钱消灾。也可能不接受,或者嫌开价过高,或者干脆没把对方放在眼里,于是出现硬碰硬。那样的交锋只能以一方的妥协告结束。如果做此选择,必得有此心理准备。

e与d所不同的只是不开价。不开价的好处是不直接触碰对方的痛点,让对方有足够的心理回旋空间。解决方案由对方来出,自己所要做的就是接受还是不接受。当然同样存在着被对方蔑视和否决的可能性。

经过细密的分解和分析,孔威廉发现自己的胜算不够大。不打无把握之仗是中国人的传统,如果一定会输,这样的仗不打也罢。他再进一步探究是什么因素让他处于被动,他发现还是证据不足的问题。他现在能够确认的只有她怀孕一件事,他甚至连怀孕五个月是否属实也不能够确认。如果他要在这件事上与她作战,他就必得手里攥着更详尽也更确凿的证据。

那么什么才是能够令他立于不败之地的证据呢?

当然是捉奸在床了。但是他不可能拿到这个证据,不可能的事情就不去假想。他转而一想,不能够捉奸在床也没有关系,只要找到那个奸夫;以祁嘉宝那种强势的性格,她不会采取赖账的策略,有奸夫等于有了证据。

孔威廉认为找到奸夫应该不难,祁嘉宝没有圣母玛利亚的神通,不可能没有一个男人就可以凭空怀孕。有这个男人就一定可以把他找出来。他去找自己的老板,说前面一笔大生意还有诸多遗留问题未彻底解决,需要他再跑上海。这是一个非常充足的理由。毕竟他已经完成了一笔大生意,而且在未来五年里这笔生意还会持续并扩大其规模。他直接飞临上海。

但他马上乘长途大巴赶往祁嘉宝所在的城市。买大巴票不需要护照,他不想让自己的旅行留下任何可查验的痕迹。

先前在中国的时候他曾经通过地下小广告的渠道给自己做了一个假身份证,他不敢在机场火车站这样有官方色彩的处所使用它;但是他知道它可以在小旅馆畅行无阻,小旅馆所要做的仅仅是身份证上的号码登记,连复印件这样的手续也免了。当时他做假身份证的时候并未想过有特殊需要,只是觉得好玩,弄一个也无妨。他弄它花了三百元人民币,现在他可以把它派上用场了。他找的是那种只有底层人群才会去的城中村,是被扩张迅速的城市所吞没的原本是乡下的村庄。中国的每一个城市都有诸多个这样的城中村。他一直对这样的地方很感兴趣。

还一直令他有兴趣的是所有城市中到处充斥着的那些小广告。先前他花了很多时间专门去拍摄关于小广告的照片;那些内容五花八门的小广告几乎囊括了世间所有的供需内容,从废品售卖到取人性命无所不包。他也早就在其中发现了有数量不菲的私人调查内容,很像是私家侦探,现在他要找的就是能够提供这种服务的小广告。他一口气就找到了四条,他想先见见面判断一下发广告的人是否真的具备私家侦探的能力。

他发现是自己过虑了,因为他见过的第一个私家侦探就令他对其能力深信不疑。那人有一双犀利的眼睛,似乎能一下看到对方的心里去。他是退役的老刑警,有超过十三年的从警履历。他是主动申请退役的,因为他看好私家侦探这个行当,认为此行当在财富迅速膨胀的时代有极大的伸展空间。孔威廉对这个人物的能力深信不疑,就是他了。

他想不到他竟有一个小小的写字间,在市区核心地段一幢写字楼的十七层。写字间只有大约六个平方米,除了一张还算体面的办公桌外,唯一的办公家具就是一架漆钢文件柜。办公桌的内外各是一张镀铬办公椅。麻雀虽小五脏俱全是也。很正规很有模样的写字间,只是小了一点。四壁都是整块的磨砂玻璃,玻璃门上有一个小小的铭牌,"平克顿调查事务所"八个字赫然在目。他想不到小广告上的机构居然如此正式。

他把被调查人的姓名住址连同手机号码交给他。

他给了他的客户(孔威廉)两种选择,一种按日收费,另一种全包。按日为每天七百元,全包为两千元。孔威廉选择了全包。对方有如此像模像样的办公地,所以他不必担心对方会卷款逃之夭夭。他痛痛快快交给对方两千元现金,也收到对方非常正式的专门设计印制的收据。对方希望他能理解,他之所以没给他开发票是因为避税的需要;如果客户一定要发票,他也可以开,但是要把发票带来的税收部分加上去。他让客户自己选择。其实不开发票正合孔威廉的心意,他不希望自己的任何行为留下字据。他喜欢自己与对方的这种只有现金而无任何字据的交易方式。因为他看得很清楚,他的收据没有底联,也就是说侦探不留客户的任何信息。

全包与日收费的效率果然不一样。如果选择日收费的话孔威廉猜测无论如何三天也不可能有结论。但是全包则不一样,结论当天就有了。孔威廉没有看错他,他果然有超强的侦查能力。他在一日之内居然完成了所有的取证，包括医院所开具的能够确认祁嘉宝怀孕的诊断书复印件，包括祁嘉宝在此之前曾经六次出入一家专治不孕不育症私人诊所的录像，包括私人诊所唯一诊疗师的个人照片连同影像资料和包括户籍复印件和手机号码在内的其他各种有关其人的文字资料。

私家侦探提供的所有资料都有发生时间，这一点至关重要。医院开具的怀孕诊断书的确在五个月前，网上信息的准确性令孔威廉咂舌。所有那些与私人诊所相关的证据均发生在前五个月到六个月之间，祁嘉宝每次光临诊所的时间都在一小时之上，有一次长达三小时。私家侦探对证据的归结是：私人诊所医生令祁嘉宝怀上孩子。

孔威廉心里很明白，要求私家侦探去寻找捉奸在床的证据肯定也是不现实的。也就是说任何证据都只能间接地描述祁嘉宝的怀孕原因，只能以推理的方式去寻找结论。除非有两个当事人自己的口供，不然他无论怎样都不能够找到完整的证据链证明奸夫就是私人诊所的医生。

他原本打算给私家侦探另一项委托，但是后来又放弃了。他不想让私家侦探对他的目的有清晰准确的猜测，这件事他自己也可以做，或者他可以委托别的私家侦探去做。他最终选择了委托他人。他要拿到的是私人诊所医生与祁嘉宝的电话通话记录，所有的记录。他相信两个人勾搭成奸的时间不会长，而通奸的狗男女之间肯定会有频密的联络。虽然电话记录上没有两个人通话的具体内容，但是法官一定可以依据彼此联络的频密程度对两人之间的关系有一个清晰的判断。

孔威廉心里很清楚,这件事不会最终闹到法庭上去,祁嘉宝不会让事情发展到这一步。但是祁嘉宝会对上法庭这一步心怀忌惮,所以他的目标就是让她有这方面的忌惮,要制造出让她有所忌惮的格局。

调查的结果并不如他想象得那么频密,他们之间有电话联络,但是密度不是很大。在医院为她开出确诊诊断书之后的三个月里,他们有四次通话。也就是说她怀了孩子之后他们依旧有来往,只是不够频密而已。孔威廉对此的解释是她有意疏远他,她的要怀孕的目的已经达到了,她不再需要他了,所以他们之间的联系频率骤减。他猜她一定为此花了一大笔钱,用钱搞定是她一贯的策略。

他还有一个推理,如果孩子不是那个私人诊所医生的,她在怀孕之后没必要再与他有任何联络。她不希望别人知道属于她自己的秘密,哪怕是令她怀孕的男人,她也会不希望他知道。所以他坚持认定孩子还是那医生的,只有是那医生的才说得通为什么那之后他们还有联络。孔威廉的心理误区在于他先就认定有一个奸夫,所以在私家侦探找出了私人诊所医生的时候,他顺理成章地认定医生就是奸夫。这里面掺杂了太多想当然的因素。

他毕竟没有过当警察或者当法官或者当律师的经历,他对一个案件的判断能力仅仅处在业余的水平上,他充其量只是读过几本推理小说或者庭辩小说而已。而那些经验太过间接了,根本不足以对他所面对的巨大风险予以支撑和保障。

自以为有了充分准备的孔威廉给祁嘉宝电话,说请她喝茶。他自作聪明地玩了个小把戏,以为自己会给她意外之喜。他应该想象得到,她一个有孕在身的女人肯定不会为见到前夫而有任何意义的惊喜。所以说他的第一招棋其实已经落了下风,祁嘉宝肯定不会腆着大肚子高高兴兴去见他。她即使见他也会先预想他见面的目的,进而找出对策。她正是这么做的。

她来到他预先订好的茶楼包厢。她穿了宽松的外衣,知道的人能看出她是孕妇,不知道的人也许只会以为她是个体态丰腴的女人。她拿定主意,不主动与他谈她怀孕的事,当然他要谈她也不至于矢口否认。

当然他不可能不谈。如果不谈他又何必绕半个地球跑这一遭?所以他不愿意寄希望于她自己会谈。他不想跟她寒暄,他开门见山就告诉她听说她怀孕了。他说他是为这件事专程来的。

祁嘉宝毫不意外,"你完全不必专程跑这一趟,这没什么意义。"

孔威廉摇头,"怎么会没意义呢?你怀孕的时候你还是我老婆。"

"是你老婆并不等于孩子也是你的。"

"哦?原来不是我的?这可是太出乎我意料了。"

"姓孔的,我看你不演戏也罢。你当真以为孩子是你的吗?"

"我得不出别的结论,你是我老婆,你怀了孩子,我怎么能怀疑孩子不是我的呢?除非我怀疑你。但是我不怀疑你。"

"如果孩子是你的,你是怎么让他到我身上来的呢?隔空发功吗？还是你以为女人的怀孕期需要两年？"

"有那么久吗？在我的记忆里我们也就隔了一年多一点。对了,隔了一年多也不可能是我的,我当然就更没有隔空发功的本事了。"

祁嘉宝微笑了,"士隔三日当刮目相看,你当真是长本事了。有什么话你就痛快一点说,我没时间在这多陪你。"

"我也不想多耽搁你,我就长话短说。我想问一句,孩子是谁的？"

"你没必要知道,反正不是你的。"

"你被确诊怀孕的时间是五个月前。而在那之前的一个月里你曾经六次去找一个叫何世范的江湖郎中。你第一次在他那里待了一小时四十二分钟；第二次待了一小时十七分钟；第三次是两小时零七分钟；第四次是三小时零四分钟；第五次是两小时十二分钟；第六次是一小时三十三分钟。在第六次之后的第三天,你在医院里确诊了已经怀孕。我据此推断是那个何世范让你怀上了这个孩子。"

"我没看错你,你果然长本事了。我猜你手里也许有监控录像,有我每一次去野合的证据是吗？"

"你又何必把话说得那么难听呢？我一直知道你想要孩子,我没本事让你怀上孩子,别人有这个本事帮你圆梦是好事啊。"

"既然你说是好事,那你跑这一趟是专程来道喜的吗？不会吧？"

"我没那么高尚,你也知道你问题的答案是否定的。"

"那你就自己说说你来干吗？你知道我的脾气，越直截了当越好。"

"祁嘉宝，别吓唬我呀，我胆小，我打小就是被人吓唬长这么大的。"

"吓唬你？你也配？太拿自己当一盘菜了吧。祁嘉宝三个字是你随便叫的吗？"

"那我该叫你什么？祁老板？祁女士？还是如以前那样叫你老婆？"

"听我一句劝，你变不成鸟，嘴不要那么硬。有什么想法有什么企图，你不妨直接说出来。想敲诈我还是想求我帮你一把，你不妨直截了当。"

"你说了两次直截了当，我也不该让你说第三次了。你在你我的婚姻存续期间跟别人怀上孩子，肯定对我的名誉有所伤害，你看看这件事该如何了结呢？"

"等等，你的话里有一个问题。你说到你的名誉，你有名誉吗？"

"我没有吗？在你的眼里我连名誉都没有吗？"

"抱歉了，我的确没有这个印象。你能告诉我你什么时候曾经有过名誉吗？你应该知道，名誉是一件奢侈品。在我的印象里，你跟奢侈品这三个字好像离得很远。"

包厢的门突然被推开了，是洪开元和另外两个身高在一米九以上的恶汉。洪开元对久未见面的孔威廉视而不见，他从半敞着的怀中掣出一把两尺长的寒光闪烁的大马士革刀。

"大姐，打猎你还去不去啊？去围场至少要开半小时车才能到。"

"你到下面等我五分钟。我跟这个人还有几句话。"

"我今天把藏獒也带上了,我已经饿了它两天,眼睛都饿红了,追梅花鹿一追一个准。"

"我叫你下去等我!"

洪开元显得很颓丧,对身后那两个恶汉一摆头,三个人一起离开了。

"姓孔的,你还想说什么?你不想说?好吧,我此地无银三百两,我主动告诉你。你说得没错,是那个何大夫帮了我的大忙。我服了他的三帖草药,他说他担保我很快就会怀上孩子。但是我告诉他我不想怀我男人的孩子,我让他帮我联系中华精子库。他帮我联系的是一个桥梁工程学教授的精子。他的草药果然厉害,我一下就怀上了。或许不是他的草药厉害,或许是我选错了男人,我不知道。我反正不想要一个你这种烂男人的孩子。你今天来找我,刚好印证了我的选择是对的,你当真是个烂人。说吧,你还有什么话不妨一下子都说出来。"

"我,我想说,对不起,对不起啦。"

"孔威廉,你这不是自取其辱吗?"

祁嘉宝轻飘飘地撂下这句话走了。这话够孔威廉记一辈子了。

2. 肾的故事

洪静萍的项目中有一个单元是关于家庭农场的。家庭农场算是个新生事物,是最近两三年突然在城市里流行起来的。说突然流行主要还是因为这种作为受到了媒体的广泛关注,最早也许是中央电视台的报道。央视的关注带动了地方媒体的持续关注。

大家都知道在中国没有无主的土地,无论是耕地无论是林地无论是荒地,所有属性的土地都有一个主人,这个土地的主人一定是农业人口。而做任何农场的前提都要先解决土地的权属问题。

你可以原本就是这块土地的主人,你在属于自己的土地上搞家庭农场。

你也可以去租赁,让原本就是农业用地的租赁来的土地继续被耕种。央视曾报道过的一个家庭农场就是这样一种经营方式:一个人在城市近郊租了一块地,然后将这块地分割成若干个条条块块。他将其中的一个或几个条块做示范种植,以优良品种的果蔬为主。他把示范地块上的挂果的植株拍成照片或视频,以此作为家庭农场的实景广告。他提出一种全新的生活模式,"周一到周五上班,周六和周日到自家的农场去种水果种蔬菜!"

这真是一个聪明至极的举措。

第一个开拓家庭农场思路的人当真有大聪明。他专门做了测算,平均每个人每年食用的蔬果总量,大约需要零点一亩土地来种植,也就是俗称的一分地;如果是一家三口,三分地刚刚好能满足这个家庭的需要。三分地是两百个平方。所以一个家庭的地块需求刚好是这样的条块。

家庭农场的老板开始给每一个条块土地都设定了徒步进入的甬道,让用户在进入自己的地块时有身在花园绿地中的那种感受。他为他的客户备了种子柜台,备了农具房,备了有机农家肥堆场,还造了深井蓄水池将地下水泵上来备客户的需要。客户有意加盟,只需将一年的土地使用金交付,便可以成为合作社的社员。客户可以自己选择果蔬品种,在种子柜台购买,所有的种子都是保真的优良品种;客户可以租用农具,也可以自购,看客户自己的心情;客户可以购买农家肥,价格绝对不会比化肥更高;蓄水池有多条PVC管组成的管网通达每一个地块,地块都有带水表的龙头,客户用多少水通过计量来付费。

农场老板还给客户设置了一项非常有前瞻性的服务项目,就是代客户耕种并料理。这是考虑到有的客户也许会因为种种原因不能够及时来自己操持菜地,毕竟客户都是在城市里生活,也许周末会有事耽搁,也许有出差或旅游,那也没有关系;他们只消一个电话报上自己的地块编号,农场就会有专人为他们代为打理。当然劳动是有酬劳的,每一项服务都有具体的单价列表;这个列表都在加盟之初就已经发给每一个客户。

应该说所有的设置都充分考虑了客户的需求,非常地人性化。所以这个项目一经推出就受到了广大市民的追捧。这个老板一次承租了七百多亩河滩,一次就完成了一千五百个地块的建设,加上简单的修路和一些配套设施的建设,他的总投入也只有一百七十万。

他的招商非常顺利,当年就有九百多加盟的社员,第二年全部一千五百个地块都被抢租一空。老板算过一笔账,每一位社员(一个地块的承租人)每年包括土地承租费在内的全部开销大约为三千至三千六百元上下；也就是说老板本人的总营业额大约在四百万到五百万之间。刨去他自己的土地租赁成本，刨去他雇佣的人工成本，刨去他所投入的资金使用成本，刨去配套的农资的成本，他应该每年有不低于总营业额百分之三十的利润。

应该说这个老板很有商业眼光，有很好的前瞻性，他的农场绝对有非常光明的前景。因为人们对食品安全的担忧是不可逆转的大趋势，而且人们都会算这样一笔账：日趋严重的通货膨胀让菜价果价每天都在上涨，日常花在餐桌上的开销成了一个家庭最主要的经济压力，平均每天投入十元钱的合作社对任何一个家庭都是一个纾解，都在每个家庭每日蔬果开销的额度之内。更重要的这些都是会让自己高度放心的食物，全无安全之虞。

尽管听上去一切都很美好，但是这个老板没想到自己当初的一招妙棋，竟会让他落入当下的尴尬。他叫龚军屯，是个转业军人，老家在浙江衢州。

说他当初一着妙棋是说他租了河滩地。河滩地不属于前面说到的那些属性的土地，河滩地理论上属于国家，因为河道是国家的。但是国家从未将河滩作为土地来考虑它的用途，河道乃河水之通道是也。所以龚军屯租这块地的时候不必与村民个人打交道，他只是找到所在区域的村书记村主任村会计，不用说他打点了他们个人。那笔钱不算很小也算不上很大，那笔钱是肯定不能够入账的。三个人点头之后他只花了很少的一笔钱就把那块地租下来了。今年是他经营这个家庭农场的第三年,很明显他棋高一着,他已经赚得盆满钵满。

说他落入当下的尴尬是说他赶上了政府恢复苍鹭河的大工程。他的如意算盘遇到了空前的危机,因为政府正在整治全河道所有与国家法律相冲突的经营行为。他的种植产业首当其冲,必得被取缔。他深知自己与村委会的协议是违法的;他当初签这个协议仅仅是为了防范村民找麻烦,他知道村委会拿他钱财必定会为他消灾去做村民的说服工作;协议的价值仅此而已,绝对不能够保障他的投资和权益。占用河道搞种植业绝对违法。

所以说当初的一着妙棋忽然就变成了一块砸了自己脚的石头。知道有这样的结果,还不如当初直接去租赁老百姓手中的农田。虽然那样做的经营成本会增加,但仍然还会是只赚不赔的生意。现在他的尴尬在于他所有的投资都将付之东流,而重新去租赁土地,将已经掌握在他手里的那些客户尽数搬迁到新农场会是一个相当困难的事情。首先需要一大笔土地租赁金,而且需要时间,而且需要投入建设成本。这样的一个周期肯定会让许许多多的客户流失到别的家庭农场,这个是他最难承受的。

洪静萍之所以选择了龚军屯作为拍摄对象,主要还是看中他农场的那一千五百个社员。社员来自全市各行各业,甚至有公务员和现役军人。这样一个群体选择的这样一种生活格局,已经构成了一道独特的城市风景。

洪静萍发现其中有一小部分人很特殊,他们都是罹患重疾的病人，他们选择加入合作社全然是为了健康的考虑。他们对商场超市和农贸市场中的所有食物都避之唯恐不及，所以吃自己亲手种出来的食物成了他们的不二之选。看上去似乎那是一个很小的群体，但是却代表了很大的人群对食品安全的考虑。姐姐祁嘉宝不是重症患者，但是她对食品安全问题有极度的敏感，估计她这样的人在市民当中为数一定不少。开始她把这种情形看成是少数人的矫情，她迁就姐姐，但并不意味着她一定赞同她的方式。她在面对这种情形的时候，更多是把自己的立场设定为一个有良知的记者。

可是事情突然逆转直下。蒙立远查出了肾衰竭！

他的问题在于长时间而且大剂量地服用西药。他在十几年前就查出了高血压和糖尿病，两种疾病都不是那种令患者痛不欲生的类型，而且都有可以有效控制其病情恶化的长效药；所以这样的病很容易被患者所忽略，因为那些已经成习惯的日服药片会将症状控制在一个可以接受的水平上。只要坚持服药，一切似乎都不是问题。

但是蒙立远有他自己的问题。他性格相对孤僻，不大会主动去做任何健身运动；他只有在拍片子的时候才会被动运动。但是他已经不年轻，现在外出拍片子的时间并不多，所以他的身体状况一直不容乐观。由于常年每日服用大量的降压和降糖药片，他的肾脏已经出现了严重的问题。每一次去医院医生都会喋喋不休地提醒他，让他对肾脏的问题给予高度重视。他每次都会应承下来，但转过身就会忘掉。他偶尔会有不舒服，而且痛感从原来的间歇性逐渐演化到持续不断。

这一次医生在做了多项检测和化验之后,将他确诊为肾衰竭。他需要入院做观察治疗。他先要进行多轮的药物点滴,如果症状有所缓解则需要做巩固性治疗,如果症状得不到缓解则需要进入到透析治疗的阶段。那样的话患者将在相当长的时间里都离不开透析,甚至也许终生要依赖透析来维系生命。医生的话在蒙立远和洪静萍的心里投下了暗影。

坏消息总是走得很快,不到十天的工夫居然传到了蒙立远在云南山上的朋友小说家马原的耳朵里。小说家在得到消息的当天就长途跋涉赶过来了。他进病房的时候他的朋友正挂着滴流瓶子翻一本画报。许久未见的老朋友重逢,自然是一片唏嘘。

五年前蒙立远在网络上听说小说家患肺癌去世了,他立刻联系在中国的其他朋友询问是否属实,结果被确认为误传。他从法国回来第一步就赶往海口,他已经知道小说家生病后选择了海口作为定居地。他之所以选择海口是基于他的一个幻想,他原本就是一个职业幻想家,他的幻想让他将生病以后的生活也高度幻想化了。

他说他相信一个说法,癌一定不会要人(它的寄生体)死,皮之不存毛将焉附,人死了它也就没了依傍,等于它自己的死期也到了。所以癌不要人死。但是人要癌死,人不能容忍癌寄生在自己的体内,一旦发现了有癌,人一定想方设法将它从体内赶出去;而且人会进一步再进一步,对已经被手术割除的部位做深度的射线攻击(放疗),再做威力强大的所谓靶向用药(化疗),意欲彻底置癌于死地而后快。其结果一定是癌的无可奈何,而无可奈何之选便是与人(它的寄生体)同归于尽。小说家深信,一定有人与癌共生共存的例证,他不知道这样的比例是大是小,但他自己愿意去赌一下,赌这个共生共存的概率。

小说家有许多歪理邪说,他说人的身体有百分之七十是水构成的,包括疾病的病原也都是由水所养育的。生了大病最好的选择是彻底换水,离开让你生病的环境,选一处肯定没有任何工业化污染的水源,最好是大山之上,找这样的地方去定居。据医生的说法,人体的所有水分会在三个月里完成一个循环期的置换,三个月以后你身体里的所有水分都已经被置换过了。这种情形会导致一种可能性,即你身体当中的病原也被置换掉的水所带走。无论如何这种说法有它的道理,这种可能性是有的。可能性就意味着一种概率,这是他要赌的第二种概率。

他还有另外的奇谈怪论,说癌症有那么高的死亡率,其中半数以上是被生病的现实在心理上打垮了,就是所说的疾病本身没置人于死地,反倒是人给疾病吓死了。他说还有不足半数的人死于过度治疗,把原本可以和平共处的病原予以开放和切除,又将相关的部位做放疗和化疗,以人体所不能承受的攻击最终摧毁了人的生命本身。吓死和过度治疗是因癌而丧命的患者最常见的归宿,所以小说家选择了从医院里逃开的第三条路。

其实小说家的肺疾并未最终被确诊,当时他就诊的是中国首屈一指的上海肺科医院,他在经历了第一次肺穿刺之后忽然意识到自己的内心不堪重负,他于是从肺科医院逃出来。无论他的主治医生和他的领导如何规劝,他都没有回去。主治医生是国内顶级的肺肿瘤专家,他原本为他设定的是三次到四次肺穿,但是他只完成了一次就成了逃兵。

小说家作为疑似肺癌患者开始了一个人与重疾的对峙。他的那些歪理邪说就是他的心理武装,他不只是说说而已,他严格的身体力行。就在那样敌众我寡力量悬殊的对峙中,小说家已经走过了六个年头。他在这六年里没有一次动过念头去医院里查一下他的肺,他说他会坚守到最后。

小说家来看老朋友,他这个人本身已经成了蒙立远收到的一份大礼。

对于一个刚被确诊为重疾的患者,通常最好的礼物应该是一个名气响亮的医疗专家,或者一大包名气同样响亮的特效药物。但是小说家有他自己的理解,他认为一个战胜重疾的榜样是更好的礼物,没有最好只有更好!

的确,小说家不远数千里赶过来,而且他本身又是一个榜样和楷模,这样一份大礼让原本沮丧透顶的蒙立远忽然轻松了不少。他已经有差不多十天没笑过一下了,小说家的到来让他重开笑靥,而且笑靥来了就不再走了,几天来一直都挂在他的脸上,这一点洪静萍看得最清楚。在洪静萍眼里,小说家是蒙立远最好的朋友了。

小说家也认为透析是最坏的选择,与其靠透析来抵挡死神,还不如早一点跟着死神离开。但是透析又的确是严重肾衰竭唯一的选择,除非患者自己连同他的家属共同选择了死。其实还有一个点子是可以考虑的,但是蒙立远和洪静萍都没有往这个方向想过,就是换肾。身上的零件坏了,人们通常想到的只是修修补补,让已经严重破损的零件维持再维持,直到再也维持不下去那一刻。而现代医学早就否定了那种古老的观念,以为人与机器不一样,以为生命体是不可以替代的。到了医学的尖端层面,人的身体零件的替换早已经不是问题。小说家问他们为什么不考虑换肾?

换肾?他们当真是没这么想过。但他们马上意识到这是一条生路。

小说家说他认识的一个人就做了这样的手术,尽管术后也有一些排斥反应,也生出一些其他问题,但是至少命是保住了,也仍然可以活得有一个人的基本尊严。换肾最重要的环节是找肾源,手术在大医院里算不上是大问题。但是在那些能做换肾手术的大医院里,肾源仍然不容易解决。

洪静萍忽然很有信心,她认为以母亲的能力一定可以解决这个难题。母亲有很广泛的人脉,她可以动员她的人脉都来帮她,她相信母亲一定行!反倒让她有所疑虑的是医院,人民医院是当地水平最高的,而为蒙立远诊疗的又都是专科主任。但这种换人体器官的大手术在地方上的小医院里是否有把握就很难说了。小说家说不放心的话索性就去上海,上海的医疗水平应该是最高的,甚至不比北京逊色。

洪静萍说:"那就上海。马上转到上海的大医院里继续治疗。"

上海的大医院同样证实了地方小医院的诊疗,患者的疾患正是肾衰竭。大都会的大医院的不同之点在于他们马上就提出了换肾的方法。当然这样的方法代价高昂，既要有相当的经济实力，还要有承担医疗风险的心理准备。器官移植在任何有经验的医生手上都是没有绝对把握的，有那么多的血管的接合，有更多的可能引起排斥反应的因素，这些都是器官移植手术的风险所在。正如小说家先前所预料的，适合的肾源成为手术的关键；而大医院虽然有相对稳定的肾源供应，也仍然还是要排队。

而且一次移植要有两个手术来组合。从肾源提供者做肾源提取是第一个手术，再将肾源移植到患者身上是第二个手术。而第二个手术本身又包含两个手术，一个是病肾的摘除，一个是新肾的移植。所以也可以说肾移植是一个系列手术，由连续的几个手术组合而成。

光是医生对手术的这些解释已经让患者蒙立远疲惫不堪了。他是艺术家，他自然能够想象这个系列手术在两个人身上施行的那种繁复和精密。医生在做过多个验血指标之后，特别提到他血型的特殊性。那是一些极为生僻的专业术语，他听得似是而非，但他明白了大概的意思。与他血型完全相配的人群比例为一比三十五，就是说平均每三十五个人中才有一个人可以与他相配，只有那样的肾源才可能完全杜绝排斥反应，而不是简单的一个同样是A型血的肾源提供者就可以满足移植的需要。

洪静萍坚持那个为蒙立远提供肾源的人一定不能够是个慢性病患者，因为慢性病患者通常都是那些每天都要吞服大量药片的人，这一类人的肾脏都会有相似的症候群，这样的肾源肯定已经存在了隐患。主治医生认为她的考虑很有必要。

但是蒙立远认为每增加一种限度就会为寻找肾源增加一份障碍,肾源原本就极为稀缺,一比三十五的血液特殊性已经给稀缺的肾源寻找增加了很大的难度,如果再加上洪静萍的这一条,难度无疑会更大。他从医生的口中得知,如果患者这一方已经决定了采用换肾的治疗方法,手术是宜早不宜迟;因为过迟的脏器移植是不可能将疾患对身体造成的毁灭性伤害以起死回生的补救。简单地说就是已经受损的机能不可逆,不会因为器官移植而完全恢复原有的机能。蒙立远的理解就是肾移植宜早不宜迟。

洪静萍当真发愁了,找一个与蒙立远这种特殊血液类型相一致的人已经有相当的难度,要去找一个肾源提供者无疑难上加难。

但是黄棠并不认为这是一个不可以解决的难题,她深信任何难题都会有一个特有的解决之道,只不过一下子找到它不容易。有这样一种信念她才会想到动员其他人一起来找,她相信家里的几个人都有各自的长项,发动每一个人的脑球一定会有所收获。

当然她没料到先想到好主意的会是洪开元,因为他年龄最小,所以人生经验相对也最少。但是这个孩子的确聪明绝顶,他动脑筋自然不是与其他人一样比经验,另辟蹊径是他的不同凡响之处。他想到了血库。每个医院都有自己的血库,但是一个城市有没有血库呢?一定也应该有。如果城市有,那么国家就也一定有。如果有一个国家血库,那么其中一定有数量庞大的血液档案库。通过这个档案库一定可以找到许许多多与二姐夫血液同类型的人，而在这些人中去寻找肾源提供者就把范围缩到了最小。

黄棠觉得这是个完全可行的方案，她马上去找关于血库的信息。她找到了两个与此相关的机构，一个是中国特殊血型库，一个是中华骨髓库。而国家血库只是各城市血库的联网机构，没有一个预想当中的全国性质的血液档案库。但是在寻觅的过程中她发现了一个更有意思的机构，那是一家专门的血液网站，有各种各样五花八门的血液信息，而且其上居然有诸多关于不同人体器官的供求渠道。也就是说可以直接在网上进行器官的求购，这是她先前无论怎样也想不到的情形。黄棠在这个回合上充分领略了网络的无边伟力。

以黄棠的理解，人体器官的买卖应该是国家法律所禁止的，所以她知道事情必得慎重再慎重。但是在仔细研究了相关的事项之后，她发现其中有很大的回旋空间。各种各样的情形都有各自对国家法律所禁止的应对方式，并非是严格意义的触犯法律行为。这样的研究结果让她生出一个主意——在网上求购同样血液类型的肾源。

当然经验老到的黄棠不会以自己的名义去发布求购信息，她不能够让自己的家庭处在这样一种舆论压力之下。她认为洪开元可以办妥这件事，让他去找他的八竿子打不着的朋友去网上求购。这种事情对洪开元太简单了，就是把发布信息的人放到菲律宾去他也一样做得到。原来以为的旷日持久的寻找肾源过程居然在三日内就有了三条回应。

第一条是一个犯了死罪的在押犯。他已经有三条人命在身，绝无任何侥幸免死的可能。他为了给贫病交加的老母亲以最后一点补偿，愿意将自己任何器官提供给有需要的患者。他已经卖掉了自己的两个视网膜，所有的脏器还没有一个认购者。出面联系的人是他的辩护律师。

第二条是一个骨癌晚期患者。他的发病部位在右脚踝，已经蔓延至右膝。他有医院证明，证明他的脏器连同五官都没有受到病变的影响。

第三条是一个工人。他老婆患重病需要大笔的医疗费，他愿意作为志愿者提供肾源。他可以提供医院开具的特殊血液类型证明，他希望对方能与他达成协议，为他老婆的医疗费买单。

3．肾故事继续

尽管有蒙立远的反对，洪静萍还是坚持要求由自己一方出资出面为肾源提供者做严格的体检。现在洪静萍的理由更充分了，因为不再是大海捞针，而且一下子有了三个候选人。至少他们可以在现有的三个人中选择一个身体综合参数最好的。在三个中选一个，肯定是个可行的方案。

多长个心眼的黄棠认为事情也许不简单。网络有便捷的一面，且不受时空限制；但是网络也有虚幻的一面，它上面的内容的真实性是没有保障的，需要你自己去完成复杂的验证过程。且先不去管它是真是假，他们要做的是与联系人联系；建立联系之后再设法与肾源提供者见面，验明正身之后再讨论细节提出体检方案。他们这边不必要排定先后次序,三个候选人可以同时进行。

黄棠安排洪开元面对死刑犯那边,因为她估计无论是与辩护律师打交道还是与死刑犯本人打交道,都需要一点浑不吝的姿态;她自己和两个女儿都不是适合的人选。黄棠自己去找那个骨癌患者。他的身体情况比较复杂,也许需要多个检查检验回合。她从最初就把这个人的可选择性排到最后。她其实是很同意洪静萍的立场的,肾源提供者的健康应该放在最前面讨论。她之所以把为老婆治病做志愿者的人交给洪静萍,是考虑到选择这个人的可能性最大。因为三个人中他年龄最轻,三十四岁;一个相对年轻的器官对蒙立远的康复会是最有益的。而且这个人的状况最让他们心里舒服,一个志愿者,一个为了爱而做出奉献的人;无论如何他比一个滥杀无辜者和另一个行将倒毙的骨癌患者都让黄棠一家更容易找到心理平衡。

但事情往往是看上去最靠谱的最终发现是最不靠谱的。因为另外一个法则在背后悄悄地发挥作用,就是那个好事多磨的法则。他们先前已经估计到的寻找适合的肾源会很难,这一点才是颠扑不破的,绝不可能如此轻易就把一个几乎无解的难题一下子就解开了。

那个志愿者,那个听上去又高尚又纯洁无瑕的工人不是假的;只不过事实上他没有那么高尚,也没有那样纯洁无瑕。与其说他是为他老婆,还不如说他是为了仅有五岁的小女儿。他本人是个不可救药的吸毒者,有六年的吸毒史,曾经在警方的戒毒所先后五个回合长达三年半之久,每一次的结果都以复吸而告失败。他老婆居然患上的也是肾衰竭,也需要换肾;只不过他与他老婆的血型不匹配,不能够换给他老婆。他自己已经是个废人,而且警方已经宣布他的戒毒彻底失败,他知道他将不久于人世,他这时候才良心发现想到用自己的命去换老婆的命,让自己的女儿在这个世界上还有一个亲妈可以指望。而在此之前他就从没为她们娘儿俩着想过。

知道这样的结果那一刻洪静萍马上把这个人从候选者名单上剔除掉。一个不可拯救的吸毒者,无论怎样她都不能接受这样的肾源。也许他自己的肾也已经彻底坏掉了。洪静萍没有这方面的知识,但是凭她的直觉,一个重度吸毒者,他的肾不可能不被毒品所重创。

洪静萍转而把精力转向洪开元那边。

这个问题她和蒙立远讨论过。她问蒙立远是不是忌讳一个滥杀无辜者;蒙立远认为应该问题不大,因为他的问题属于心理层面的,是心理的紊乱造成人之为人的基本人伦观念的缺失。而身体器官属于纯粹的生理层面,包括心脏在内应该都不会对接受移植手术的人产生心理方面的影响。

蒙立远认为心理层面的东西应该还是在脑而非心脏。但是洪静萍担心来自血液方面的影响。通常人们会认为性情焦灼暴躁的人是血气的问题,她担心一个能够数次对同类下毒手的罪犯的血气对蒙立远是有害的。她怕移植了这样一个人的器官上身,蒙立远的性情会出现大变。

蒙立远说:"你这种担心还是混淆了生理和心理的本质不同。按照你的担心,我换了谁的脏器就变成谁的性格类型;而别的性格类型你又不能接受,那样的结果岂不是我就不能做器官移植手术了吗?"

洪静萍说:"我总是害怕你变成一个焦灼暴躁的人。你平日里那么平和又那么沉静,忽然成了随时随地要发脾气的人,那样太可怕了。"

"你以为那个患骨癌者的性格你就能接受吗?用你自己的话说,得癌症的都是抑郁性格,是性格里那些不好的东西累积到一起才在体内生成了癌。小萍,在我的眼里你对那种性格更无法容忍。"

"那当然了!我绝对受不了一个阴郁的男人。老公,我想通了,还是人最要紧,命最要紧。保命是第一位的。性格怎么样永远没有命更要紧。"

蒙立远伸出手去爱抚她的柔顺的长发,"丫头,这就对了。而且我认为事情根本不像你想的那么糟,我根本不认同我身上有了杀人犯的器官我就变成了杀人犯的性格。相信我好吗?"

洪静萍仰起脸长久地凝视着蒙立远的眼睛。她的下巴慢慢绷紧,右脸颊上的酒窝愈发明显。她带着明显的娇嗔向他点点头。

这一次的讨论等于是两个人之间取得了共识:首先考虑那个杀人犯。

这也就是洪静萍为什么去找洪开元的缘由。洪开元已经见过杀人犯的辩护律师,律师提供了委托人的所有相关文件,包括他犯案的卷宗副本,包括经关押警方批准的一段视频资料。辩护律师正在安排洪开元的探监面晤。洪静萍对小弟的眼力和能力都有了相当的信任,她让洪开元帮她分析一下。

洪开元的方法论非常简单,"你爱他这个人吗?你希望他继续留在你身边吗?如果答案是肯定的,你别的都不要考虑,先保命。把二姐夫的命保下来比什么都要紧,其他的事情都放到后面去考虑,或者你根本就不必考虑。人不要没事找事,凭空给自己添烦。一切都事到临头了再说。"

洪静萍点头,"如果我那时候不能够忍受一个改变了性格的他,我仍然可以离开他。你是这个意思吗?"

"我的意思我已经摆明了,你的说法是你自己演绎出来的。二姐,怎么你们女人总是要做没完没了的假设呢?是不是这样你们才觉得有意思?"

"把什么都事先考虑到不好吗?"

"你说得倒漂亮,你怎么可能把什么都事先考虑到呢?根本就没有这回事。在我看来无事生非就是你们女人的天性,你把'无事生非'这四个字换了一个好听的说法而已。"

"去你的!你把女人说得那么不堪,你干吗还要找陆小玫?跟你说,探监也要算上我一个,我要亲眼看看这个杀人犯是什么德行。"

黄棠这边的事情相对顺利。骨癌患者是个公务员,今年五十四岁,因为患病已经全休三年多,原来很好的家庭经济状况如今一落千丈。他的夫人由于需要照顾家庭已经提前办了病退。他们有一个大女儿嫁到了国外,但是很快就离了婚成了单身母亲,她就帮不上家里什么忙。另有一个小女儿在读研究生,在经济方面尚且不能独立。他家里还有个七十九岁的老娘,老娘的身体同样很糟,已经卧床多年。这个家庭全靠他夫人来支撑,他两个人的退休金总额为三千多,听起来不算很少,但是刨去每个月的自费药物一千三百多元就所剩无几了。小女儿再怎么节省,每个月总还需要家里补贴五六百元才能够维持日常生计。

他的要卖肾的想法并未让家里人知道。他深知家里人不会同意他这样做,而家里人的阻止会使任何一家医院都不可能给他做这一类手术。但他心意已定,他的身体反正已经垮掉了,再多一点什么少一点什么对他都已经无所谓了。医生给他的时限判断是六七个月,接下来属于他的时间他能做的只有一件事,就是等死。与其白白死掉,还不如用自己的有用的器官帮一下那些有需要的人,也给自己已经濒临崩溃的家庭一些经济上的补偿。这就是他这一向的考量。用他自己的话说叫废物利用。

黄棠见过他,这个人的乐观让她很钦佩。在他们见面的半小时里他就没有给她悲悲惨惨戚戚的印象。他说废物利用的时候甚至还笑了,真是个富有幽默感的人。骨癌很疼,经常会疼到让人无法忍受的地步,她几次见他咬牙和蹙眉,她知道那是他在强忍着痛。她问他为什么没考虑止疼药,他说那些有麻醉性质的止疼药太贵了,他无福消受它们。他每个月报销的药费已经大大超出了单位给他规定的额度,他不能再给单位的财务增加负担。他说要不是公务员他早就负担不起那么高的医疗费,也许他根本就活不到现在。他有一年多时间完全靠高额的医疗费来维持生命,他甚至几次想过终止治疗,因为这样子活下去除了代价过于高昂而外,他的生命质量也实在低到不能再低,活着真没什么意思。

他的话让黄棠黯然。钱成了他的紧箍咒,但是有了钱也仍然无法将紧箍咒放松一丝一毫,这才是这个人真正的困境。

所以他是诚心诚意做肾源提供者,他为此还专门做了体检和血检,以方便有需要者能够找到他。毕竟他的血液类型很特别,遇上一个适配的有需求的患者也不是很容易。用他的话说,他和蒙立远能够找到彼此应该算是一种特别的缘分。他当然不知道他们还有另外两个候选人。他对黄棠表示他会积极配合他们做体检复检。

黄棠问到他对价格的期许。他说你们肯定也知道大概的价格区间,他说他自己不想去定价,让他们看着办。但他同时也强调了他的血型属于比较特殊的类型,在价格上应该要适当有所考虑。他既然已经这样说了,黄棠的心里也就有了谱。看来价格方面不太会成为问题。由于双方在探讨各种可能性时都很融洽,所以黄棠心里反倒有了为难。她觉得假如他们最终没选择他,自己的心里会有很深的歉疚,她会觉得自己对不起他,因为最终辜负了他的期盼。让一个已经身处绝境的人失望是非常残酷的事情。黄棠反复斟酌,最后决定倘若辜负他就给他相应的补偿。她想到的数额是不低于市场价格的一半,那当然是一笔不小的数目。虽然不小,她还是认。

黄棠之所以做如此想是因为她很清楚洪静萍、蒙立远的心理取向。他们都认为那个杀人犯的肾相对更理想;他们自己的意见显然更要紧。

洪静萍和洪开元明天就要去探监,去见那个已经杀了三个人的肾源提供者。明天的探监会让最终选择谁的结果见出分晓。不知为什么黄棠已经把自己的一票投给了公务员,她甚至在心里暗自祈祷,让那个杀人犯方面再出什么意外令洪静萍、蒙立远他们改变初衷。探监的事情她不想掺和,公务员的身体复检也安排在明天,她想守在现场把每一个需要关注的细节都明白无误地搞清楚,然后晚上全家人一道再行定夺。

那个杀人犯明显不是个善类,满脸的凶残相。但是洪静萍、洪开元姐弟两个并不关心他道德层面的优劣。洪开元觉得这家伙非常强壮,身体基因应该是极佳的类型。但是洪静萍觉得他脸色并不好,晦暗并且呈一种病态的蜡黄色。据这家伙自己说是由于伙食太烂,说狗日的狱警揩他们的油,把伙食弄得连狗食也不如;说自己完全是给他们饿坏了。他说他的身体绝对棒,就是面对一只大藏獒他也能打它个稀巴烂。显然他对被处决之前能用自己的肾为老娘换上一笔钱这件事很上心。洪静萍觉得见一下尽够了,如果这个人的身体当真没问题,就是他了。

一切都如黄棠所预料的那样。他俩在接下来的与狱医的晤面中果真发现了问题。这家伙是乙肝病毒携带者,同时患有重度脂肪肝,而且肝区有面积不小的硬化迹象。据狱医说如果在他的尸检中查出他患有肝癌,他(狱医)也不会觉得很意外。他的肝病是非常明显的!

事情就是这样蹊跷,四天前还一片光明的大好形势——一下子有三个候选人备选,忽然就有两个被彻底剔除了大名单。

只有一个候选人也就意味着他们没得选。公务员是唯一的,只能是他。

黄棠没有把自己的心理活动都告诉给女儿和儿子。杀人犯的身体不合格,这个结果让他们省了一大笔钱,至少半个肾的价格。有了这样一大笔的节省,黄棠的心里当然很舒服。更让她舒服的是她圆了那个公务员的梦。虽然事实上是肾源提供者帮了蒙立远,但是在具体的操作层面还是黄棠帮了公务员,因为的确存在着别的可能性,他们完全可能最终没选择他。

回到中国人习惯说的命,一切都是命,一切都是命运使然。

洪锦江对女婿生病的事情介入得不多。有两个原因,一是心理方面的,蒙立远跟他年龄相仿,他对一个这种年龄的男人娶了自己的宝贝女儿很不爽。他像所有其他男人一样,在心底里偷偷认定这个世界上所有的男人都配不上自己的宝贝女儿。但这样的话他不能说出来,说出来首先女儿就不会接受,别人也会觉得他褊狭或者小气。

另外他也不喜欢蒙立远那种很内向的性格,就是被洪静萍称之为的平和与沉静。他觉得这个男人城府太深,而自己的女儿又太过单纯,他认为女儿根本不是他的对手。女儿当然不是他的对手,而是他的崇拜者。女儿要找的也绝不是一个对手,而是可以从心理和事业两方面都有所依托的老公。所以洪锦江也不能把另一方面的不满意说出来。他不说的结果就是大家都以为他很满意,因为他是一家之主,作为一家之主他理当有什么说什么,不说只能说明他自己心理有问题。

蒙立远生病的事情家人的确也没有指望洪锦江来过问。

一家之主是大忙人,要为国家为政府为辖区的百姓而殚精竭虑,让他忙他的大事,个人生病的小事有大家关心就够了。洪锦江知道家人的态度,所以在为蒙立远换肾的事情上乐得躲个清闲。这就是大人物与小人物之间的不同。

家里人性命攸关,但那只是一个家庭的事情。新区政府机关里忽然有五个人几乎是同时闹起了离婚,这可就不是家庭的事情了。作为政府行政一把手他不能够对如此严重的群体离婚事件充耳不闻。

其实事情并不复杂,连中央电视台也在早上的《第一时间》节目里连篇累牍地谈这个问题。这一天是二〇一三年三月二十九日星期五,那个叫智薇的女主播把此种情形称之为"离婚潮",说全国多家政府婚姻登记机构都称受到离婚潮来袭,而且许多家都不约而同地在大门外竖起牌匾:房市有风险,离婚须谨慎!

洪锦江平日对这个节目关心不多,但是今天他格外仔细关心了一下。原来是国家住建部在三月一号新颁布了一个政策,被称之为"购房新政"。这次波及全国的离婚大热潮皆是因"购房新政"而起。其中绝大多数参与者都是假离婚,都是出于再购新房的需要。因为"购房新政"中最要命的一个条款是一笔从天而降的"百分之二十的增值税",许多老百姓都称之为"政府抢钱之举"。因为假离婚中有少数别有用心者,从而出现了假戏真做的案例,使其配偶上当受骗。这样一种风潮带来诸多社会问题,成为全社会焦点。

政府机关的这五个闹离婚的人无一例外都是为买新房做铺垫。

在了解了这样的原因之后,洪锦江放弃了与每个人单独谈话的想法。他认为大家一起谈未必是坏事。他的目的当然是规劝大家,他相信他们都是有理智的人,他们每个人的智商都不会低,因为离婚的风险是显而易见的,他相信没有谁会拿婚姻当儿戏。

他怎么也想不到一次上司召集下属的恳谈会竟然变成了一次声讨。当然不是声讨他,他们声讨的是"购房新政",说想抑制房价是好事,但是为什么只想着从老百姓身上揩油。

洪锦江裤子口袋里的手机在震动,他悄悄掏出来见是老婆的电话。

他按下接听键低声说:"我在开会,过会儿我给你打过去。"

黄棠说:"不用了,我就一句话,蒙立远的手术非常成功。"

章2 价值与秩序

1. 不速之客

陆小玫的片子终于到了最后一天的拍摄。拍摄现场还是在河滩深处的玉米地。洪静萍为了让效果逼真,让扮演围观者的剧组人员当真给110打个报警电话,说有个疯女人在河滩上鬼哭狼号地发神经。这一次她让摄影师完全以偷拍的方式完成这场戏,她主要考虑的是赶到现场的警察的质感,她想求得那种完全真实的现场效果,没有一点摆拍的迹象。真正的警察,真正的面对突发事件的反应,真正的警方处理方式。

可是令洪静萍没有想到的,现场出现了一位真正意义上的不速之客。那是一个非常靓丽的女孩,着装和发式包括化妆都极为优雅得体。她是陆小玫的老朋友,她们有五年没见了,她是听说了陆小玫在拍电视,费了好大的周折才找到了拍摄现场。她到达现场的时候也见到了剧组工作人员,但她似乎视而不见。见到陆小玫让她太过激动,两个美丽的女孩紧紧相拥在一起,那个场面太像是发生在某个电影中的场景了。

本来在接下来的这一刻就要拍给110打电话的镜头了,这个镜头要带着背景中正在练声的陆小玫的身影。但是不速之客的出现打断了洪静萍的拍摄计划,她第一个直觉是告知陆小玫的朋友摄制组在拍摄,让她暂时回避一下。但她马上将这样的做法否定了,她怕她会很重地伤害陆小玫的自尊;她不能够在最关键的时候让她的女主角带上情绪,因为那会极大地伤害对这个人物的塑造。她于是决定等一下,等两个人的激情平复下来。为了整部片子的完美,她只能让这个不速之客去浪费全摄制组的宝贵时间。

让洪静萍没有想到的是,她俩一旦说起话来就没完没了。两个五年没见的闺蜜当然有说不完的话,更要命的是陆小玫自己居然完全忘记了她在剧情当中。作为片子的绝对主角,陆小玫自己不能够自觉回到拍摄中,那个为了见她费尽周折的不速之客肯定也不会意识到拍摄有什么要紧。

摄像师来到洪导跟前低声问她怎么办。洪静萍紧锁的眉头忽然展开了,她问他机器开着还是关了。他说开着,说你洪导也没喊停,我当然不能擅自做主去关机。洪静萍说这样最好,不管接下来发生什么,我们先都如实拍下来,也许这个人物的进入是神来之笔呢,我们就让这个意外事件自自然然地发生,不管接下来的事情怎样发展。

摄像师低声说:"那今天岂不是又拍不完了?"

"你有事吗?"

"我答应我女朋友的,明天去香港购物,机票也订好了。"

"那没办法,你只能退票了。片子拍完了,我送你去香港的往返机票。你女朋友那边我跟她解释。"

他们这边说话的声音都非常低,因为那边正在拍摄中,隐藏的麦克风被覆盖在陆小玫旁侧的青玉米秸秆之下。那是一种影视摄制专用的强指向麦克风,稍远和旁侧的声音不容易进入录音设备。而洪静萍正戴着监听的耳机,那两个女孩的对话正源源不断冲击着她的耳鼓。

陆小玫叫她静棋。陆小玫听说她结婚了。她说她最后从婚礼上逃掉了,等于还是没结成。因为她发现男方的来宾中有他的情人;他俩曾经为那个女孩吵得很伤。那个静棋在东方百货的分店里已经做到了楼面经理,在她麾下光是售货员就有四十多个,一年的销售额一亿七千万。东方百货是专营高档商品的大型连锁商场,洪静萍是它的常客。静棋在结婚前已经辞去了楼面总经理的工作,准备做全职太太;从婚礼逃掉的结果让她不但失去了老公,也失去了工作。两个女孩在叙旧时几次说到路威,听她们的口气这个路威不是一个人的名字。陆小玫在其中也说到自己正在拍的片子,她说到洪开元时的称呼是"我男朋友",这让一直监听的洪静萍感觉很怪,毕竟她比洪开元大好几岁,自己的小弟被人称作男朋友的确很特别。

陆小玫问她现在做什么;她说她也回来了,在一家高档楼盘做销售顾问。静棋自己也说销售顾问说起来好听,其实就是个售楼小姐。陆小玫很惊讶她会接受这么低的职位。她的底薪只有一千五百元,主要收入靠销售提成。静棋的声音压得很低,说她根本不是要解决生计,那么一点底薪连买化妆品也不够,说现下房市不景气,有时候两个月也卖不上一套房。她那是个独栋别墅楼盘,最小的单价也超过七百万。陆小玫说那你怎么还会干这一行。静棋说你站着说话不腰疼,说我积蓄有限,人也不那么年轻了,她问陆小玫,自己还能怎么办。

陆小玫这才明白她的意思,她是想在高档楼盘里钓金龟婿。到高档楼盘看房的无一例外都是有钱人,而那些有钱人最擅长的就是给他们见到的每一个漂亮女孩发名片。对于那些漂亮又年轻的女孩,有钱人的名片就意味着机会,她们或者应他们之约出去消费,或者主动给他们电话建立起联系。对他们而言是泡妞,对她们而言则是消费或者赚钱或者碰机会。相比之下女孩的欲求会更多,自然失意的概率也更高。洪静萍对这一套路数早有耳闻,所以她们的悄悄话她听得懂,也想象得出背后的意味。

静棋说那些小孩只想着玩,她们最在意的是消费;那些有点心机的女孩想的是赚钱,想的是让客户在她们身上做更大的投入;她瞧不起她们。

她和男人出去绝不让男人在她身上额外花钱,她甚至经常会抢着买单。她知道男人欣赏不贪小便宜的女孩。当男人表示要为她花大钱的时候,她会拼死阻拦对方,无论如何不让对方出手。她觉得征服男人的心比满足男人的欲望更要紧,因为男人在欲望满足之后先想到的便是抽身走掉。所以她不会让任何一个男人很轻易就上手。

而且她绝不与对她明言有老婆的男人出去,她说这种男人都是怕被纠缠,也绝不会为婚外情承担很大的责任。她要么选择单身的男人,这种男人中的机会比较多;要么选择故意要隐藏自己有婚姻的男人,他们的婚姻多半不那么牢固,所以会有令他们婚姻动摇的机会。她说与男人的交往就是一次又一次的博弈，你得察言观色，你得审时度势，你还得运筹帷幄。她说有时候她会从自己身上跳出来，跳到半空中去俯视自己。她那时候会发现自己尽管还算年轻和美丽，但是骨子里却更像是个男人，是个一直在全神贯注投入博弈的男人，一个久经战阵的将军。她说那种时候她会自己嘲笑自己，那么优雅那么苗条又那么美丽的静棋居然根本就不是个女人。

洪静萍这会儿很心平气和了，她能够想象得到有了这个人物的加入，陆小玫的人物层次会有明显的丰富。两位个人条件相仿的美女在豆蔻年华的时候成为朋友，而在她们各自还没有与青春彻底告别的时候重逢，两个人的命运已经有了极大的落差。洪静萍在这种时候已经把陆小玫个人的命运完全等同了她片子中主人公的命运，她不知道自己已经犯了严重的角度错误。但是事情很奇怪，尽管有这种明显的张冠李戴的错误发生，静棋这个人物还是很容易就进入了纪录片所设定的情境当中。洪静萍发现她对静棋这个人物的突然插入不但不反感，她反而很欣赏她，甚至庆幸她在片中的意外出现，她心里有了更清晰的主意。

她先叫停了摄像师的拍摄，之后出面打断两个闺蜜的闺房话。她提议原来的拍摄计划先停下，她要她俩去茶楼里叙旧，要她俩索性聊个够。

她在先前的一次拍摄里将作为拍摄景地的茶楼包厢做了一点改造，她在二人对坐的每一个茶位的背后各开了一个拍摄孔，以容纳两架摄像机同时对包厢中的两个人做实时偷拍。她当时还为此多支付了两千元给茶楼做补偿，现在她可以再一次利用那间包厢。她甚至没把偷拍的事情告诉陆小玫,只是安排她俩在那间灯光幽暗而又神秘的包厢中聊天。她告诉她们摄制组在另外一间房里喝茶,她要她们痛痛快快地聊,因为今天的拍摄不继续了,所以她们不必顾虑会耽搁大家。她跟老板约好那间包房的大灯一定不要打开,不能让她的拍摄对象发现有镜头对着她们。这样可以让她俩畅所欲言,说话的时候没有任何忌讳。这种完全属于计划外的真正意义的节外生枝是那些有慧根的导演最看重的,因为它会生出意想不到的价值。类似的情形在尚且年轻的洪导还是第一次,完全是意外之喜。

原本包厢配一位专业茶艺师伺候,但是静棋将其辞退,说她自己来。她们点了两泡完全不同的茶品,一种是武夷山的金骏眉,一种是版纳南糯山的紫鹃。静棋的茶艺功夫果然是专业水准,而且她对茶有着同样专业水准的研究。她泡金骏眉用的是功夫茶的手法和茶具,而紫鹃则不同,是典型的普洱茶沏泡之法。

陆小玫曾经梦到过这样的场面,她和静棋两个人在茶室闲聊,她们分坐于金丝楠木根雕茶台的两边,沏茶的也是静棋。她梦里是静棋掌手功夫茶,之后是她自己沏泡普洱。既然前面的情形都与梦中吻合,她决定在接下来的时间里也照着梦中的情形去做。

她认为静棋天生就是销售高手,当年在路威精品时她的销售业绩一直是全店之冠。静棋自己也发现似乎在销售上有一点天赋,她后来在东方百货的情形也是一样。她做过几种不同类型的商品,有化妆品有珠宝有手表,无论她负责卖什么,她总是能够把销售额做得比其他品类组别更高。这也是她后来升任楼面总经理的最主要业绩。

陆小玫认为她就该在高档消费品销售这一行做下去,一个女孩子主持一个销售团队能在一年中卖出一个多亿,无论如何这是一种超凡的能力。今天的社会不在乎你能生产出什么,在乎的是你能够卖出去什么,更在乎的是你能够卖出去多少。全社会最看重的就是销售能力。

静棋不认为是自己的销售能力起了关键作用,她认为还是公司的营销策略本身的胜利。是公司对商场的定位找准了方向,把上柜商品的选择问题解决得到位,包括对柜台布置商品摆放这些的设计都契合了消费者的趣味,所以才有很好的销售业绩;个人在其中的作用没有她说的那么大。

陆小玫不以为然,她认为所有那些能把东西卖出去并且卖得好的人,无一例外都是天才。对这一点李嘉诚有特殊的强调,他认为一个人无论做哪一行都可以先从做销售学起,因为销售是百业之王。静棋属于那种天生的销售奇才,不去做自己最擅长的无异于明珠暗投。

静棋做这一行做得久了,心里已经生出了厌倦。

静棋说:"我早看透了,这个世界上所有的人都在做同一件事,就是在卖。你不是卖这个就是卖那个。我们过去说做生意,生意不就是买进来再卖出去吗?卖了那么多年各式各样的东西,我心里已经不厌其烦。我真想找一桩不必去卖的事情,可是找来找去发现根本就没这样的事情。"

陆小玫说:"怎么会呢?你可以进公司啊。以你的能力在任何公司里做一个文员,不会比任何人差。"

"关键是公司本身也都在卖啊,哪个公司不是为卖而建立的?而且你看看所有那些白领,他们又有哪个不是在卖呢?帮公司卖货品,帮自己卖萌邀宠。所有职业中我最瞧不起的就是白领。"

"白领怎么得罪你了?静棋,你好像是心理出了问题。"

"就是出了问题。我猜我是患了抑郁症。可是我听说患了抑郁症的都是严重的失眠症,而我的睡眠一直特别好。奇怪了,你居然会觉得公司白领的职业还可以接受,真搞不懂你了!"

"白领的生活多稳定啊,每天做任何事情都有固定的时间,生活特别有秩序有规律。我就喜欢有秩序有规律的生活。"

"得了吧我的大小姐,你说的那是白领吗?你以为白领都像你那么心平气和心安理得?你那种秩序和规律跟白领的生活没有一点可比性。你知道他们的心理吗?每个人时时刻刻都处在焦灼当中,业绩考核让人焦虑,保住工作让人焦虑,提薪让人焦虑,升职让人焦虑,争宠和失宠让人焦虑,衣装的价格和品味让人焦虑,业余时间的分配让人焦虑。一个人永远处在无穷无尽的焦虑中,那种日子你怎么能够想象?"

"你怎么会把白领说得那么不堪?可是这个世界为什么还有那么多的人去做白领呢?我觉得白领已经统治了整个城市,他们都在自取其辱吗?"

"看上去他们都在自得其乐,但事实上他们的日子非常之惨。在我看来他们根本比不上那些在农贸市场中卖东西的商贩,那些人的目标很简单也很明确,就是把早上批发来的东西尽快卖掉,他们唯一的焦虑就是东西没能全卖掉砸在手上。而通常那种焦虑也没有很严重的后果,只有不足一天的货品的积压而已。他们不在乎自己穿的是否是名牌,不在乎上司是否欣赏自己,不在乎自己属意的异性同事是否会约自己或应自己之约,他们没有提薪和升职的困扰,不必向谁卖萌和邀宠,甚至不必加班加点以博得老板的好印象。他们唯一不能够摆脱的还是那个字,一切都围绕着卖展开。"

"所以你就再也找不到你愿意又适合你的职业了?"

"那样的职业不是没有,只是要找到合适的很难而已。"

"有那么难吗?"

"非常之难。难于上青天。"

"我知道你说的是什么了。嫁人对吧,嫁一个你理想中的男人?"

"到底还是最了解我的小玫啊。我觉得好悲哀,自己的形象条件和能力都不算差,怎么就没有一个好男人来欣赏我呢?"

"你也用不着那么丧气,你应该看得很清楚,事实上所有的好男人都已经被瓜分完毕。如果你不信这个邪,你就只能去别人的手里夺,你要练好媚功包括床上功夫,你才有机会去圆你嫁一个好男人的梦。即使走到那一步,那还仍然不算完,因为你仍然要面对旷日持久的婚姻保卫战,你还要谨防像你一样出色和比你更出色的女人对你发动的战争。"

"你说得更恐怖了。那你干吗还找男朋友,你不想嫁人吗?"

陆小玫摇头,"不想,绝对不想。我绝对不搞那种自己画了圈自己去跳的蠢把戏。幸好洪开元是个小男孩,他不会拿结婚这种只有弱智者才会玩的把戏来烦我。觉得好了就在一起玩,觉得不好了一拍手两瞪眼各走各的路。哪一天他自以为长大了,要来和我谈婚论嫁,我立马就消失,让他这辈子再也见不到本姑娘。"

"听你的口气是连生孩子也戒了?你就不想完完整整做个女人吗?"

"生孩子那么简单的事情又何必非要跟婚姻扯到一起呢?婚姻多麻烦啊,无穷无尽的麻烦,想想也叫人胆寒。这一滩浑水我绝不要蹚。"

"你是说找精子库?"

"你也可以找一夜情啊。喜欢谁就生一个他的孩子。"

"我可没你那么潇洒,我的孩子一定要有父亲,而且一定要他父亲来抚养他。该谁做的事情就由谁去做,我可不想连这种事情都代劳。"

"看看,又转回来了不是?那样你就得承受所有你不想承受的东西。"

"小玫,你说话真是气粗啊。你有实力怎么想都可以,怎么做都不是问题,我怎么能跟你比啊。我最大的愿望就是把自己一次性卖掉,嫁一个我愿意嫁的人。之后就再也用不着为了卖去伤神。我没本事全靠自己。"

"想想还是你的话对,这个世界上的所有职业都是在卖。与其卖一辈子不如只去卖最短的时间,或者一辈子只卖一次。

当然这不容易,用最短的时间赚到一辈子的钱很难,或者只卖一次就解决一辈子的困境很难。但是这样的机遇并非没有。你说我有实力,莫不如说我运气好,说我一下就解决了一辈子的困扰。这样想一想就格外感谢上苍的垂青。其实有这样好运道的人并非只有我一个,洪开元的大姐比我实力要大得多。我听说她在一个叫摩纳哥的小国家认了一双养父母,那两个老人家居然给她留下了无边的财富。你想想,他这个大姐居然想一次在开发新区买一万亩盖房子的土地,我听到吓也吓死了。一万亩啊!"

"小玫,不要说做那种梦,就是今生今世能有一套属于自己的小房子我已经不敢奢望了。原来在我麾下的一个女孩改行去做保险,她把一家省级航空公司的老总给搞定了,一下子就拿到了全公司团体险的大单,她个人的佣金超过了一百万!听说佣金刚到手她就人间蒸发了,也不知道是跑到国外去乐逍遥还是被黑道给办了。他们都说这个女孩的床上功夫超好,说没有哪个男人是她搞不定的。"

"你跟那样的女孩不一样,你是那种会让男人为你着迷的小妖精,而她们只是把自己修炼成专供男人享乐的玩物。"

"二者之间有很大的不同吗?怎么在我听来都是一回事呢?"

"怎么能是一回事呢?一个是可以将男人玩于掌股之中,而另一个则只能被男人玩于掌股。你是那种可以对男人施魔法的女孩。"

"别给我戴高帽子了。我真有那么大的本事,何至于在这里跟你叹苦经？小玫,说真的,帮我找找路子,看有什么适合我做的事。"

"静棋,你这家伙怎么这么啰唆,绕了这么大一个圈子就是想跟我说最后这句话是吗？你我那么好的姐妹,你知道的,有什么话你都可以直说。跟我兜圈子的不该是你静棋。既然你开口了,我答应帮你一定帮你。"

静棋这会儿已经泪流满面了,她的身子向陆小玫倾斜再倾斜,最后必然投向了她的怀抱。不知道为什么,那个镜头里的情形充满了暧昧。

洪静萍对这个镜头有这样的感受,摄像师也有。所不同的是洪静萍把感受放在心里,而摄像师直接就说出来了。

经过一番比较复杂的思考,洪静萍决定把偷拍的事情告诉陆小玫,同时告诉她为了使这个角色的性格更复杂,层次更丰富,她打算把静棋这个新出现的人物引入到片子中来。她是借着征求意见的方式来说这番话的,陆小玫当然会认为这是个极好的主意。这一点早在洪静萍预料之中。

洪静萍让陆小玫认真想一下,她答应要帮静棋,具体采用什么方式,并且是否可行。她认为陆小玫应该从片子中的角色去考虑如何帮自己的朋友,因为陆小玫自身的情形已经与片子中的角色形成了差异。现在陆小玫只能放弃她的本来面目,去做片子中那个角色陆小玫。

陆小玫先还有一点心理抵触,后来想想不对,因为毕竟她自己已经同意了洪静萍关于角色的设定,她在片子里已经成了另一个人。现在她要好朋友静棋进入她的片子,静棋当然也只能充当片子里那个角色的好朋友。这个道理陆小玫能够想得通。所以她要考虑的帮静棋的策略,要围绕着片子中的角色来展开,必得符合角色的特点才是。她心里很清楚,静棋在各方面都相当出色,包括在片子中的饰演也极其自然(偷拍的结果一定是这样)。她猜这个片子的播出会给静棋带来机会,或者当演员的机会,或者找老公的机会,或者其他方面的职业机会。如果那样子就太好了,那正是她所期冀的。她诚心诚意要帮好朋友的忙,她希望自己能真的帮到她。

2. 忽然没了秩序

洪锦江连续几天早上都把电视频道定在省一台,他发现了一些令他目瞪口呆的内容。原来他以为所有政府有关部门的负责人,有责任也有义务在面对公众的时候维护政府的新政;可是他居然看到诸多官员都面对面指责"购房新政",或者说"购房新政"考虑不周,或者说"购房新政"没有配套的"一揽子"方案所以效果不佳,或者说"购房新政"不该只对终端消费者开刀而不在源头上做根本性的改变。

洪锦江更不能理解的是,电视媒体为什么会花如此之大的篇幅把矛头对准"购房新政"?他只是一个基层干部,他无法理解上层发生的这一切。

上一次恳谈会上他的初衷被那些执意要和"购房新政"对抗的下属给批得体无完肤,他拿不定主意自己是不是该收回成命。他思虑再三还是坚持让政府办公室不要放行,但这一次的口气比先前温和了许多,"再等几天,看看大形势再说"。

其实政府办公室的几位都不是很明白主任的想法,什么是大形势?主任究竟在看什么?大领导就是大领导,想事情和基层干部就是不一样。

作为母亲和商人双重身份的黄棠没空去关心国家大事,国家大事由国家的人去关心就可以了,洪锦江是国家的人,她不是。一个家庭里不能够每个人都去顾国家,必得有人把精力都放在顾自家上。以她的理解,她的生意就是自家的立场,她的儿女连同儿女的事情也都是自家的立场。

她要跑一趟上海,要和姚教授的团队一起把已经充分斟酌的项目概念规划册和详细规划册做一次详尽的论证。当然也要邀上邹天同往。这个"概规册"和"详规册"是他们面呈地区专员的阶段性成果,他们很希望能够一次性通过。她知道栗董已经通过自己的市委书记朋友跟地区专员有了进一步沟通,项目被首肯的概率已经大大增强。

她还要再一次去探望那个身为公务员的肾源提供者。她在网上查看黑市上肾源的价格通常为三十万,她一次性给了公务员四十二万(相当于超过市价百分之四十)。她以为自己的慷慨之举会令对方感激涕零,但是没曾想对方表示出的却是极端的沮丧。察言观色是她的长项,她不想让这个蒙立远的救命恩人满肚子怨气,于是很小心地询问他自己的心理价位。他说他在网上知道有五十五万的成交记录,他说她连百分之八十的价位都没能给到,让他的心情很坏。她马上知道问题出在了什么地方。

她是买家,她所关心的是成交的最低价位;而他是卖家,他所关心的自然是最高价位。而一高一低的差额几乎在一倍左右,所以他们各自对价位的理解出现了极大偏差。发现了问题之后她同时发现事情很难解释,如果她对他明言三十万是一个平均数的价位,他一定很难接受,他一定认为她选择平均数是为了赖账。他会说他是特殊血型,当然应该在较高价位上做参照。他那样说的话她也无话可说。

她有两种选择,一是按他的心理价位补偿给他;一是不接他的话茬儿,不理睬卖家的漫天要价。毕竟交易已经完成,她怎样做都有自己的道理。

还有她已经应了市电视台金副台长之约,他们要带一个摄制组去江西山区李香的家,她要将李香助学基金正式成立的仪式放到那个小山村里。通过戴妃款手袋的拍卖他们已经募集了十一万五千三百二十四元善款,这个小小的助学基金已经有了一个坚实的基础。金副台长很支持这个行动,希望把本地企业家的善举拍成一条大的新闻片,除了在自己的电视台播出还要送到央视的新闻部去参加备选。金副台长的目标是将黄总和其母贺秋的事迹发扬光大,让地球人都知道。金副台长是大忙人,摄制组又牵涉到好几个专业人士的时间安排,所以她只能迁就和听从他们。

洪静萍这边的情形相对比较平顺。蒙立远的手术效果非常之好,他正在适应和恢复过程之中,并未出现任何排异反应。这是天大的喜讯。而已经杀青的陆小玫纪录片也让她对小弟洪开元有了一个相对满意的交代。

她和陆小玫两个人商定的对静棋的帮助方式别出心裁。

静棋自小学琵琶，但是仅仅作为业余爱好，从未考虑过当作职业。在她们充分讨论之后，在洪静萍的建议之下静棋将琵琶改为三弦。她作为陆小玫歌唱时的单人乐手为她伴奏。

洪静萍的灵感来自于女子十二乐坊组合。她在其中发现了女孩子在舞台上抱着乐器弹奏的姿态非常之美，极具观赏性。她同时发现乐器的形状对在舞台上的呈现有着至关重要的效果。她之所以为她选择了三弦是因为三弦那条造型奇异的长长的琴柄。一个高个子女孩抱着有长长琴柄和小小共鸣箱的乐器上场，一定会很酷。而激越的乐声通过三弦的那种节奏点清晰的弹音，会对陆小玫的歌声有极好的衬托。两个身材超好而且形象声色俱佳的女生，定会成为中国流行乐坛的一道亮丽的新风景。洪静萍对此深信不疑，她有十二分的信心把她们的组合在媒体上推红。

陆小玫纪录片的拍摄全过程其实都在洪开元的关心之下，他一直是积极的建议提供者和最有兴趣的旁观者。他已经和央视的纪录片频道在接洽，希望找到能够决定片子命运的频道总监本人。在他的计划当中，在纪录片频道播出仅仅是第一步。通过播出来引起《中国好声音》或者《星光大道》这一类名牌选秀节目的关注，他自己再私下里去联系他们的制片组，他希望通过制片方的主动接触来说动陆小玫去加入。他既然已经答应她不提选秀的事，他就不能够再对她提。他不愿意她把他的好心当成驴肝肺，为她辛辛苦苦地忙碌反被她斥责，热脸贴冷屁股的事情他不想再做。

洪开元为了陆小玫的事情甚至放下了自己一直以来的赌球。他玩赌球已经有一年以上的历史，开始像别人一样把自己的生物钟调整到昼伏夜出，每天夜里看欧洲的盘听专家的解读和判断去下注。他属于天生的赌徒类型，他喜欢做逆向思维，喜欢不按常理出牌，所以在大盘上与绝大多数职业赌客做相反的押注。居然真的就大有斩获。他的理解是所有的胜负都是由博彩公司所操纵的，那么博彩公司的立场才是赌球赢球的立场。

什么又是博彩公司的立场呢？各大博彩公司都有自己设定的赔率，他们所设定的赔率就是绝大多数赌客的选择依据。赌客都想赢，但是又都怕输，所以都竭力在输赢之间去找一个平衡点；这就一而再再而三地让他们既选择胜率高的球队胜，又去自我颠覆选择胜率低的球队胜。博彩公司会利用赌客的这种反复自我颠覆的立场去误导赌客，让赌客形成一波又一波的反水；而每一次的大批量赌客的反水正是博彩公司大赢的机遇。所以洪开元的逆向思维就是放弃职业赌客的思维惯性，去追随博彩公司。所有那些赌客会大赢而博彩公司会大赔的结果，洪开元绝对不会去选择。

赌球是真正意义的赌博。它只有两个结果，输或者赢，没有任何中间地带。而他所看到的真相是赌家（绝大多数赌客）输而庄家（博彩公司）赢。这样的真相才让博彩业方兴未艾，因为如果庄家都出局了博彩业也就被出局了。所以博彩公司才是永远的赢家，它的存在保证了博彩业的存在。

赌博真正的魅力在于强大的偶然性概率，它让许许多多的人梦想着自己会以小搏大，一夜之间大赚一笔；所以这种过山车似的大起大落造就了强大的刺激，吸引了无数人的不断加入。归根结底还是人类的惰性在背后的助推，不劳而获的机会把握成为原动力，每个人都清楚中标不容易，但同时又梦想那个幸运者是自己。可以说侥幸是人类的古老天性，侥幸便是赌博者的共同心理支撑。小小年纪的洪开元却已经跳出了所有赌博者的泥淖，在赌球的浑水中搏出了一份不错的成绩单。

在对赌球有了更深入的了解之后，洪开元有了新的想法。他起意加入庄家，他心里很明白只有那样他才能在这个地球上最赚钱的产业链中自己也分得一杯羹。他不要去做个时刻都提心吊胆的赌客，他要将赌客们玩于自己的掌股之间。他很清楚天下大势合久必分分久必合的道理，所以他不做加盟老牌博彩公司的奢想，他更愿意联络几个与他同样在赌球中纵横天下的高手，他们共同联起手来做新的庄家。他对自己很有信心。他原本对大姐非常钦佩，所以他的人生目标就是超越大姐，成为真正能指点江山的最少数的那个群体中的一员。

在成功地收拾了前来没事找事的孔威廉之后，祁嘉宝只有一件仍然挂念在怀的事情，就是那一万亩住宅用地的决策。

拿还是不拿？活着还是死去？这是个问题。

生意场上许多事情都像是戏剧，利益双方都在博弈。你有你的立场，你的利益点与对方是相冲的；你的利益多了，对方便自然就少了。但是对方也有对方的立场，失之东隅收之桑榆，有所失便一定有所得，反之亦然。

付款方式她也不是不能够接受，因为她的资金链没问题。

但是一次性支付与分期支付最大的差别在于资金的使用成本。搞资本运营的人都很清楚,使用成本经常是资金的核心利益点,过高的使用成本是资本流向最大的障碍物。一次大的决策是否能最终落地,经常会取决于资金使用成本的高或低。所以在付款方式上,祁嘉宝绝不会轻易松口;她把难题交给政府,她认定政府会替她想办法,因为毕竟在这样一笔数额巨大的交易当中,真正受益的还是以靠卖地来获取最大收益的地方政府本身。

失之东隅收之桑榆的是政府的事,不是她祁嘉宝的。"谁的事谁做",这在商场之上是一条铁律。祁嘉宝的信心就在于此。

她自己在保胎期间,她不想沾上任何会妨碍保胎的事情。所以她没去医院看过蒙立远,但她做了她能做的事情。母亲缴付的那笔换肾补偿金是她支付的,她先说服了母亲,之后再让母亲去说服洪静萍,之后再让洪静萍去慢慢地说服还在病榻上的蒙立远。虽然她不露面,但也算是在妹妹遇到危难时出了一份力,而且是最大的一份力。

黄棠已经为摄制组一行五个人订好了去江西的火车票,可是金副台长忽然电话让她退票,说有了突发事件;说忽然有多起举报,说死猪肉事件已经波及本市,并且已经进入多家菜市场,估计已经有部分流入市民的餐桌。市委书记对这件事极为重视,责令全市的主流媒体一定要追查,把对百姓的伤害降到最低。台长要金副台长放下手中的其他节目,全力以赴面对死猪肉事件,一定做到既追查到源头又追查到终端(老百姓的饭桌)。

黄棠很理解金副台长的处境,她自己就收到了关于上海黄浦江死猪的那条著名的微信。说黄浦江里捞起的超过万头的死猪让上海正掀起改名热潮。

经过半天时间的对已经发现的诸多线索的梳理,金副台长已经基本明确了工作方向,并且有了思路清晰的部署。她发现本市的这些死猪的来源与上海发生的死猪事件毫不相关,只是位于远郊的一个养猪专业村所发生的一场小规模猪瘟所致。摄制组必得把那些肇事者一网打尽,所以金副台长同时派出六个摄制组,六个组一起出击。她同时还联系了公安局刑侦大队为每一个摄制组加派了两名警员,以防在巨大的利益冲突之下与肇事者发生正面冲突。

当地的村民在事发之后自发召开了一个秘密会议,大家合谋要隐藏发猪瘟的事实,迅速将已死的成猪经过宰杀程序变成白条猪然后送进冷库冰冻。这样可以最大限度地减少由猪瘟带来的损失。他们甚至还商定马上将尚未染病死亡的其他成猪一并提前宰杀,让即将发生的养殖户的损失能得到弥补和避免。他们动作很快,也很隐秘,他们的产品迅速流往市内的各个农贸市场。他们自己伪造了检验图章盖到了死猪肉上,他们都有自己的老商户,那些老商户对他们深信不疑。他们这样做的结果是将自己的老商户拖入了售卖死猪肉的困局当中。电视台的突然袭击给所有涉案的相关人员一个措手不及。

金副台长还安排了另外三个摄制组去追踪流往老百姓餐桌的那批死猪肉的去向。几乎所有被追踪到的家庭都显出了极大的恐慌,想方设法去清肠洗胃,医院则成了这些人的又一个拍摄地。追踪死猪肉事件成了那几天里全市老百姓人人必看的节目,人人谈猪肉色变,许多家庭的餐桌上都完全禁绝了猪肉食品。这个情形与上海很相似,农贸市场中猪肉的售卖数量锐减,极大地伤害了与售卖猪肉相关的全产业链的人群,他们的生计在一夜之间成了大问题。他们成了又一轮社会新闻的焦点。

黄棠已经安排好的日程被死猪肉事件给打乱,这也并非是件坏事。她去上海与姚教授团队和邹天的晤面是在五天之后,所以她有空去关心一下另外一个女儿祁嘉宝的孕事。最近一向她迷上了一个网站,网站有一个很有趣的名字,孕事网站。她早几天就把这个网站告诉了祁嘉宝,但是祁嘉宝不肯自己上网,她怕上网会伤到腹中的胎儿,甚或怕胎儿在腹中就染上了网瘾。她让妈妈代劳,让妈妈见了什么有意思的内容复述给她。

祁嘉宝很迷育儿之道,而且很信所谓的胎教。她已经是个地道的老外,所以她看不上中国的那些喂给婴幼儿的精神食粮。那个无所不在的《喜羊羊与灰太狼》让她厌烦透顶,她毫不通融地认定它有百害而无一益。她甚至说要投诉中国所有播放《喜羊羊与灰太狼》的电视台,投诉他们将如此有害的节目播出,贻害中国超过亿万的儿童,那样的节目让全体国人的后代都变成傻瓜和弱智。她很怀念自己儿时的那些经典少儿读物,安徒生的那些无比美好的童话;拉格洛夫的美妙无比的《尼尔斯骑鹅旅行记》;欧·亨利的那些可以永远载入史册的低幼故事——《警察与赞美诗》《麦琪的礼物》《最后一片绿叶》;圣·埃克苏佩里的《小王子》,等等。

她让母亲派人把那些经典的朗读版影碟买回来,在自家电视上播放,自己十遍百遍地沉浸在那样一种优美清朗的意境当中。她相信自己的精神享受也一定会感染腹中的胎儿。她不能忍受自己的儿子或者女儿最终成为一个只吸纳了《喜洋洋与灰太狼》精神滋养的废物,只懂得搞笑的极端自私者。她不懂有着悠久历史文化的国人怎么会容忍如此低俗的东西,她眼见着有"喜羊羊与灰太狼"标记的商品正在所有的商场中攻城略地,并以此为渠道进入所有的中国家庭。她对由那几个汉字所建构的世界怀有铭心刻骨的敌意。她知道塑造了那七个字的作家连同把这七个字充分放大的那个人群赚到了最多的钱,也许比英国的罗琳小姐赚得还要多。英国的事情她不管。尽管她的国籍不在中国,她依旧是中国人,所以她对《喜洋洋与灰太狼》的憎恨远远超过了任何令她厌恶的人和事。因为它所造成的危害事关所有的中国孩子,也就事关中国的未来。

黄棠不关心《喜洋洋与灰太狼》,她看到一则旧闻,但还是觉得有趣。是关于一个叫郑亚旗的孩子的成长故事。这个孩子如今已经成人,他本身的名气不是很大,但他有一个名气超大的父亲。黄棠认为他父亲是个很了不起的人,他不但写了许多让中国孩子喜欢的书,还以自己的方式把自己的儿子抚养成人。他就是大名鼎鼎的"童话大王"郑渊洁。

郑渊洁认为学校教育制约了孩子们的健康发展。儿子上小学的时候,老师布置一篇题为《下雪》的作文,他替儿子写的得意之作竟被判不及格,反而是初中毕业的小保姆代写的作文被老师评为满分。此事之后他唯恐儿子被学校教育摧残，索性将儿子领回家，自己编写教材亲自教儿子成长。起先他也想过沿用社会上的统一教材，但在看过初高中课本之后他决定自己编写给儿子的教材。比如为了教儿子记住《刑法》他写了四百一十九条小童话，组成一部《皮皮鲁和419宗罪》。郑渊洁认为孩子不需要批评，因为孩子的缺点全部来自于对大人的模仿。而赞扬和鼓励是孩子最需要的，因此他二十二年间从未批评过儿子，给儿子的全是鼓励。另外他也非常注重向儿子灌输自食其力的想法，儿子十八岁那年他送儿子两件礼物：一部奥迪车，一份声明。他说儿子已经成年了，今后不能从他这里得到一分钱，如果儿子选择留住在家里，那么必须交足自己那一份水电伙食费。儿子的第一份工作是在商场扛鸡蛋，之后做过报社网络技术部主管，如今是《皮皮鲁》杂志的主编。而郑渊洁除了"童话大王"之外，也多了另一个身份——"另类育儿专家"。

　　黄棠把他的"育儿经"讲给祁嘉宝，说郑渊洁的人生真是精彩，说他的育儿故事的精彩甚至超过了他的那些书。她专门把郑渊洁和郑亚旗的一段对话打印出两份，一份给祁嘉宝，另一份在自己手上。

　　她让女儿读郑亚旗的台词，自己读郑渊洁的。

　　"如今的学校教育基本上是填鸭式应试教育，完全适应这样的教育方式甚至如鱼得水的孩子，不会是创造型人才。社会的发展需要的是创造型人才，不需要只能重复前人知识的考试机器。孩子日后能否出人头地，取决于他是不是创造型人才。为什么牛顿、爱迪生和爱因斯坦读书时的考试成绩都不好？正是这个道理。这些创造大师在幼年都无法容忍应试教育。爱迪生被学校除名。牛顿蔑视老师。爱因斯坦更是对学校生活感到厌倦，由于不尊重老师，在十六岁时退学。老师当时给爱因斯坦下的结论是这个人将终生一事无成。"

"爱因斯坦后来还是上大学了吧？好像是苏黎世理工学院。"

"爱因斯坦是以全班倒数第二名的成绩从苏黎世理工毕业的，毕业后由于成绩差没有任何一家学术机构要他，他只能靠当家教谋生。"

"看来，天才不会和现行学校教育水乳交融。"

"天才的一个明显标志就是蔑视权威。对于学生来说，老师就是权威。爱因斯坦有一段著名的话，'因为我蔑视权威，所以命运惩罚我，令我自己也成为权威'。能成为权威的人，都是靠蔑视权威起家的。"

"这话比较耐人寻味。好像没有哪位天才是性格顺从的人。我明白了，如果有个孩子不适应学校生活，考试成绩不好，对老师也不顺从，这不但不是孩子的缺点，反而可能是孩子的优点，家长不必忧心忡忡坐卧不宁。"

"正是这样。假如某位家长的孩子是爱因斯坦再世，他在学校蔑视老师，考试全班倒数第二。该家长勃然大怒，对小爱因斯坦横加贬斥怒目恶语，就为了那除了记忆力什么也说明不了的考试分数跟孩子死活过不去。其结果不就是将眼看到手的给诺贝尔奖当亲爹亲妈的资格拱手让给您的邻居嘛?"

"天下有这么傻的父母吗?"

黄棠说:"嘉宝,怎么样,够精彩吗?"

祁嘉宝说:"你还别说,这个姓郑的还真是很精彩。妈,要不你明天让人帮我买一套他的童话集,我有空也看看。"

"你看不完的,他写得太多了!他自己写了一整本叫《童话大王》的杂志,已经写了二十多年了。你那个读书速度二十年你也读不完。所以我才说也许他的育儿经比他写的书更精彩哪。"

"不上学,自己教,这家伙真敢想,也真敢做啊。不过要是全中国的老百姓都跟着他学,那学校不是都得关门了吗?中国也就彻底乱了套了。"

3. 没秩序让人乱了方寸

家里吃早餐的时候,餐厅的电视停在了省二台。这一向由于一家之主洪锦江的偏好,全家人早餐的辅食便是省二台的《早间时分》。

洪大人关心的是"购房新政",他不关心孩子们感兴趣的那些。但是连续几天他发现另外一道早间大菜是苹果。当然此苹果非彼苹果,最大的不同是此者有一个偌大的缺豁,像是被谁狠狠咬了一大口。没错,就是美国硅谷的那只苹果,号称全世界最大,已经超越了微软。种下苹果树的那个人叫乔布斯,跟比尔·盖茨齐名。

对洪锦江而言,哪怕是省二台每天早上这样折腾了半个月,说到底那也就是一部手机而已。他怎么也搞不懂一部手机何至于费那么多的口舌,值吗?他怎么想也觉得不值。他知道省二台早上七点到九点更是全天的两个钻石时段之一,每天为它磨上几分钟的嘴皮子真是太抬举它了。他能够觉到两个主持人在播新闻的时候充满了愤怒和火气。

洪锦江问:"他们为什么会带那么大的火气?"

洪静萍说:"因为苹果赚了太多中国人的钱。所以他们很生气。"

"中国人都不买它的手机不就得了?"

"那可不行,他们的手机做得比别人的都好,中国人又比所有的外国人都有钱,有钱的人一定要买最好的东西,怎么可能不买呢?"

"可是我觉得电视台每天这么狠骂它,就是让中国人不买它的账。我相信很多想买苹果的人看电视台这样骂苹果,想买的也可能会不买了。"

洪开元说:"电视台这么干的结果可是帮了三星的大忙了。我要是三星的老板肯定给电视台发一个大红包,至少一百个亿!"

黄棠说:"这个苹果就是太傲慢了,凭什么蔑视中国消费者?"

洪静萍说:"妈,你凭什么说人家蔑视中国消费者?人家把最好的产品奉献给中国的消费者,让他们第一时间就享受到世界上最好的手机和平板电脑,人家的东西质量那么好,技术又是最先进的,人家何罪之有?"

"不是说外国换新手机,中国只换机身不换后盖吗?凭什么一样的消费者,会有两样待遇?不是歧视是什么?"

洪开元敲敲餐桌,"老爸老妈老姐,你们看的都只是表面,你们根本看不到背后是怎么回事。苹果的问题是什么?根本不是质量问题!其次就是大众,再其次就是周大生,全中国人民都知道的品牌只有这三个。而这三个品牌有一个共同点。"

洪锦江懵懂:"什么共同点?一个手机,一个汽车,一个黄金,我觉得除了这些都是值钱的东西以外,没任何共同点。"

黄棠说:"儿子说的有道理啊,这三个都是国外和境外的品牌。好像重点是矛头对外。洪开元,你是这个意思吗?"

"我哪里有什么意思,这不是明摆着的吗?汽车黄金这些产业怎么惹得起'3·15'晚会呢?所以马上点头哈腰赔罪认错。而且他们出的都是质量问题,既然你的质量有问题,老百姓就可以不买你的账不买你的货。"

洪静萍说:"可是人家苹果不一样。我的东西就是比你好,你不买我的不买最好的,你只能选择二流货色。苹果的好是唯一的,有唯一性所以人家牛气。别人的东西再怎么好,也只能说是之一;苹果没有之一。"

黄棠说:"我看那不叫牛气,那叫霸道。"

"妈,你的词汇都是从电视上学来的。霸道啊,傲慢啊,蔑视啊。你老人家就不能自己发明点新词汇?根本没有你说的那回事。"

洪锦江说:"我也纳闷,现在有那么多民生问题迫在眉睫,媒体不去追查,怎么会对某一样商品的售后服务如此大动干戈?也没听说苹果有很大的售后服务纠纷啊。搞不懂,当真是搞不懂。"

洪静萍说:"就是。其他手机那么多严重的质量问题,他们不去管;专门对质量上挑不出问题的苹果手机去鸡蛋里挑骨头,明摆着用心不良。"

祁嘉宝说:"小萍,你肯定是果粉啦?"

"百分之二百!我从iPhone1开始一直追到iPhone5,都是在发布之日第一时间拿到的。iPhone从来就没辜负过我,从没出现过任何问题。而且iPhone比别的手机方便太多了,也精彩太多了。我把六款iPhone都收藏起来了,它们都是我的宝贝。"

黄棠说:"不是只有iPhone5吗?怎么你说是六款?"

"妈,你太out了,你不会连iPhone4S都不知道吧?"

祁嘉宝说:"妈要是连每一款手机的型号都知道,那可就太怪了。除非妈改行去开手机店。"

"姐,4S款跟所有的iPhone都不一样,它是乔布斯纪念款,全世界所有的果粉可以缺任何一款iPhone,就是不可以缺4S。"

"二姐,苹果这些年培育了数以亿计的果粉,不一定每个人都要有一款4S。而且以后还会有更多的果粉出现,他们也不一定非要去找一款4S不可。在我看你们那些一定要拥有4S的人都是些偏执狂。"

洪锦江叹一口气,"不就是一款手机吗?未免小题大做了吧。"

黄棠说:"我就是响应电视台的揭露和批判,坚决不去买这个iPhone。"

洪静萍说:"妈,你不买没关系,我不能让苹果公司的销售量受损失,所以我要买两个,把你的那份补上。"

洪开元说:"不瞒你们大家,我前后买了不止二十个苹果,每一款出来都要买上几个做礼品。送谁一个苹果谁都会很开心。妈,你不买没关系,你儿子送你,出新款了都送你一个。到时候记着跟我要啊。"

这一天是二〇一三年的四月二日,洪锦江料不到他人还未到单位,已经有一大伙人先就等在他办公室门前的走廊里。保安拿这伙人无可奈何。

事情是老问题,还是贾副市长在新区任职的时候就处理过的,是关于一个古老村庄的大家族祠堂搬迁问题。当年征地的时候政府希望这个许氏宗祠连同全体村民一道搬迁到新的规划用地地块上,但是许姓村民声称有七百年历史的宗祠绝不能动,因为一动就可能破了风水,许姓的列祖列宗一定不会答应。做过反复动员都以失败告终。

当年的贾主任最后决定保留祠堂,同时保留祠堂四围有三米宽的人行通道归祠堂用地。整个祠堂院子占地三四十米见方,大约一千平方米略多,加上外面的人行通道面积大约两亩。那个祠堂也就最终留在原处,而村民已经整体搬迁了。

新问题在拿到了包括许氏宗祠在内的那一大片地块的开发商,他们总觉得一个老旧的院子杵在一个全新的现代化建筑群中十分碍眼,所以一直千方百计设法将这颗眼中钉拔出去。

他们花钱搞定了许姓家族中最年长的老人家,在老人家九十四岁生日的当天送了一个有一百克重纯金打造的老寿星像。如此一份厚礼让老人家点头同意了开发商的动议,动议包括在许姓村民的新搬迁地按原规格式样再造一座新祠堂,并为祠堂再提供三十万元香火钱。但是当下是法制社会,原来的摇头不算点头算的传统过时了。所以老人家光点头还不成,还要在一份合同上签下自己的大名。不用说核心内容便是将原来的许氏宗祠拆迁。这件事已经汇报到洪锦江的案头。

这个回合等于是开发商帮了政府一个大忙,政府没做到的开发商给解决了。所以说这不但是一个法治社会,还是一个金钱社会。有钱能使鬼推磨的法则在这样一个社会里畅行无阻。开发商并不糊涂,所以上面的事情都是在悄悄地进行。"悄悄地进村,打枪的不要",签合同悄悄地,拆迁也是悄悄地。签合同悄悄地容易,拆迁悄悄地便只能放到夜里。

好在村民都已经迁走,都在十几公里之外,对祠堂这边的事情几乎没表示出任何关心。当下拆迁的利器是中国老百姓都很熟悉的那种威力庞大的挖掘机和装载机,大家在自身经历和电视上都不止一次领教那些大家伙的伟力。四月一日的一整夜三个那样的大家伙都在忙碌,配套的还有穿梭往返的一支规模可观的巨型卡车队。它们当真在一个晚上就让已经在原地矗立了七百年的那座古建筑在地球上消失了。

宗祠的传统是一直有一个单身的老人家看守门庭。那位老人家也过了七十岁,是许姓村民中唯一的五保户。老人家耳朵不太好用了，所以那些巨大的轰鸣声并未让他警觉。来拆迁的人中有身手矫健的小伙子，所以叫不开大门也难不倒他们，他们随随便便就翻过高墙进入庭院。他们很快就把老人家控制住，并请到一辆公务车中好酒好烟伺候。老人家开始还叫了几声，发现胳膊拧不过大腿也就只能作罢，恭敬不如从命。喝上半瓶小酒而且还有熏鸡和花生米伺候，老人家很快就歪倒在后座上鼾声大作。

搬迁工作在凌晨四点半全部告竣，了不起的劳动队伍甚至连一点残垣瓦砾都没留下来，真是干得干净利落。他们将老人家的被褥在已经被夷为平地的消失的庭院当中铺好摆好，将熟睡的老人家从车里移放到他的被窝，之后又将拆迁时专门留下来的两大块旧天花板为老人家支出一个人字形顶棚，以防万一在老人醒来前有雨。拆迁方很细心，没忘了给老人留下一笔一万元的补偿金，装在一个信封里放在老人的脸前。他们也没忘记将所有那些写着人名的牌位先都取下来，分装进两辆大型厢式货车当中。那些物件是重建祠堂时装修所必须要用到的。

老人五点三刻醒来时车队已经不见了踪影。祠堂居然不见了！

所以在八点前后大约一百几十人的许姓村民陆陆续续涌进了开发新区政府，守大门的两个保安见情势不妙马上用对讲机招来了在各自岗位上巡视的总共十四个同事，也包括他们的队长。队长知道事态严重，及时向公安分局做了禀报，分局长同时做了警力部署，调集了大约四十名警力赶赴政府大院。为了不发生意外，分局长还专门要求所有的警员不许带武器，包括手铐在内。

所有这些消息都是洪锦江在开车上班的路上通过手机知晓的。分局长请洪主任自己斟酌一下是否直接去办公室,他建议领导先去分局会比较安全。洪锦江在十秒之内就决定了回自己的办公室,他谢了分局长的美意。

他是父母官,出了事情他绝不可以做缩头乌龟,他心里非常明白他是没得可躲的。他没想到开发商把事情做得这么绝,凭借着一纸合同就让偌大的祠堂在一夜之间从地球上蒸发掉。他能够想象得出村民的愤怒。

分局长又一个电话跟过来,事态进一步严重。不是在搬迁的祠堂现场,是在许姓村民集体搬迁去的新居住地。几个情绪失控的村民同时拥进九十四岁老寿星家中,指责他出卖祖宗出卖大家。老人家在众人所指中又急又气一命呜呼。有了人命案事态当然升级了。警方已经派警官赶赴死者家中,不能让死者的身体受到可能发生的进一步伤害。洪锦江一直在听,一直没有对此消息做出回应。

局长:"洪主任,你在听吗?"

"哦,我在。你处理得很好。这样,我马上到我办公室,你也过来。"

对于即将发生的事情,他心里已经完全没了预判。无论怎样他都得硬着头皮去面对,这种时候有公安局长在,他会觉得心里多了份踏实。

老百姓气归气,终究还是分得清谁是好人谁是坏人,因为他们很清楚拆迁的是开发商而不是政府。所以当政府的大领导驾临时,没有一个村民有过激的言论或举动。

洪锦江说:"我是咱们新区的行政一把手,我请大家相信政府,我们一定会把这件事妥善处理好。你们当中谁是党员干部,请站出来三位,请你们代表广大村民的意见,我们一起开个会,讨论一下这个事情怎么办才能符合大多数人的利益。好吗?"

村民也都知道大家乱糟糟地聚在一起也解决不了什么问题,还不如派代表跟大领导一起商量一个解决的办法。不用说,站出来的自然是村支书、村长和村会计三个人。平日里就是这三个人当大家的主心骨。

村支书对大伙说:"大家就别在走廊里堵着了,跟警察同志到指定的房间里休息,一切听从警察同志的指挥。"

分局长说:"我是公安局长,请大家相信我。我们在会议室给大家备了茶水,我已经安排人去为大家备些点心,大家安心在会议室等候政府领导和你们支书村长他们的会议结果。大家看可以吗?"

领头人说话了,公安局长说话了,政府的大领导也说话了。大家原本也只是来政府讨说法,政府和警方给了大家最大限度的宽容和理解,大家便也都无话可说,跟着那些来维持秩序的警察去了会议小礼堂。

但凡有了公众群体的示威事件,最难办的是找出领头人。而且即使找出来,警方也不好当众把他强行带走;因为那样可能会触犯众怒。犯众怒是相当危险的,可能把事态导向极度恶化的境地。群体示威的力量就在于众怒难犯,但是细分析之下会发现最大的威胁来源于领头人;群龙不可怕,怕的是龙头。领头人就是龙头。龙头自己也没什么可怕,他的力量在于他身后的人众,也就是群龙。群龙加上龙头,这是任何人都不敢忽视的力量。要解除公众示威带来的政府危机,最好的方法当然是将领头人从大众中分离出来。群龙无首毫不足惧,一个领头人(况且只是一个小小的村支书)当然也没有任何威慑力。现在群龙和龙首被分开了。

可以有把握地说,这场危机已经得到了化解。

村支书是老党员,他有许多年受到党的教育的传统。面对上级机关级别比他高出许许多多的大领导,他又能有多大的折腾呢?而且人家大领导也并不批评他,还和颜悦色地征求他的意见;村支书发现自己完全没有与大领导对峙的底气。

大领导以礼相待,最基层的小干部也只能加倍地礼貌。

洪锦江说:"情况我已经知道了。尽管开发公司已经跟你们许氏的族长签了合同,但是毕竟还要通过与你们村委会沟通之后才能够拆迁。他们这样贸然动作显然是不对的。政府一定会对他们的做法给予批评。"

村支书说:"族长是前辈,我们都尊重他。但是族长不能够代表全体村民的利益,毕竟那是我们祖上七百多年的宗祠,他一个人肯定没权利让开发公司就那么把它给毁了。我们有确切消息,族长拿了他们的好处。那是个价值几万的小金人。他一人拿了好处,连祖庙也不要了,真造孽啊!"

"我听说开发公司答应了为你们许氏重建宗祠,还另外捐三十万香火钱,有这回事吗?"

"这件事我们知道,但是开发商不是跟我们讨论的。所以签合同的既不是我和村长,钱也没到村集体的账户上。我们不知道钱在哪里。"

"那么你们村委会对开发商的这样一个补偿方式满意吗?如果满意的话我会敦促开发公司把三十万先进到村集体账户,别的事情可以再讨论。"

村支书说:"问题在于开发商根本没和我们村委会接洽。即使村委会同意拆迁也还有相当多细节需要讨论,不可能只是他们一厢情愿的。三十万肯定太少了,而且重建宗祠也不可能按照原来的规模,肯定要比原来大很多。因为现在的人口比建宗祠之初要多了不知多少倍,我们许氏家族在海外的就不止一百人,国内的更有将近七百人,我们是一个非常兴旺的大家族。许氏宗祠不重建则已,重建就必得大规模扩建。我们的这个想法开发商是知道的,所以他们想绕开我们,想通过搞定族长一个人就省下一大笔钱。他们太恶劣,居然搞这种突然袭击,把生米做成熟饭。"

村会计说:"我是村会计,我算过一笔账,仅重建宗祠一项,资金缺口至少是一百八十万,他们想用三十万就打发我们,他们当我们不识数吗?他们送老族长的小金人价值四万块,他们想用四万块去顶掉那一百五十万,也未免太异想天开了吧?"

洪锦江说:"村民集体的利益一定要受到保障。刚才你们书记的话很对,要实行拆迁所有相关的细节都要有充分的讨论,要充分保障群众的合法权益不受到侵害。支书,你看这样好不好,由我来出面召集你和开发商的法人代表,咱们政府加上村集体加上开发商,三方一起来面对这一次的许氏宗祠拆迁问题?请你相信,政府一定会充分考虑到我们村民和集体的利益,帮助你们协调好,力争达到三方的一致认可。"

村长插话:"可是政府不能不处理开发商的违法行为。他们仅凭与私人签订的一纸合同就拆掉了有七百多年历史的许氏家庙。我认为他们这是触犯了法律,该当受到法律的严惩,不只是简单的批评就会解决问题。"

洪锦江说:"是否涉及触犯法律,这还要法院来认定。恐怕他们与族长签订的合同也会在一定的意义上受到法律的保护,因为族长是可以作为宗祠或者家庙的代表人的。法治社会的一个突出特征就是凡事以法律为依据为准绳,这些事情你我也未必能够讨论清楚,只能交给法院去判断。村长同志,你看这样可不可以啊?"

大领导如此的低姿态,让小干部除了点头就再也想不出别的。

"村长,看你的年龄也应该是老党员了,你有多少年党龄啊?"

"三十七年了,我是一九七六年入的党。"

"哎呀,比我足足早了十年啊!敬佩敬佩!支书要年轻些,应该是九十年代的新党员吧?"

支书脸红了,"哪里,我二〇〇三年才入党,满打满算党龄也只有十年。"

"你们在基层工作,辛苦啊。你们是我们党在一线的排头兵,承担着最为艰巨的使命,我代表区委和区政府感谢你们辛勤的工作！我们已经认识了，以后你们有什么困难，有什么需要组织上帮你们解决的问题，不要客气，直接给我打电话，我一定为你们做好服务。这是我的名片，请二位收好。也请你们把自己的电话留给我，在安排好了之后我通知你们下一次协调会的时间和地点。"

村支书带头站起身，"洪主任，那我们就告辞了。"

这一次的会见洪锦江秘书一直在一旁，他以为洪主任粗心，忽略了村会计的存在。送走他们之后他问主任是不是忽略了；主任说很明显那个村会计是个坏人，他从村会计的话里听出了十足的恶意，他估计这一次向政府发难，有可能都是村会计在背后搞的鬼。秘书点头，怪不得洪主任连客气也没对村会计客气一下。

但是洪锦江想不到，正是这个村会计事后把这个看上去已经安抚下去的事变重新搅起大浪。他没在农村生活过，他不能够想象一个乡村会计的能量，可以说所有的村会计无一不是能人。他们经常是整个行政村最有权势的那个人，连村支书和村长都跟着他的指挥棒在转。

第三天是清明，一个号称是省文管会所派遣的调查组来到新区，调查本区内一个有着七百多年历史的古建筑群落遭到损毁的恶性事件。更要命的，同行的还有两位省电视台时政新闻部的记者。

洪锦江的本意是将这起民与官相对峙的事件化于无形，因为在类似的事件中官方只能以低调的方式去被动承受。他心里很清楚，开发商自作聪明去激怒村民，他们最终将付出更大的代价去弥补。而且这种事情弄不好就会小事变大，尤其可能会在网上掀起轩然大波，让政府处处被动，开发商的日子也会非常难过。但是他运用政治智慧化解了双方的冲突，他没想到半路里会杀出文管会调查组这个程咬金来。

调查组的头目是文管会一个部门主任，他的态度非常明确，如此明目张胆地损毁古建筑是对中华文明的极大犯罪，文管会在查实责任人之后一定要追究其刑事责任。相关部门已经三令五申要保护古建筑，这是传承我中华文明的具体举措。相关媒体经久不衰地谴责那些为了地方和一己利益损害古建筑保护的人和事。在这样的大形势下，有些人有些机构居然仍然顶风而上，毫无顾忌地损毁古建筑，公然与中央的精神作对。作为政府的主管部门，文管会一定会对此类犯罪行为追查到底，将责任者和犯罪嫌疑人交给法律去惩治。到底是省里的大官，口气不可谓不严厉，政策水平不可谓不高。但是他那副嘴脸让洪锦江厌烦透顶。

屋漏偏逢连夜雨，一向稳妥慎重的交警刘大队长这会儿也给他添乱。他被一家金融公司的法人告上了法庭，说他官报私仇知法犯法，利用手中的权力营私舞弊。告他的人叫刘福贵。刘福贵这个名字怎么有点耳熟呢？对了，正是刘大队自己曾经跟他汇报过这个名字。洪锦江隐约记得是这个刘福贵故意向警方叫板，称自己为目击人，要指证他撞人。

没错，刘福贵就是那个把他抽中华烟的照片弄到网上的家伙。

章3 一个伟大的瞬间

1. 不可抗力

在找刘大队谈话之前,洪锦江利用三分钟翻阅了一下那个刘福贵状告交警的案卷。

刘福贵是一家位于新区规划中CBD区域的投资公司的法人代表,同时任公司的首席金融分析师。个人背景相当显赫,毕业于哈佛大学商学院,是浙江天台人。案卷上没有他是为何到本市落脚的资料。

他的公司有七个雇员(包括他本人),他们在其写字楼的公共停车场内长期租用了三个停车位。二〇一三年四月一日这一天,由于天合投资公司的三个停车位已经被占满,所以其董事长用车(保时捷牌911型号黑色小轿车)停到邻近的空车位上。分局交警大队接到写字楼停车场的投诉到现场执行公务,将乱停车辆拖至交警大队违章车辆停车场内暂扣等待处理。

天合公司状告内容为公安分局交警刘大队长官报私仇,导致售价为二百万的小轿车有多处严重剐蹭,造成严重经济损失。在官报私仇的段落刘福贵详尽讲述了洪锦江遭遇的那次碰瓷事件的前前后后,一个月前的往事重又在他的脑海中上演了一回。现在他已经很清楚地记起刘福贵了。

由于与洪开元的过节,刘大队后来就很少与洪主任照面,毕竟那是一段双方都尴尬的时间,而且其中夹杂着很难搅得清是非的高速公路封路飙车案。刘大队心里已经拎不清了,他不知道洪主任是否对自己有成见,所以这一次的电话召见他有几分忐忑。洪主任这个人还算和气,几乎很少对下属严厉。但正是这种类型的领导令那些犯了过错的下属紧张,因为他们猜不准领导的心思,不知道自己的过错究竟在领导心里留下了怎样的印记。领导亲自打电话召见,这件事本身已经说明领导很在意这次的诉讼。

洪主任一如既往地和蔼,"刘大队,我这一向忙,有很久没见面了。"

一下子就把没见面的责任揽到了领导自己身上,这让刘大队很温暖。

"我知道领导忙,也就没敢贸然打扰。领导肯定已经知道我被告了,告我的就是上一次您遭遇碰瓷故意找您麻烦的那个家伙。他叫刘福贵,是在新区注册并且入住新区的一家叫天合投资的公司法人。"

洪锦江微笑:"我记得这个人,他拍我抽中华烟的照片,又弄到网上,我记得他还罚了你几千块钱。这家伙是个十足的刺儿头啊。"

"这家伙真不是东西,他公司明明有五个人每天开车,他却只租三个车位,另外两个车都拿着智能卡偷逃停车费。这样的情形已经快两年了,写字楼停车场就此事找我们多轮投诉。我让他们取证,要他们抓现形。这一次就是让我抓了现形,所以我毫不客气扣了他们的车,让他们接受偷逃处罚和违章处理。"

"他们是怎么偷逃停车费的?我不是很懂。"

"他们有三个人每天先到,用各自的停车卡进停车场。之后其中的两个等在停车场入口之前的拐角,把自己的停车卡交给后进来的两个人,这样他们就用三张卡进来五辆车。他们出去也用的是同样的招数。"

"每个月每辆车的停车费是多少?"

"每月四百八十元,相当于平均每天十六元。"

洪锦江拍一下案卷,"我看了一下,你罚款的数额很大,总共三万一千二百元,这笔账你是怎么算出来的?"

"这一个月里我有他们两辆车总共四十五次的违章停车记录,都是在停车智能系统中提取的。每次违章罚款二百元,四十五次累积罚款九千元;每次违章计罚三分,四十五次累计一百三十五分,我扣押并且注销了每日晚到的两辆车车主的驾驶证,这样违章罚分减去了二十四分为一百一十一分;根据每一个违章罚分以两百元计,总共罚分转换的罚款为两万两千两百元;两项合计为三万一千两百元。"

"你注销的驾驶证包括刘福贵的在内吗?"

"他的肯定在内,他是老板,每天比别人晚到是惯例。另一张是他老婆,他们两公婆几乎都是在十点过几分钟到公司。当然开进停车场的不是他们,是公司的其他人。但是我们的处罚是要针对车主,因为车辆长时间无视国家法律法规违章乱停,这种行为我们只能追查车主本人。"

"刘大队,你们工作做得细致到位,对有意触犯国家法律法规的行为进行深入排查,取证清楚,执法严明。非常好。不要在意别有用心的坏人的为难和刁难,请你相信政府不会支持和纵容他们,相信法院绝不会站到违法乱纪者的立场。我在这里对你申明政府的立场,政府全力支持警方执法为民的举措,会对我们交通大队一直以来卓有成效的工作予以嘉奖。"

"洪主任,我有一个担忧。我听说这个刘福贵与法院的一个庭长关系非同一般,而且这个庭长已经向院长申请当这个案件的主审法官。我们交通队正在考虑向法院方提出申请,更换主审庭长。"

"但凡涉及法律,证据最为要紧。作为执法者你比我更清楚这一点。你们说原告与法官关系密切一定要用证据说话。"

"请主任放心,我们已经做了充分的准备。我们有三次他们密切接触的照片,一次在餐厅包间,两次在夜总会包房。照片效果都非常清晰。"

"这样就好,不打无把握之仗。你把照片复印给我,也把你们的申请书复印一份给我,我拿这两个东西去找院长。"

洪锦江是那种细心而又周到的官员,他已经随手将嘉奖交通队五个字记到拍纸簿上,并且马上交给秘书去办。以新区政府名义公布的嘉奖令第二天就已经出现在本区政府的网站上。政府的充分肯定让交通大队的严明执法的积极性受到了鼓舞,也有了明显的提升。

黄棠去了上海。洪静萍这一向都陪着蒙立远在医院。洪开元、陆小玫偶尔会回来吃一顿饭。家里忽然显得很冷清,经常除了保姆孙姐就只有洪锦江和祁嘉宝两个人。而洪锦江每天早饭后出门,晚饭前才进门。早习惯了热热闹闹的祁嘉宝有些郁闷,她专门要求洪静萍每天必须在家里吃一顿饭,又要求洪开元和陆小玫在妈妈回来前每天都必须住在家里。

祁嘉宝在弟弟妹妹跟前还是有威信的,她的话比圣旨也差不了许多。

蒙立远恢复得很不错,所以他也能跟着洪静萍回家来吃晚饭。听说他们两个都回来,祁嘉宝马上电话洪开元,让他们两个也来赶晚饭。这样子便成就了一餐除黄棠而外的家庭团圆饭。陆小玫甚至邀来了好朋友静棋。而洪静萍的片子已经让静棋成为这个家庭中的老熟人了。

饭菜都已经上桌了,但是还有一个人未到。就是洪开元。

祁嘉宝让大家先吃,因为她知道小弟对大家是否等他这种事情绝不会在意。但是洪锦江说再等等,可以落下一群,不可以落下一人,这是他那一辈人所恪守的基本法则。好在洪开元没有让大家等得很久。他一进门就大呼抱歉,说不好意思让大家久等了。落座以后他忽然发问:

"你们猜我为什么会迟到?每个人都要回答。"

洪静萍说:"因为你没有时间观念,你不懂得尊重别人。"

"错,大错特错。你是我的老爸,你是我的大姐,你是我的二姐,你是我的二姐夫,你是我的好女孩,你是我们家的贵客,你是我的好孙姐,我太尊重你们了。"

祁嘉宝说:"堵车;生病;看错时间了;遇上碰瓷了;客户啰唆;或者突然有重要电话。反正不是这个就是那个。要找托词

319

的人总会在其中找到一个适合自己的。"

"错。你们都是自己人,我不必要找任何托词。自己人需要托词吗?"

陆小玫说:"厚脸皮的人永远不需要找托词。"

"这不算是回答。我脸皮厚,我不需要托词,但是我要答案。"

洪锦江说:"我看到你手包忘在家里了,你没驾照开不了车是吧?而且你去打车又发现身上没现金是吧?所以你走回来的。"

洪开元鼓掌三声,"还是老爸有幽默感。不过回答还是错。我带电话了,我随便叫一个人来就可以送我回家。我至于那么蠢吗,那么远的路自己走回来?"

蒙立远说:"你不是想说你被一个女孩拖住了吧。"

洪开元瞄了陆小玫一眼,"借我个胆子我也不敢。"

静棋说:"或者你看手包不见了,以为被偷了,去警署报案了?"

"我们这里是小地方,没你们上海时尚,派出所暂时还是叫派出所。而且我早上出门就知道忘了拿手包,我根本没以为被偷了。"

陆小玫说:"我猜得到,因为我知道。我不想说是不扫你的兴。我要是第一个说出来,大家就不能陪着你玩游戏了。你岂不是很没有面子吗?"

"我不信你知道。你肯定不知道,因为你没有渠道。"

"其实二姐夫已经差不多猜到了。你还真别说借你个胆子你也不敢,你要做的那件事跟二姐夫说的也没什么两样啊。参加选秀相亲的节目,是不是？像《非诚勿扰》的那种或者《我们约会吧》那种？"

"你还真是神了,连这么大的机密也被你破解了！"

"你别忘了,程高仁是你的朋友,他也是我的朋友啊。"

洪静萍不懂了,"怎么扯上程高仁了,他不是电视台的制片人吗？"

陆小玫说:"他正在筹划一档相亲节目叫《今晚的缘分》,是专门针对富豪相亲的。他是从纸媒上发现所有富豪相亲的新闻都是热点,所以筹备这样一档节目,台长也批准他了。这档节目应该是全国在电视台上的第一例,肯定有很大风险,弄不好很快会被叫停。开元一开口我就猜到了是程高仁找他做嘉宾。"

洪开元一脸无奈相,"我还以为可以发布独家新闻呢,又让你抢了先了。狗日的程高仁,看我怎么收拾你！"

祁嘉宝说:"这种事情蛮好玩的。小弟,老姐支持你。"

洪静萍说:"台长胆子够大的,这种节目也敢批！纸媒上敢搞这个也都是打擦边球,从来也不敢大张旗鼓。上头对这一类恶俗的节目一直看得很紧,不可能容忍它上电视台。因为电视毕竟是走进千家万户的,而且经常是一家老小围在一起看电视,所以上面对电视里面的恶俗内容和恶俗行为都有严格的控制。"

"我说二姐,你要是当了电视节目审查官,老百姓一点乐子都没有了。"

祁嘉宝说:"我看也是。电视这东西就是要合老百姓的胃口,老百姓爱看什么就该做什么样的节目。既然所有的电视台可以公然声称'时间就是金钱',怎么就不能让老百姓看看拥有金钱的人是怎么讨老婆的呢?"

洪静萍脸红了,"我哪里是要剥夺老百姓的乐子,我不过是怕节目被枪毙而已。我做电视制作当然最怕的就是通不过,一旦被枪毙了不但投资打水漂了,所有的策划创意和拍摄的心血也都打水漂了。"

洪开元说:"我才不管他们那些事,我就是玩一把。"

陆小玫说:"应该很好玩的,你去玩吧,我没意见。"

"感谢你的宽宏大量,你不点头我还真就不敢擅自做主。你可以去问程高仁,他跟我磨了一小时嘴皮子,我说小玫不点头我不敢答应你。君无戏言,正儿八经的。"

洪锦江不无疑虑,"政治上不要出问题才好啊。"

"老爸,把关的有台长,还有宣传部,你操哪门子心哪?"

黄棠原计划还要两天时间,但是突然就赶回来了。是因为她公司所在的那幢写字楼出现了严重危情,大楼东北角的地面出现了一个直径九米的塌陷;大坑的深度,目测超过七米,与写字楼是零距离;二十九层高的写字楼瞬间便成了危房。全楼有超过七十家公司在其中办公,七十多家公司同时停止了日常业务,因为住建局规定危楼不可以继续住人,要解除危楼危险指数鉴定之后才能够重新使用。

所有的七十几家公司都面临着即刻搬迁各自的局域网连同终端(电脑主机和显示屏)的严峻局面。至于由此带来的办公用房租金的损失连同索赔官司,大家都只能放在以后再考虑。毕竟没有什么事情比手头上正在进行的业务衔接更为要紧。想想真是恐怖,七十多家公司啊,就算平均每家只有十桩业务,就算每桩业务只有十万元的营收规模,这个意外事故也将会给大家造成数百万以至于数千万的经济损失。

黄棠的和谐公共关系公司在其中不算大也不算小,属于胡传魁胡司令那种"十几个人来七八条枪"的规模。有一点可以肯定,她没养一个吃白饭的员工,每个人手上都有自己的项目。所以她非赶回来不可,群龙不可以无首。她请邹天无论如何在上海等她一天,她说她次日一定赶回去。

对邹天而言他的黄姐已经是大股东了,与自己的股份相差无几(其他几个老伙伴已经分去了他一半以上的股份),对大股东当然要有所迁就。其实不用说也想得出来,邹天的时间更紧张,因为他需要操心的有好几摊子,绝不仅仅是"朱子故居"这一个项目。黄棠深知这一点,让邹天等,她很不安。

地陷涉及的不只是这一幢写字楼,周边的另外三座大楼也都被设定为危楼,其中有两栋是住宅。一时间这个狭小的区域被各种搬家的车辆塞得水泄不通。这些搬家车不但数量众多,而且每一辆车的停放和等候时间都很长,因为涉及搬运货品的耗时。河西区交警大队为此伤透了脑筋。对于突发事件造成的车辆拥堵,警方也不好轻易就给那些搬家车辆开罚单,因为那样会造成进一步的连锁混乱。

地陷属于典型的不可抗拒力造成的事件,所以政府和警方的应对策略也只能是以最大限度的疏导为主,不能够再用常规的法律法规去面对。所以任何可以造成进一步连锁混乱的举措都严格被禁止。

写字楼所在的位置是老市区的一个十字路口,有两面临街,地陷大坑位于其中的一面(北朝向)。河西区交警大队长在充分研究了地形特征之后,制定了北朝向路段封路的策略。他派出了一个中队十几名交警,驻守被封路段,指挥那些搬家的车辆的进出。任一进出车辆都必得出示能够证明自己是这一路段居住人的证明。

被封路段东西两个方向的十字路口都临时变更成丁字路口,很像是两个字母T彼此倒向对方所形成的格局。由于地陷大坑的位置临近东边的路口,所以整个被封路段往西的大部分道路都成了搬家车辆排队的空间。每幢大楼只有一个大门,所以每次只能容纳一辆搬家车在大门口停放。四个大门就有四个车队。交警把整条道路的宽度分为五份,四条为排队路,一条为驶出路。所有的车辆都只能从西边的丁字路口出去,向北或者向东或者向南。这样的结果让原本混乱不堪的交通拥堵一下子变得井然有序,连市委葛书记也对这种变化表示了十二分的满意。

交通拥堵仅仅是地陷造成的最直接可见的后果之一。

城建部门派出了专家调查组;水文地质部门派出了专家调查组;燃气公司派出了专家调查组;水务局派出了专家调查组;供电局派出了专家调查组;各大通信以及网络公司也都派出了专家调查组;地震局派出了专家调查组;文管会派出了专家调查组;质监局也派出了专家调查组。

每一个部门的专家调查组都有自己独立的课题,都要做出各自的专家报告上呈政府有关部门,以帮助政府做出相应的决策。

在这个回合里最为忙碌的是各大保险公司,他们也都在第一时间派出了自己的专家调查组。他们要针对每一个属于自己的保户进行排查摸底,因为他们需要谨防有心怀不轨的保户借天灾来讹诈保险公司。

这支包括了各行各业的专家队伍极其庞大,这些日子在受到关联的四栋大楼里上下穿梭往返奔忙的多半是他们,住户和公司白领们的数量反而没有专家们多,因为他们已经搬出或者正在搬出,人数每天都在减少。

住户当中有不止一个律师,他们联起手来准备应对接下来的理赔。他们先拟定了一个大致的章程,之后联系每一位住户以得到他们的签字画押。他们接下来会有一个旷日持久的战争,一方面对住宅建筑的开发商,一方面对五花八门的保险公司。

写字楼的客户都是公司,公司最不缺的就是律师。两幢写字楼有大约一百好几十个法律顾问,他们也在集结并共同商定理赔方案。他们的诉求各不相同,但是有一点是一样的,每一位身为法律顾问的律师背后都有一个他们所代理公司的老板。那是一支战斗力极为强悍的军队,他们可以抗击任何强大的敌人,无坚而不摧、无往而不利。黄棠正是这支队伍当中的一员。

这支队伍牵头的是一家锐锋律师行,老板关锐锋在本市法律界声名赫赫,他们与和谐公司在同一幢楼,整个顶层都是律师行的天下。关大律师在这个回合里成了一百多个老板的主心骨,也成了一百多个法律顾问的首领。地陷事件当中锐锋律师行成了最大的赢家,因为他们一下子成为全市老百姓的目光焦点,成为知名度绝对第一的律师行。

可以毫不夸张地说,在相当长一段时间里,一百多家公司连同两百多家住户的各种利益索赔,会成为吸引公众眼球的最大热点。也许它比大桥垮塌事件更受老百姓的关注,而且关注的时间会更长。

关大律师的助手搞了一个临时的电话簿,上面包括所有的公司负责人(老板或职业经理人)连同所有的公司法律顾问。这是一份包含有公司名称的超过三百人的名单,助手将它做成一个独立的文件发给每一位,以便于随时联络和沟通。

这无疑是一个很有意思的举动。大家都知道许多老板去各种各样的大学读MBA,目的一是混文凭,一是去结交商场上的各界枭雄。谁也没有想到,一次天灾地陷竟然给了大家一个如此方便的结交各界枭雄的机会,等于是让诸位既不花钱又不花时间就拿到了一个MBA头衔一般。

仅仅一天之内,所有这些都被搞定,关锐锋让大家领教了锐锋律师行的效率,其非凡的手段可见一斑。黄棠觉得此一行真的很值,同时对关大律师这个人刮目相看,她估计自己日后会与这家律师行有多轮的合作。

她收到电话簿的电子文本是次日早上七点半,这也说明他们律师行在这个时间已经开始了日常工作。

黄棠飞上海的航班是十点二十五,她八点半之前必得出门,她要在起飞前一小时去办理登机牌。她不是那种时刻记得自己是大老板身份的人,她一直没雇一个专门的司机,多数时间她都是自己开车去办事。

她让儿子送她一趟。他们住在城市的边缘,所以不用担心塞车。从家里到机场的正常行程在四十分钟之内。洪开元开车总归比她自己还要快一些,所以洪开元不肯提前出门,他说无论怎样九点出门都来得及。他说到机场去等真是傻透了,机场里臭烘烘的,说话也听不清楚。他说他最恨机场和火车站那样的地方。但是他拗不过她,她无论如何不肯冒着换不上登机牌的风险,母子俩于是在八点四十五分出了门。

赶到机场只用了二十九分钟,黄棠看手表,九点一十四分。

洪开元说:"我说来早了很傻吧?提前四十五分钟换登机牌就来得及,你现在足足提前了七十一分钟。老妈,你要不要我在这陪你?"

"你少啰唆,趁早回去,我可不耐烦听你在这儿教训我。"

"看看,好心没好报不是?人这个东西就是怪,所有的好心都会被当成驴肝肺,就是你亲妈也不例外。拜拜了您哪。"

他不给她还嘴的机会,油门一踩一阵风似的消失了。但是他的那些话还是让当妈妈的心里很暖很享受。她换了登机牌,通过贵宾通道安检进到候机区。她是头等舱候机室的常客,那几位服务员都与她相熟,热情地招呼她为她引位,还为她奉上她爱喝的纯果汁。她等候的时间根本没有洪开元说的那么恐怖,因为提前三十分就登机了。她甚至连一本她所喜欢的商界领袖杂志都没翻过一半。

她不喜欢飞机,哪怕是头等舱她仍然不喜欢。她觉得那个狭窄的空间太气闷。她不恐高,她只是不喜欢空间太狭窄,所以她在买房子的时候最看重的便是层高。层高一定要在三米六之上才行。头等舱乘务员安排他们坐下，为他们拿来崭新的湿毛巾擦手，然后拿三本时尚杂志让他们挑选。普通舱的乘客登机还需要一点时间，头等舱的乘客必得耐心等一下。她忽然很想看看新闻，她自己也不明白这是什么缘故。她于是将置于座位前方的专配小电视打开。她把频道调在公共电视档上。第一个是浙江卫视，正在播放浙江新闻：

一场突如其来的冰雹袭击了浙西地区，最大的冰雹个头超过鸡蛋。冰雹给两个乡的数百个农户造成了极大损失，许多蔬菜和粮食作物的叶子被彻底打掉，眼看着绝收已成定局。当地政府正在……

就像是电视里的新闻有呼风唤雨的功能一样，飞机舷窗外的天空忽然像被罩上了漫天的黑幕，机舱里顿时黯了下去，飞机内的大灯几乎同时亮了起来。

忽然有噼里啪啦的声音似乎从头顶砸下来，黄棠马上往外看，刚才在电视里发生的那一幕正在舷窗外重演。硕大无朋的冰雹正铺天盖地地从天而降！有一瞬间她甚至担心飞机承受不了如此的重创。她马上回头看机翼，她看到轻薄颀长的机翼在如石头雨一般的冰雹的重击下正在瑟瑟发抖。

2．各种困扰

突如其来的雹灾阻断了黄棠的行程。趁着一个回合的间隔,机上的旅客在机组空乘的指挥下有条不紊地从原来的登机通道返回候机大厅。他们被告知留在原登机口等候通知。黄棠凭预感断定今天的行程恐怕无法继续了,她给邹天和姚亮分别挂了电话,请他们自己的日程另做安排,说她自己肯定不能如期赶过去了。她通过地勤人员与航空公司联络,退掉了自己的机票,之后打的士回到公司。

路上她又遭遇了第二个回合的冰雹,她眼见着出租车的引擎前盖板已经被拳头大小的冰雹砸出了明显的坑坑洼洼。司机一路上都在叫倒霉,说跑这一趟不如不跑,几十块钱车费远比不上修车的钱。黄棠说你不是有保险吗?保险公司会赔给你。司机就又说修车要耽误工夫,工夫也是钱啊;不但没有进项还要赔上份子钱。

司机的唠唠叨叨让她很心烦。她不明白他的心思,她猜也许他希望她给他一些补偿才说那些话。但是他让她心烦了,她为什么要管他的闲事?她其实想错了,没有哪个大男人会去央求一个女人补偿自己,司机也不过是念叨念叨,借以把心里的怒气释放出来。他其实不关心乘客是谁,对他而言是谁都一样,乘客只是一个说话的对象,他要求乘客的不过是出耳朵而已。他并不要求谁一定要有所回应,但是他把自己的坏心情传给了她。

根据她昨天的安排,公司暂且搬迁到洪开元自己的大房子里。他那套房子有近三百个平方,除了被他自己锁掉的主卧区之外,还有两百个平方上下,做公司的临时办公处所刚刚好。公司在写字楼里的面积比这里大一点,大约三百二十个平方。

她从机场回来就直奔这里。

小区物业引入了英式的管家系统。系统的一个主管正在指挥两个保洁员在整理房间内务,他们是根据昨天公司行政总监的指令重新布置,需要挪动一些家具的位置,改变一些空间的功能,要尽可能多地安排出一些宽敞的空间以摆放即将搬过来的办公家具。公司里的人都去写字楼那边搬家了,那边所有的车辆都需要排队,所以不会很快就搬回来。

这些事情黄棠不想操心,她独自一人进了洪开元的卧室,把自己锁在里面。她发现自己的心情相当坏。

仍然有连绵不绝的雷声在轰鸣,窗外的天色也阴森得要命。

她打开电视机,上面正在播送本市新闻。刚才的那场突如其来的冰雹已经造成了多处供电的中断。据记者在街头采集的冰雹样本的测量,直径最大者超过八十四毫米。有记者正在赶往城市周边的"菜篮子"基地,待采摘的蔬菜受灾的情况尤为严重,许多成熟的蔬果都在地里被砸得稀烂,一些果菜大棚也都被强力的雹灾所损毁。广大菜农都已经在受灾第一线着手抢修大棚,诸多县区乡镇连同村干部都也已经赶赴第一线加入到救灾大军当中。

连续两天的天灾人祸令黄棠内心充满了疲惫。她打小就熟悉的女娲补天的神话让她对下大冰雹这种情形很恐惧,抛开所谓的科学知识不说,她心目中的天就应该是透明的玻璃体,而那些硕大无朋的冰雹很像是天体被击碎后抛撒向人间的碎粒。冰雹很像是天塌了的暗示,许许多多人都会有这样的想象。连同两天前的地陷,她不明白这个世界究竟怎么了。

黄棠无端地想起了一九七六年。那一年是美国建国两百周年。也是中国那一整个世纪当中最奇特的年份,那是这个地球上人口最多的国家的缔造者毛泽东的忌年;更为有意思的是周恩来和朱德这一文一武两大先锋的探路。三个老朋友同一年上路了,而且两大前锋在先且一前一后,而且京都近处(唐山)有中国历史上最大的一次天崩地裂。毛泽东死了,相当多的人都有天塌了的感觉。那也是黄棠生平第一次体会天塌,虽然那一次天并没有真的塌下来。她活了四十八年,她今天头一次亲眼看到了天塌的景象。

洪开元忽然从外面进来了,"妈,是你啊。他们说我房里有人,我还纳闷,谁还有我房间的钥匙?上海航班取消了?"

"我不知道。我不想在机场等消息,就把票退了。"

"我看也是,我们几个人各有各的事情做,都不需要靠你了,你就用不着总是那么忙忙碌碌的,该歇就歇下吧,不要让自己那么辛苦。"

黄棠摇头,"不是。我不是累,是刚才那场冰雹让我心情很坏。我那会儿坐在飞机上,眼见着那么大的冰雹砸在机翼上,我觉得是天塌了。被女娲补好的天,经过了这么多年,终于还是塌了。"

"妈,你说什么呢?你不是病了吧?"

"儿子,你说怪不怪,我在机翼的上方看到了彩虹!下那么大的冰雹怎么会有彩虹呢?当时的天那么暗,怎么可能有彩虹呢?"

"下雹子和下雨都是同样的降水过程,雨天有彩虹不奇怪啊。妈,你是不是因为彩虹才想起了女娲补天?看到下雹子就以为天塌了?"洪开元拉住妈妈的手,"天哪,你怎么这么热!走,咱们马上去医院!"

他不由分说搀扶起母亲就往外走。他把黄棠扶进自己的兰博基尼"蝙蝠",帮她系好安全带。这是黄棠第一次坐他的车,过分低矮的座位令她很不适应。她对这辆车的看法与洪锦江一致,它太招摇了!洪锦江从未坐过这辆车,她若不是发烧也绝不会上这辆车。儿子知道她的想法,所以早上送她去机场开的是她的车。她的车被他放在家里,这里只有这一辆。

车子的起步也让她不舒服,好像是轻轻地一下子就被弹射了出去。她没一点心理准备,所以很是紧张了一回。走起来以后就没什么了,也许是他知道母亲的心理抵触,有意将这个钢铁怪兽开得既慢又平稳。

医院大门口内已乱作一团,里面的车出不来,外面的车也进不去。即使是全中国只有三辆的"蝙蝠"车也无能为力。

洪开元在路上已经打过几个电话,高干病房的钱主任已经在大门处等候。洪开元降下车窗玻璃朝钱主任挥手,钱主任马上迎过来。

洪开元说:"麻烦你了钱主任,帮忙扶我妈下车。"

钱主任在右车门接黄棠下车。

洪开元又说:"我找地方停车,麻烦你先带我妈进去。"

兰博基尼"蝙蝠"车头一拐,放弃了进医院停车的企图。

黄棠跟在钱主任身后往大门方向过去。拥乱的人群当中是一个衣衫褴褛的男人和他的女人,男人无精打采躺在地砖上,显然是患了重症,女人把男人的头抱在怀中,正歇斯底里对围观的人群泣诉。

"……还是不是人民的医院?还管不管人民的死活?没钱就不能看病啦?人没钱就该死吗?"

一个戴红袖章的应该是医院的保安,"没钱怎么看病?该死是你自己说的,医院可没说这话。我说大姐,我的任务就是看门,你堵在大门口不是明摆着跟我过不去吗?不是成心要砸了我的饭碗吗?你想跟医院闹,换个地方好不好?让院里的头头脑脑看见了,账都要算到我的头上。"

"你让我往哪里换地方?你明明看到了他们刚把我从大堂拖到这儿来!一定要我换地方,我还要换到大堂里去。"

"大姐呀,没用的,你说你没钱医院凭什么收你?这年头哪有这种便宜事,你就别异想天开了。"

女人不理他了,转向围观的人群,"你们大家给评评理,医院是国家用老百姓的钱造的,老百姓有了要命的病国家凭什么不管?我男人是晚期肺结核,咯血咯了五天了,眼瞅着就会咯出人命来。可是医院就是眼睁睁地不收,眼睁睁地看着活人变死人。你们说还有没有天理?"

钱主任见黄棠没跟上来,回过头来找她。

黄棠低声说:"钱主任,那个病人的钱我来出,你让急诊室派个担架把他抬进去,也别让这么多人总在这里围观。影响太不好了。"

钱主任同样低声,"黄总,我劝你不要管这个闲事。你不知

333

道,这两个人绝对不是省油的灯,他们已经在全市的各大医院都这么折腾过,谁拿他们也没办法。连警方都不管他们的事。你要是沾上他们就麻烦了。"

黄棠很意外,"居然是这样。这么说那个男的是装病了?"

"也不是装病,当真是有肺结核,但是没她说的那么严重。他们故意拿他的病说事,借题发挥想借机会敲医院一笔,弄一个免费医疗的机会。他们正巴不得有哪个冤大头愿意为他们出钱呢。"

"如果还是钱的问题,我就代他们出了。我不愿意看到他们在这里聚众闹事,对医院不好,社会影响也不好。既然真的有病,还是看病要紧。"

"黄总,我还是提醒你不要这么做,你会惹麻烦上身,而且会很难摆脱掉。我们医院遇到类似的事情太多了,好心好意的救助病患,结果反被敲诈讹诈,惹上没完没了的官司。再说了,我要是插手这件事,洪开元那边我也交代不了,他肯定会骂我多管闲事,说我自作自受。"

"那好吧钱主任,我不为难你。不好意思。"

"黄总,是我不好意思。我知道您慈悲心肠,但我确实不希望您沾上这样的大麻烦。哟,洪总那边也过来了。"

他说的洪总就是洪开元。听堂堂的人民医院高干病房主任称自己的儿子洪总,黄棠的心里有一种很奇怪的酸楚。她自己是黄总,她老公是洪主任,大女儿被葛书记称之为祁女士,二女儿是洪导,现在小儿子又是洪总。虽然她很明白,所有这些称谓都包含了敬重和恭维的意味,但她心里还是不舒服。因为她在其中品味出了钱的气息和权力的气味,有非常清晰的马屁味。一个功利的社会里个体的姓氏名称都失去了意义,有意义的只是金钱和官阶。洪开元甚至连一个公司也没有,他又何来洪总之称呢?只不过因为他是官员的儿子,老板的儿子,大亨的弟弟,如上的三重身份生生把一个十七岁的男孩变成了"洪总"。

"儿子,你能不能帮妈一个忙?把中间那两个人或者弄到医院里,或者妥善安排一下,别让他们在大门口闹事。妈心里很不舒服。"

"这个容易,我半小时之内解决问题。"

"儿子,不是要你伤害他们或者把他们撵走,我要你妥善处理好。"

"妈,我懂,你放心就是。钱主任,就劳驾你安排我妈的治疗了。"

"放心吧洪总,我办事你放心。"

高干病房区在医院大厦的九层。从电梯出来,整个氛围的雅静与下面有天壤之别。一个护士迎上来,钱主任交代了一句"VIP 1号",护士示意黄棠跟着她过去。这个VIP 1号是一个可以媲美五星级酒店的房间。护士请她洗过手,为她递上全新的丝绒帕,之后请她安坐在可以变换靠背角度的诊疗榻上,并且为她调好一个很舒服的角度。她为她拿来一瓶依云矿泉水和一只骨瓷饮杯,为她旋开瓶盖把矿泉水斟好。

另外两个医护人员跟着钱主任进来了。

钱主任说:"黄总,先给您测一下体温,还要采一点血化验几个指标,很快就好。您先喝点水。"

黄棠微微点头,这会儿她不想说什么话,既来之则安之。

正如钱主任所说的,医生护士的动作既轻盈又麻利,有心事的黄棠几乎完全忽略了自己被诊疗的事实。几分钟里中医为她号了脉,护士为她做了测体温和采血,做完就都静静地退出了。

钱主任说:"体温略微有一点高,三十七度七。脉象很平稳,没发现有什么异常。您先安静地休息一会,这里果盘的水果都是新鲜的干净的。我已经为您订了营养粥,大概四十分钟以后您可以进餐。化验结果要两小时以后,我估计不会有大问题,您尽可以放心。"

黄棠点头,"多谢了钱主任。您去忙吧。"

钱主任走了。当值护士过来帮她将诊疗榻的靠背放平。护士告诉她九层有屏蔽,手机的信号很差;她说没关系,她没什么要紧的事。

她舒舒服服躺下了。这个诊疗榻真是个好东西,你可以随意把它调整成不同的姿态。坐姿;半躺半坐有三个角度,以躺为主,或者以坐为主,或者既躺又坐;然后是睡姿。那种有记忆效果的弹力乳胶对身体各个部位都有极好的支撑,让你觉得一切都恰到好处。

护士不知什么时候也离开了。她睁开眼,原本想让护士问一下这个诊疗榻的品牌和生产国,看不到人也只好作罢。等钱主任来了再问他就是了。

黄棠不知为什么有了一种刚从一场大病中痊愈的幻觉,她觉得四肢用不上力,浑身充满了倦怠。她甚至一动也不想动,她猜是身下舒服的床垫使然。她的身体一直没找过她的麻烦,她觉得自己有用不完的气力,她一直精力过人,所以突如其来的倦怠感令她很陌生。这种陌生感同样又令她生出隐隐的紧张,她不喜欢陌生感,那会让她的心里觉得没底;她整个一生都是在自信到自负的心态当中,所以她很排斥心里没底的感觉。

这会儿刚好是午休时间,洪锦江去食堂午餐。今天新区的其他官员都下基层了,只剩下他一个光杆司令。厨师照样为他备了四菜一汤,只不过每一种的量都少一些。餐厅里正位对面是一个大屏幕电视,他用遥控器将电视打开,节目刚好停在央视一套上。

每天在这个时间是《午间新闻30分》。男主播说自己上班多带一副口罩,因为当天是严重雾霾沙尘暴,空气质量指数pm2.5在三百四十至三百六十,属严重污染。

洪主任记得前些日子在纸媒上看到商界大佬马云的一段话,大意是原本有钱人还有一点特权,当普通老百姓喝毒水吃毒食品的时候,有钱人可以从北京以外或者中国以外买没毒的水和食品;但是现在有钱人的这么一点特权也没了,因为连空气也成了毒空气,有钱人再怎么能,也不可能把北京的雾霾空气都换成清洁的。

男主播在继续。昆明附近的盘龙江等十三条河断流。哈,原来断流的不止苍鹭河一条。仅昆明一个城市附近居然有十几条江河都断流了!那么全云南省呢?那么全中国呢?这么想一想令洪锦江不寒而栗。

忽然想起黄棠去了上海,到现在也没个电话。她以往的习惯是无论去哪里,到达了先就会电话报平安。他通常在工作时间不会打私人电话,但现在是午休时间,他给她拨电话。可是系统说她不在服务区。他当然不担心她,他估计是她太忙了,没来得及打电话回来。他相信她有了时间会追一个电话过来的。

洪开元过来时她已经沉睡了。他想告诉她已经为那两个在医院大门口闹事的人联系了另外一家医院,病人已经安置了床位;那女的已经答应他不再闹,如果她闹,他就再也不管他们了,任由医院把他们撵出去;只要他们不闹,安安稳稳接受治疗,医院里的开销由他承担。洪开元把他们俩的身份证拿在自己手里,他警告他们如果他们无事生非,他就把他们扭送回他们的老家。他们知道被他抓在手心里,所以只能老老实实听他的话。

他处理他们着实费了一番心思,所以多耽搁了一会,远不止他答应母亲的半个小时。他是带着几分歉疚赶回来的,他历来讲求说话算话吐唾沫成丁,超时让他觉得很没面子。其实他过虑了,他即使在半小时内赶回来她也已经睡了。钱主任说没什么大问题,让他很放心。

但他还是把母亲住进医院的事情告诉了两个姐姐。她们原来都以为母亲已经在上海,想不到她竟然就在人民医院的高干病房。两姐妹互相没有通气,但是却都没有耽搁,在接到电话后的几分钟里从不同的地方往人民医院赶过来。两姐妹在医院的大门口相遇,她们从对方的充满疑虑的眼神里汲取了新的紧张。她的右手紧紧抓住了她的左手,手心的细汗渗出来与对方手心的细汗相融合,内心的紧张又加倍了。

护士在VIP 1号门前迎住了她俩,她们被告知母亲正在沉睡,为她专门煲制的营养粥她也没来得及喝。护士还说洪总也来过,来了又走了。她请二位到接待室等候,说患者醒了她会来通知二位。

"小萍,我就从没见过妈在大白天睡过觉。"

"就是,妈从来没有午觉的习惯,所以她晚上睡得也早。"

"所以我有点担心,大白天,睡大觉,是不是有点反常啊?"

"按妈原来的计划,她现在应该在上海跟她那一伙人在开会。她心里有事,不可能如此心安理得睡大觉。姐,你看我是不是给爸打个电话?"

"先别。还不能确认妈是不是真的病了,先别吓唬她江哥。我们耐心等等吧。陆小玫那个片子弄完了吗?"

"剪辑早就完了,主要是修理声音费时间。至少还要一周吧。姐,你拿地的事情有眉目了吗?我就不懂,你一下拿那么多地干吗?赚钱真的那么有意思吗?"

祁嘉宝笑了,"不懂的事情就不要问了嘛,说了你也不懂。赚钱很有意思,非常非常有意思,也许赚钱是这个世界上最有意思的事。所以你看这个世界上有那么多专门为赚钱所设的行当,有赌球,有赌马,有斗鸡,有斗蟋蟀,还有无穷无尽的赌博勾当。如果不是为赚钱,怎么会有那么多人迷在赌上。但是这个你也不懂,跟你说了也是白说。"

洪静萍脸红了,"我只是觉得,你的钱也够你这辈子用的了,何必再辛辛苦苦跟自己过不去呢？我看你们做生意的真不容易,永远在走钢丝,永远在提心吊胆,所以我想不通。你们何必呢？"

"别人也想不通你们哪。费尽心思去捉摸拍这个还是拍那个,这样拍还是那样拍,赚不了几个钱,又劳心又费劲。你们又何必呢？我没问你,我只是用反问来回答你。谁做自己的事情都会在其中找到自己的乐是吧？别人以为很无聊的,你不是照样在做吗,而且每天乐此不疲？"

"那不一样啊,艺术创作的过程当然是有无限乐趣的,那是在创造！"

"你以为赚钱不是创造吗？赚任何一笔钱的每一个回合也都是创造。没有创造,不可能有增值。而且创造金钱与别样的创造最大的不同,在于被创造物本身仍然有无穷的创造力。我说的是金钱。你不承认你的创作需要金钱去支撑吗？是金钱与你共同在创造。"

"姐,我不能说你的话不对,但是至少不全对。创造的是创作者本体,我认为金钱只是支撑的必要条件,没有艺术家而光有金钱是不可能凭空诞生艺术的。但是有艺术家没有金钱,仍然会有艺术的诞生。"

"小萍,我说你把创造狭隘化了。不止艺术品是创造。这个世界有那么多人为的东西,没有哪一样不是被创造出来的。而所有那些创造物都需要金钱在背后做推手,有了金钱绝不会没有艺术家,因为哪个艺术家都时刻等待着金钱的召唤,主动接受金钱的驱使。包括郎朗的弹琴,包括丁俊晖的台球,包括杨利伟的上天,所有的……"

护士推开门,"黄总醒了。二位要不要过去探望?"

走廊上的这一段路仍然没能打断祁嘉宝的话头。

"现在有一笔钱,要拍一部只有斯皮尔伯格和卡梅隆才拍得出的好电影,他们最终还是选择了斯皮尔伯格。而斯皮尔伯格选择了布拉德·皮特做男一号,汤姆·汉克斯做男二号,惠特妮·休斯敦做女一号,莎拉波娃做女二号,我们的郎朗做惠特妮·休斯敦的琴童,丁俊晖陪布拉德·皮特打台球。你说这样一笔钱是不是也在创造啊?"

"亲爱的老姐,我必须告诉你,惠特妮·休斯顿刚刚去世了。"

已经到了VIP 1号门前,她俩的幽默仅止于此。

因为她们马上发现,她们亲爱的妈妈出了大问题。妈妈醒了,但是那张脸上露出了十足的痴呆相,她甚至认不出进来的两个人是她的女儿。无论两个女儿怎么叫她,她都用同样的话问她俩,"你是谁?"

一向沉着淡定的祁嘉宝这下也慌了,她让洪静萍马上给洪锦江电话,她自己则忙着用电话找洪开元。值班医生来了,钱主任来了,二十五分钟之后洪锦江也来了,又过了十三分钟洪开元也来了。

最紧张的是钱主任,因为就是他在八十五分钟之前还对洪开元说没有大问题。很明显他有失察之责。这两个小时里他本该有所作为,但他没有。

三个儿女她都不认识了,她面对洪开元也是一样的问他"你是谁?"。唯一的例外是洪锦江。她一见到他开口就是"江哥"。

"江哥,你怎么才来?"

洪锦江明显已经慌了神,他完全不顾忌身边有那么多人,脱口而出:"棠妹,你怎么了?究竟怎么了?出了什么事了?究竟出了什么事了?"

"江哥,我饿,我还没吃饭呢。"

当值护士忙将一直放在保温箱的营养粥端出来,"营养粥可以吗?"

洪锦江说:"可以。饿了就喝粥。"

黄棠说:"喝粥好啊,我最喜欢喝粥了。"

洪锦江将粥碗递到黄棠手上,"棠妹,你自己来还是我喂你?"

"喂我吧,你已经很久没喂过我了。江哥,我知道你忙,我不怪你。"

"我来喂你。来,张开嘴。棠妹,我以后不那么忙了,我保证。我会每天每天都喂你。"

"你说话算话吗?我不信你以后就不那么忙了。"

"算话,我说不那么忙了,就一定不那么忙了。我说话算话。"

洪锦江再也没控制住自己,眼泪唰地坠下去了。

3. 时过境迁

眨眼之间就到了二〇一四年的四月三十日。黄棠病倒已经超过一整年。

一年在常人的一生中经常只是一瞬。无论你的一生是三十年六十年还是九十年,一年都算不了什么。但是回到通常的记忆你会发现,每一年里都会发生事情,大事或者小事。这样过去的一年就忽然有了一点意义,与记忆相关的意义。这一年里与黄棠记忆相关的有些什么事情呢?

最大的事情应该是她的江哥升职。江哥被任命为市长助理,他的工作是主抓恢复苍鹭河工程与开发新区的土地招商。江哥目前还兼任着开发新区主任一职,他的另外一项工作是物色和推荐一位候选人顶到这个位置上来。

不太大的事情是一个常来看望她的祁女士生了一个男宝宝。周围的人都说那个男孩像黄棠。他们真逗,为什么说人家的孩子像她呢?也许他们以为这么说会让她高兴?说一个那么小的男孩子像她,当真让她很高兴。如果那个宝宝不是男的,她也许不那么高兴。她原本就喜欢男孩,差不多所有的女人都喜欢男孩,生一个自己的男孩是每个女人的愿望。

一个很小的事情是另一个常来看她的姓洪的女人也怀了孩子,他们说预产期就在这几天。姓洪的女人还很年轻,但是她的老公不年轻了。她不懂为什么别人都叫他们"什么导","洪导"还有"蒙导"。她猜那是一种官衔或者职务,就像别人都叫她"黄总",或者别人都叫她的江哥"洪主任"。她一直搞不懂她的江哥怎么就成了"洪主任"。

一个更小的事情是那个常来看她的男孩出了车祸。她听说他全身的骨头断了十七处,听说他一直在上海的一家大医院里休养。她记得那男孩有一个很漂亮的女孩,那女孩永远都跟在男孩身边,他们说那女孩死了。他们说汽车肇事最危险的位置就是副驾驶,而那个女孩刚好就坐在副驾驶位置上。她先还记得那男孩叫什么来着,可是那男孩很久没来看过她了,打从出车祸就再没来过,所以她渐渐地把他的名字也忘了。

可是昨天已经怀了孩子的姓洪的女人给她带来一个电影,那种在电视上看的电影。她一眼就认出了女主角就是那个死了的女孩,那个总跟着出了车祸的男孩来看她的女孩。电影的名字叫《陆小玫》。

那是一个家境很差的女孩子,她喜欢唱歌,她经常一个人躲在青纱帐里引吭高歌。她唱的歌她听不懂,抖抖颤颤地,而且声调又高又尖,似乎要穿透听者的耳鼓。后来故事里出现了另一个也来看过她的女孩,两个女孩唠唠叨叨说了许多她们共同的往事。后来的那个女孩成了陆小玫的伴奏员,她弹琴陆小玫唱歌。她们的表演获得了很大的成功。

黄棠问姓洪的女人,她那么好的女孩怎么说死就死了。姓洪的看上去很伤心,泪水马上就穿越了她的脸波涛汹涌奔流直下。黄棠明白她碰到了她的伤心处,她于是说自己再也不问她这样的话了。

那个姓祁的女士每次过来总要带上她那个男宝宝。那个小家伙每次见到她都会自己扮成凶恶的老虎相来吓她,小家伙喜欢用嗷嗷的虎啸声给自己壮威,她于是便做出很害怕的样子让他的小诡计得逞。那种时候那个男宝宝会开心得嘎嘎大笑,他笑的时候真是天真烂漫到了极致,也会让她开心到极致。那种时候男孩的妈妈经常被撂在一边,似乎那一老一少的简单到不能再简单的游戏跟她没一点关系。

让她最开心的当然还是她的江哥过来的时候。江哥来一定有她最爱吃的东西,她也非常享受江哥喂她吃的那种感受,她觉得自己就是一个小婴儿,江哥就像她的妈妈。一小勺又一小勺,一小勺又一小勺。她的江哥比任何一个妈妈都更有耐心。是江哥的无穷的耐心让她回到了她已经久违的婴儿年代,她知道那是人的一生中最最享受的年代。

这一向江哥过来总要跟她说一些苍鹭河的事。她记得苍鹭河这名字,但她不记得那是什么。江哥说等她能够起床下地的时候,他会带她去看苍鹭河。他说他的工程马上就完工了。他做的是北段工程,一道蓄水坝加上一片平湖,整个北段工程的造价五亿五,已经造了两年多时间。

五亿五是多少她不明了,但那是她的江哥的工程,他说到工程时那么激动又那么自豪,她猜五亿五一定非常了不起。

江哥还说了另外一个关于苍鹭河的事,说是要到上游买水。说上游有一个苍鹭湖水库,说苍鹭河的水都存在水库里,他说买水要很大的一笔钱,要三点三个亿。江哥说这笔钱是市政府出面募集的,说政府还给好几家银行做了担保,说政府这样做其实担了很大的风险,但这些都是为了全市人民的福祉。江哥还引用了一句戏曲上的台词,"当官不与民做主不如回家卖红薯"。她觉得江哥一本正经地说台词的时候,那样子很滑稽。

江哥满脸郑重,"市委葛书记太信任我了,把这么重的责任压到我的肩上,我一定不可以辜负组织上的信任。三亿三啊,都在我的账上!全市三十九万人民重见苍鹭河的希望都在我的身上,我绝不可以辜负他们!"

"江哥,你不会的。你从来不会辜负组织上的重托。"

"棠妹,我今天要和电视台的金副台长一道去水库付款,今天也许会留在那边跟水库的领导一起喝庆功酒,我怕我不能回来给你送晚餐了。别生我的气好吗?嘉宝和小萍会陪你一起晚餐。"

她知道嘉宝就是那个姓祁的,小萍就是那个姓洪的,这些她已经记住了。她不生江哥的气,江哥是做大事的人,偶尔的缺席她能理解。

金副台长陪同洪助理去水库付款大有深意。因为此举关乎三十九万人民所企盼的苍鹭河的恢复,所以电视台要跟踪供水的全过程。金副台长已经与驻扎在本地的空军指挥部联系好,租用一架专门用于飞行训练的直升机,要对水库开闸放水一直到注入二级梯次平湖的全过程进行航拍,同时在电视台现场直播,让全市人民亲眼看见已经失去多年的苍鹭河水回到自己的身边。这一条新闻若是有机会登上央视一套的《新闻联播》,那么看到这一盛况的就不只是全市的老百姓,而是全国人民。

金副台长对这条新闻极为重视,所以她要把与这条新闻相关的合同的签订以及付款的那个瞬间,都要作为背景在新闻中予以展示。签合同的镜头早就拍竣,而合同中所指明的合同生效日期就是水款到账之日。所以付款的那一刻意义非凡。

市长助理洪锦江同志在苍鹭湖水库大坝上,神态凝重地将银行卡在刷卡机上划过——镜头切到卡机小小显示屏的特写:

330,000,000.00

这就是摄像机的伟力,也是镜头的伟力。这一刻将定格为永恒,将在现场直播苍鹭河放水新闻中作为史诗性的背景的瞬间。

打从生病以后她的记忆力就不太行了。她的江哥在给她讲工程讲供水这些事情的时候,还给她附了许多数字;她对数字不那么敏感,她没法记住那些数字,更不能够理解数字背后所涵盖的那些特殊的意义。

比如整个河滩的面积是一千六百万平方米;

比如北区平湖的土石方工程量超过一千三百万立方米;

比如一座蓄水坝的石方工程量超过三万个立方米。

再比如引河加两段平湖的总长度为五十七公里,加上多年河道干涸水位下降势必引起一定程度渗漏的考虑,再乘以一个一比二的系数,总共的需水量超过二亿二千万个立方,以每个立方一点五元计算,得出的数字就是三亿三。

江哥说他的,她听她的,江哥的账跟她不发生横向联系。那些数字对她而言都太大,她不能够想象很大的数字究竟是怎样的规模。但有一点她心里明白,那么大的数字背后体现的是江哥的辛勤工作,记录的是江哥他们的丰功伟绩。五亿五,三亿三,这些一定都是最最了不起的数字。

江哥去苍鹭湖水库付水款,之后与水库的官员喝庆功酒。

但他必得在当天就赶回来,因为明天九点,"五一"国际劳动节的九点,苍鹭湖水库管委会将正式开闸放水。作为恢复苍鹭河工程的领衔官员,作为市长助理,她的江哥要在第一级苍鹭河水坝与苍鹭河大坝交界处的平台上主持引水仪式,届时书记和市长都要亲临现场。所以喝庆功酒绝不可以误了返程的时间。

黄棠困了,她的身体太弱,容不得她熬夜。她每天九点必得熄灯,而她的江哥到家的时候已经是五月一日凌晨三点半了。

洪锦江心里很明白,他已经没有睡觉的时间。引水仪式八点半正式开始,接下来的五个小时里他要检查仪式现场的布置情况,他要与秘书对接仪式日程安排,他最后还要与两地电视台协调,将现场直播的衔接工作全盘落实。而在此之前他还有一个重要的事情,就是去医院看老婆。

每天晚上看老婆是他一天里最后一项工作。昨晚他在水库库区,这最后一项工作耽搁到了次日的凌晨。"今日事今日毕"是他的座右铭。时间耽搁了,程序不可以耽搁,今日事今日毕。

他比谁都清楚,神经已经极度衰弱的黄棠一旦睡着,无论如何不可以惊醒她。他去看她是他自己的事,与她无关;因为她完全不知道他的到来。他悄悄地来,之后悄悄地走。他就是这么打算的。当然他绝料不到她会醒。他来时她还闭着眼,还在安恬的沉睡当中,是当值护士给他开的门。他告诉护士,自己看她一眼就走。他只打算在她跟前站上半分钟。

但是十秒不到的时候她已经醒了,安安静静地睁开眼。

黄棠说:"江哥。我在梦里就知道你来了。"

洪锦江笑了,"你可真是神了!我进门才十秒钟。"

他这会并没意识到她有什么异常,包括她在不合时宜的时机醒来。

黄棠说:"儿子说他天亮了就过来。"

洪锦江的脸变色了,"儿子?你说洪开元要过来?"

"他说他要过来。谁知道他的话作数不作数。"

"他在梦里跟你说的?"

"应该是在梦里,要不我怎么会知道他这么说呢?"

"可是,可是棠妹,你,你怎么,你好了吗?什么都想起来了?"

"想起来什么?"

"你知道你生病了吗?你已经病了一年多了。"

"我生病了?生什么病了?"

"你知道儿子出车祸的事吗?"

"儿子出车祸?不可能啊,他刚刚还说要过来呢。"

"棠妹,我告诉你,你生了大病,已经一年多了,你根本不记得你有一个儿子和两个女儿,他们在你跟前你也不认得他们。儿子叫洪开元,七个月之前出了一场车祸,他伤得非常重,他一直在上海的医院里疗伤。我的话你听明白了吗?"

"江哥,你脑子出故障了。儿子一会就过来,他说过来就一定会过来。儿子从来说话算数。"

"棠妹,你还记得你的两个女儿吗?"

"你脑子真的出故障了,你怎么会问这些话。你问的是祁嘉宝和小萍是吧？我怎么会忘了她们呢？"

洪锦江摇摇头又拍拍头，他忽然笑了，"看来真是好了，没事了。"

"江哥，你别吓我，你究竟怎么了？"

"我没事。我八点半有一个仪式要主持，现在还有不少事情等着我去落实。棠妹，你再睡会儿。醒了见不到我也不要紧，我在苍鹭河大坝现场，你打开电视机就能看到我。我要忙完了才能过来看你。"

"忙你的去吧，我什么时候要你挂念过。"

洪锦江离开医院往引水仪式的现场赶，他的心里忽然充满了狂喜。已经过了四点钟，远处的天边渐渐泛上了鱼肚白。黄棠痊愈了，她当真痊愈了。他曾经以为她再也无法回头，以为她的脑病是不可逆的。医生的诊断结论是脑瘫，也是医生告诉他脑瘫不可逆。他虽然不相信她的智力和脑力就此停滞了，但他也不敢去企望她会逆势而痊愈。她居然真的痊愈了！

二十几年的老夫老妻，他早已经习惯了事事对她的依赖，她的突如其来的倒下给了他一生当中最重的一击。让他欣喜的是她尽管已经记不住任何人和事，但她记得她的江哥，说明她的江哥不是留在她的记忆中，而是深深镌刻在她的骨头上。他是她在这个世界上最要紧的那个人。

他在她病倒的那一刻答应她，他会一直喂她吃东西，他不会再忙。他不可能不忙，但是他不会以忙为借口忽略她，他在她那里永远不会再忙。他做到了。他是政府官员，是政府一把手，他每天日理万机；他是一个好官，没有贪占过一分钱，他的忙碌是无私的。但是在他的已经病倒的老婆跟前,他做到了不忙。他答应她的,他都做到了。

他的儿子受了极重的伤,一直在上海的医院里诊疗。他力争两周跑一次上海,去探望浑身都动弹不得的独生儿子。但是他每天至少一次去探望他的老婆。没人去考察他的内心,但是从对亲人的探望频率上可以知道,老婆在他心里比儿子更要紧。他自己也是这么感受的。他特别喜欢的一句歌词是那个叫张镐哲的歌手的代表作,"好男人不能让心爱的女人受一点点伤"。那就是他的感受,那是一种无与伦比的感受。

他此刻特别为一句古老的成语而欣喜,老天有眼。连医生都说了脑瘫不可逆,黄棠的痊愈甚至违反了科学;可是老天有眼,一定是他的诚意感动了老天,老天把他心爱的女人又还给他了。廓大无边的天道啊!

他到了引水仪式的现场。这里正在搭台施工,几十盏探照灯将工地照得通明瓦亮。他原来以为这是一个无可比拟的激动人心的现场,但是他完全没有该有的激动。那是一个关乎数十万人的幸福,同时有着上万人参与的完全可以载入史册的伟大工程,他本人是这项工程的领导者和指挥者。

在即将全部竣工的伟大的时刻,他应该有无比的激动和无边的欣喜。但是很奇怪,他没有。他忽然觉得那一切对他而言都算不得什么,因为那一切都比不上刚刚的那个女人的意外的苏醒。那个叫黄棠的女人苏醒了。

对他还不算漫长的一生来说,那个瞬间才真正是最最伟大的时刻。

他有一点心不在焉。但是作为政府一把手,他在现场这个事实,已经很大地激励了连夜施工的整个队伍,一切都按计划有条不紊地在推进。大约六点钟的时候热气腾腾的早餐来了,工地上一片欢腾。他在工地用了早餐。

大约七点钟电视台的转播车到了。他被请到车上,守候在工程师们身边,看着他们与苍鹭湖水库放水仪式现场的对方电视台联络并建立起播出连线系统。双方的技术负责人都在镜头前,他们彼此通过镜头打招呼,确认声音和图像的准确无误。一切都很顺利。

洪锦江心里非常明白,他们把他拉到现场,把这一切做给他看,都是为了让他安心。其实没有他,他们的工作一切照旧,他们会把属于自己的工作完成得同样好。但是他已经来了,他是这一次电视直播的最高长官,他们就自然而然的把让他安心和满意作为他们工作的最高标准。

八点二十分书记和市长分乘各自的车到了现场。洪锦江将他的两位领导请到了上座。电视台的台长和几个副台长也都各就各位。

八点三十分引水仪式开始。

作为仪式主持人的洪锦江先对恢复苍鹭河工程做了概要的描述;之后他请上工程总指挥汇报工程的建设和竣工;之后他请上了市长对工程的立项包括决策做了详尽的说明。这时候时间已经到了八点五十八分。

据电视台的不完全统计,观看放水仪式电视直播的观众超过十万人。先是一片辽阔平展浩瀚的湖面,三面都有起伏逶迤的山峦,苍鹭湖的美景是如此地令人心旷神怡。

他最后请上市委葛书记,请葛书记下达开闸放水的指令。

这会儿的葛书记声音高亢,一字一顿:"我—宣—布:苍—鹭—河—恢—复—工—程—放—水—仪—式—正—式—开—闸!"

广大人民群众借助直升机的航拍,亲眼看到水库大坝上的十三个巨大的阀门同时提起,十三条巨龙一样的飞瀑瞬间将干涸的坝下石滩覆盖了。飞瀑向前喷射的距离越来越远,可见是那十三个巨大的阀门被越提越高。

位于直升机上的镜头随着势不可挡的水流一路向前,下游的砾石滩和沙滩一经被水流覆盖,马上被染上了较深的颜色,波光粼粼煞是好看。

巨大的水流向前行进的速度很快,水头一路上攻城略地,在河道里如入无人之境一般酣畅淋漓,那是一生也难得一见的雄奇的景色。所有看直播的观众无不为之激动不已。水从古至今在所有人类的心目中都是生命的象征,而这一次的关于水的故事与所有观众都有密切的关联,那是属于他们自己的母亲河,那是会给他们的城市带来无穷新生命力的河水,他们每一个人的生活都因为全新的有着活水的苍鹭河的重现而变得美好。

水头在两个小时多一点的时间里已经奔湍了三十几公里,已经进入开发新区的地界。守候在河岸两侧的那些由开发商组织的锣鼓队已经开始了震天动地的锣鼓,为已经到来的浊浪翻滚的苍鹭河而欢呼庆祝。

举办引水仪式的现场有一面硕大的电视墙。与会的领导和广大群众一起观看激动人心的电视直播。有那么一会儿群众和干部真正打成了一片。

可是忽然,大家的欢呼声戛然而止,因为从巨大的电视画面上人们看到了异常。先前还欢快跳荡着的水头忽然不见了,水头在河道偏右的巨大涡旋处失去了向前的方向,涡旋将所有从上游跳荡而下的水流吸向了自己。涡旋成了一个无底深渊。

镜头在涡旋上方停留了许久,摄像师有意将涡旋向所有观众的面前拉近,再拉近。观众们看到了那个由剧烈旋转的水流所形成的血盆大口,无数河滩上的植物残骸连同各色垃圾杂物都被巨大的水流所裹挟着旋入到地下,那是一种无法想象的骇人听闻的吞噬,不是吞噬一个人或一艘船,而是吞噬一切,包括无数的泥沙和巨石。

洪锦江在混乱的人群中看到了市长。市长目瞪口呆。他在人群中努力去寻找葛书记,可是没能找到,因为现场已经出现了极度混乱。他意识到电视直播本身已经就是造成混乱的直接原因。他忙抓住身边的金副台长,让她马上通知转播车中断直播。电视画面瞬间就变成了充满嘈杂的雪花屏,几秒钟之内又插入了老百姓熟悉的一款国产运动鞋的广告。

还是黄棠的梦灵验,洪开元果然回来了。

将近七个月的连续治疗和康复休养,他出院了。他不是一个人来的,他还有一个特殊的同伴。三个月之前,他第一次主动以电话联系认识了那个人;在接下来的两周里,他每天在病榻上给那个人讲故事。他的故事里没有他自己,有的只是一个中年女人和她的老公和她的一个婚前的女儿及她的另外一双儿女。他一直没说他自己就是那一双儿女当中的一个。现在他从上海的医院出来,他邀上那个同伴跟他一道回了家。他在回家之前给他亲爱的妈妈托了梦,所以他知道妈妈会在她长住的医院里等着他。

他到医院的时候已经十点了。他的两个姐姐都已经在妈妈的病房里。他二姐是电视编导,二姐专门带过来一台超薄型三十二吋液晶电视。他进门时她们都在看电视,连他的没满周岁的小外甥也不眨眼地盯着屏幕。电视上是苍鹭湖水库放水苍鹭河的直播现场,主持仪式的人是他的父亲,父亲吸引了她们全部的注意力。所以阔别了七个月的洪开元的归来并未引起家人的格外关注,仿佛七个月里他每天都是这样频繁的在家中进出一般。

他和他的同伴站到了家人的身后,加入到那个有超过十万人同时观看的观众大军之中。浊浪翻滚的水头也没什么好看,所幸有经验的编导不时地插播早已录好的一些断片,同时插播从引水仪式现场和水库库区放水现场截取的断片。也许这些内容对关乎切身利益的广大观众有意义,但是对从数百公里之外的大上海赶过来的洪开元的确没有任何实在的意义。对他的那位从未到过此地的同伴,就更没有任何实在的和不实在的意义了。

也正是由于这样的缘故,所以后来激动人心的水头被那个巨大的涡旋吞噬所带来的公众巨大的失意情绪他俩也不是很能理解。

洪开元的同伴说:"应该有一个地下河,水头给地下河吃掉了。"

屏幕上出现了引水仪式现场的混乱。他们一家人在摇动的镜头中无一例外的同时见到了在现场指挥的洪锦江！全家人都不由自主地伸出手去捂自己的嘴巴,与此同时电视屏幕忽然换上了满屏的雪花,接着那个由世界短跑名将加特林所代言的运动鞋广告插进来了。

祁嘉宝说:"惨了,三亿三的买水钱都打水漂了。"

黄棠很紧张,"你爸爸不会有事吧?"

洪静萍说:"这是典型的天灾,属于不可抗拒力,个人没责任的。"

祁嘉宝说:"这下市政府要破产了！市政府为这笔水费在好几家银行都做了担保,这么大一笔钱全都成了市政府的债务。"

洪静萍说:"几个亿对市政府算什么？光是开发新区这一块的土地,市里就卖了两百多个亿。政府可能缺这个缺那个,就是不会缺钱。"

黄棠说:"给你爸爸挂个电话,看他什么时候过来。"

祁嘉宝说:"小萍,这你就不懂了。中国的事情很特别,收支永远是两笔账,卖地的钱就是卖地的钱。这笔钱谁也没有办法挪用到其他方面去,就是市委书记也没办法。"

洪静萍摇头,"我不这么看。我认为只是从左边口袋挪到右边口袋的把戏。也许有中央政府要扣除的部分,但是那部分之外都是地方自己的。"

男宝宝嘎嘎地大笑起来,洪静萍皱起了眉头。他为什么笑,他觉得小姨的话很好笑吗?小姨就在男宝宝跟前,男宝宝明显感受了小姨的郁闷,他于是伸出他的小手轻轻拍一拍小姨隆起的肚皮。洪静萍的眉头展开了。

黄棠说:"我说了给你爸爸电话,你们谁都当耳旁风啊?"

原来病房里的四个人权当洪开元和他的同伴不存在,或者可以说谁都没有发现房子里多了这两个人。

尾章　把颠倒的历史颠倒回来

一个小时后黄棠办了出院手续。他们一行三辆车六个人浩浩荡荡返回他们在北环路之外的家。他们谁也没有想到洪锦江已经等在家里。他很平静地告诉家人他已经被免职了。

黄棠比任何人都要紧张，"是一撸到底吗？"

"没那么惨，免去的只是开发新区的职务，不再兼主任了。而且以后也不再分管恢复苍鹭河工程和开发新区了。市长说让我待命，说新一轮的任命还没有最终做出，说我可以休息一段时间。"

"谢天谢地！你为组织上辛辛苦苦干了一辈子，怎么也该给你留个名分，不然你心里很难找到平衡。在我心里最好的格局是你就此赋闲，就在市长助理这个闲差上过渡到退休。"

祁嘉宝说："不知道市里对恢复苍鹭河工程是怎么打算的？"

洪锦江说："水文地质专家已经确认了河道下方有巨大的地质空洞，或者出现了一条地下河。根据他们初步的判断，这是一道无解之题，恢复苍鹭河已经是不可能的了。葛书记说这也不是一件坏事，如果最终的地质结论被确认，本市凭空就生出了两万四千亩建设用地，而这些土地又都是位于城市的中心区,这是一笔天外飞来的横财。以平均每亩城市中心区用地两百万匡算,这笔财富价值四百八十亿!"

"那样的话政府当真是发了天大的横财。三个多亿的买水钱当真可以忽略不计了。"

洪静萍说:"姐,我怎么说的,你是不是杞人忧天?"

洪锦江说:"事情也没那么简单,河道毕竟是河道,河道有另外一个重要的功能就是泄洪。如果有百年不遇的大水,如果地质空洞或者地下河容纳不了大水,原来河道的泄洪功能仍然是必需的。我不信整条河道都会被改造成建设用地,以我在政府三十多年的经验,葛书记的想法有一点异想天开。"

洪开元说:"老爸,是你过虑了。百年不遇的大水这种事情不该是一个小助理考虑的,不在其位也就轮不到你来谋其政。事关四百八十个亿,你以为市委市政府会为百年不遇的事情而因噎废食吗?"

黄棠说:"那些国家的事情,咱们在家里能不能不谈?你们都说我病了,好,就算我病了,可是这个家还是我的。你们也必得听我的。"

洪开元说:"妈,我听你的,你有什么指示?"

祁嘉宝说:"我们都听你的。你指到哪,我们就打到哪。"

洪静萍说:"我猜妈才不会让我们到哪里打打杀杀,是吧妈?"

洪锦江说:"好了,家里谁也不许再提国家的事。这是一条新家规,谁都不可以违犯。"

黄棠说:"我就奇了怪了,就好像是睡了个大觉做了个大梦。"

洪开元说："你都梦见什么了？"

"先是你爸遇上了一个碰瓷的家伙，还有人借机会把你爸抽烟的照片弄到了网上去。"

"后来呢？"

"儿子，你还记得被你搞掉的郑副主任吗？我们都以为是他在背后在搞鬼，以为是他想把你爸爸搞下去。"

"后来呢？"

"小萍想拍你爸的那个工程，她在河滩上看到了很多有趣的事情。那么多老百姓在河滩上谋生，养羊养奶牛种地。小萍把他们的羊肉牛奶包括蔬菜买回家来。嘉宝说只有自己眼见着种出来的东西吃了才放心。"

洪静萍说："妈，你还记不记得那个鲁国庆？就是被城管逼得杀了人的那个沙场的工人。"

黄棠摇摇头，"我记得儿子他们几个人飙车，把高速公路也封上了，差一点被警方给弄去坐牢。我不记得你们是怎么解脱的。"

洪开元说："我把交警给告了，最后大家都退一步，他们也不再追究。交警本来就不是什么好东西，他们自己的屁股从来揩不干净。"

黄棠说："我还梦见了你外婆，她想搞慈善，结果发现那些慈善机构都是些骗人的家伙。后来她干脆自己去找救助对象，小李标和小李香都是她亲自找来的。小李标在大桥垮塌那一次死了，你外婆一直想不通，大桥怎么说塌就塌了。真是闻所未闻的怪事。"

"后来呢?"

"你外婆给小李香寄钱,出来被小混混袭抢受了重伤。一个老太太倒在大街上居然那么多人理也不理。如果救助得及时也许你外婆不至于死。"

"后来呢?"

"那一次我去闽北意外发现了一个很大的商机,就是朱熹的故居很不像样子。我就给当地的房地产开发商出主意,让他把这个机会充分地利用起来。如果朱熹故居像孔府那样,我就不会当它是商机;正因为故居太不像样子,所以我觉得再造朱子的故居会是个千载难逢的大商机。我为这件事前前后后跑了不下十趟,而且最终自己也掺和到其中成了股东。我其实不是从历史文化的角度关心这件事,我关心的只是由此而来的商机。因为我在其中看到了房地产开发的可能性。我还把上海的姚亮教授也拖进来。"

祁嘉宝说:"姚教授的夫人还给孔威廉提供了另一个商机,让孔威廉一次就赚到了几十万澳元的佣金。"

黄棠说:"对了,我还梦到了孔威廉。你认定他是坏人,可是他给我的印象还不错。他对我一直都很尊重,一直叫我妈。"

"后来呢?"

"我也梦见了蒙立远生病,我过去想也不敢想的换肾居然成了现实。这个世界居然有那么多要卖肾的人。人们实在太疯狂了。"

"后来呢?"

"江哥,你回来说你们机关的好几个人凑热闹一起离婚,后来怎么样了?一项国家新颁布的法令怎么会在全国引起如此热闹的离婚潮呢,真是闻所未闻。大伙管那个法令叫什么来着?"

"'购房新政'。机关里的那五对夫妻都离了,其中有四个抓紧时间买了房就复婚,只有一个假戏真做甩了老婆。我们单位的就是被甩了的那个。"

"后来呢?"

黄棠说:"我当真给卖死猪肉的事情给骇着了。那些日子天天看上海的死猪新闻,看了真是恶心透顶。怎么就有这么黑心的人发这种黑心财。制药厂产毒药品,食品厂产毒食品,所有的水源都被污染,所有的空气都成了有毒的雾霾,这个世界究竟怎么了?"

"妈,这些就是你的梦?这哪里是梦啊。"

"最可怕的是那些比鸡蛋还大的冰雹,是那些莫名其妙的地陷连同苍鹭河上的地质空洞!怎么老天也跟着凑热闹,不是天塌就是地陷,明摆着是跟人过不去!这个世界究竟怎么了,真真荒唐透顶!"

祁嘉宝说:"妈,你讲过外婆给你起名字的故事。我记得外婆当年是文艺青年,她最着迷的人是散文家黄裳,所以就给了你现在的名字是吗?"

"你外婆是这么跟我说的。"

"我问过外婆,她说就是这样。她说黄棠和黄裳的差别很小,不留心的人几乎分不出两个名字的不同在哪里,一个是木一个是衣。"

"你外婆还说这两个字的字形都很美,都适合做名字。"

"可是妈,你应该知道名字首先是称呼,名字不是为写而存在,而是为叫。虽然写出来看上去差别不大,但是叫出来却有天壤之别。你也知道汉语的发音很讲求谐音,而谐音的含义经常被格外重视。"

洪静萍插话:"比如四和死,比如八和发。"

黄棠说:"嘉宝,你继续说。你的话很有意思。"

"外婆所敬仰的那个人叫黄裳,黄裳的谐音是什么?"

洪开元抢上:"皇上。"

"那妈的黄棠的谐音又是什么呢?"

"荒—唐。荒唐?"

"妈,你刚才怎么说的?你刚才说到不是天塌就是地陷,明摆着是跟人过不去!你接着说这个世界究竟怎么了……之后你说了什么?"

"我说什么了?"

"真真荒唐透顶!"

"我这么说了吗?我怎么一点印象也没有?"

洪开元说:"妈是说了'荒唐'二字,大姐说得没错。"

洪静萍说:"原本就很荒唐。妈叫不叫黄棠又有什么关系呢?我真受不了你们这样的牵强附会。"

洪锦江说:"小萍说得对。黄棠与荒唐没一点关系。"

那个与洪开元一道从上海过来的同伴显得百无聊赖。他漫不经心从口袋里拿出苹果手机。他伸手揿开当天的日期,把它举到洪开元眼前。

他说:"你是不是把时间弄错了?今天是二〇一三年四月六日星期六。"

他叫马原,他是个小说家。他也就是我。我就是那个叫马原的汉人。